회귀 경찰의
리셋 라이프
The Reset Life

회귀 경찰의 리셋 라이프 43

초판 1쇄 발행 2025년 2월 21일

지은이 ㅣ 한길
발행인 ㅣ 최원영
편집장 ㅣ 이호준
편집디자인 ㅣ 박민솔
영업 ㅣ 김민원 조은걸

펴낸곳 ㅣ ㈜ 디앤씨미디어
등록 ㅣ 2002년 4월 25일 제20-260호
주소 ㅣ 서울시 구로구 디지털로32길 30 코오롱디지털타워빌란트 1301-1308호
전화 ㅣ 02-333-2513(대표)
팩시밀리 ㅣ 02-333-2514
E-mail ㅣ papy_dnc@dncmedia.co.kr
블로그 ㅣ blog.naver.com/gnpdl7

ISBN 979-11-364-5982-4 04810
ISBN 979-11-364-2581-2 (SET)

※ 저자와 협의하여 인지는 붙이지 않습니다.
※ 이 책은 ㈜ 디앤씨미디어(파피루스)가 저작권자와의 계약에 따라 발행한 것으로 본사와 저자의 허락 없이는 어떠한 형태나 수단으로도 내용을 이용할 수 없습니다.

한길현대 판타지 장편소설

Papyrus Modern Fantasy

회귀 경찰의
리셋 라이프

43

1장. 인터넷의 이면(2) ·················· 7

2장. 연어는 고향으로
거슬러 올라가지 못한다 ·················· 77

1장. 인터넷의 이면(2)

인터넷의 이면(2)

"드릴 수 있는 현금이 이것밖에 없어서 죄송합니다. 꼭 치료받으시고, 부족하면 언제든 연락 주세요. 아이고, 진짜 이걸 어째."

이미애 사장이 손에 쥐여 주는 현금 다발에 이십대 후반의 흑인 여성, 자라가 미간을 좁힌다.

그냥 봐도 족히 3천 달러는 되어 보이는 액수.

"큼. 알았어요. 명함 가져가도 되죠?"

"그럼요!"

"앞으론 조심해요!"

"죄송합니다."

"흥!"

거칠게 수라간을 나선 자라가 자신의 손을 잡고 있는 아들, 잭을 바라본다.

얼굴의 절반이 달아올라 있는 아들.

그나마 얼음물로 차갑게 적신 수건으로 열을 가라앉히고, 이미애가 다급히 사 온 화상 연고를 발라 아까보단 많이 좋아진 모습이다.

"흐우우."

자라는 많이 놀란 건지 아직도 눈물을 글썽이는 잭을 보며 눈살을 찌푸렸다.

"괜찮아?"

"네에……."

"눈은 잘 보이고? 이거 봐."

"보여요……."

눈앞에 드리워진 검지를 따라오는 아들 잭의 눈동자에 자라가 한숨을 내쉰다.

"그러게 누가 식당에서 뛰라고 했어! 내가 그러지 말랬지! 대체 왜 이렇게 엄마 말을 안 듣는 건데!"

"자, 잘못했어요! 엄마 잘못했어요!"

자라의 목소리가 뾰족해지자 다급히 무릎을 꿇고 양손을 비비며 비는 잭.

자라는 주위에서 몰리는 시선에 당황했다.

"뭐, 뭐하는 거야! 누가 보면 때리는 줄 알겠네! 얼른 일어나!"

"네, 네!"

강제적으로 일어난 잭은 자신이 또 실수를 한 것 같아서 어쩔 줄 몰라 했고, 자라는 그런 잭을 이리저리 살피며 주위에 자신이 아들을 때린 게 아니라는 걸 적극적으로 어필했다.

그런 두 모자의 모습에 자라의 친구는 한숨을 내쉬었다.

"적당히 좀 잡아라."

"얘가 말을 들어야지! 그리고 너 때문에 이게 뭐야!"

"와우. 지금 월급 탄 기념으로 비싼 한식을 먹이려던 친구에게 총구를 돌린다고?"

어이없다는 듯 웃은 친구가 고개를 젓는다.

자라가 이러는 게 하루 이틀일까.

"솔직히 말해 봐. 한식 괜찮았지? 내가 다니는 회사 동료가 가르쳐 준 곳인데 정말 괜찮더라고."

"뭐, 그건 그렇지만……."

매일같이 먹던 정크푸드처럼 자극적이진 않지만, 건강한 맛이 무엇인지 알게 해 줬던 한식.

그래도 이런 일이 생기니 기분이 상할 수밖에 없다.

"네, 네. 됐고, 얼른 병원이나 가자. 이러다 네 아들 얼굴에 흉지겠다. 그런데 어느 병원을 말하는 거야?"

자신이 알기로 자라의 동네 근처에는 소아과가 있는 병원이 없다. 있는 거라곤 외상이나 가벼운 질병 따위를 치료하는 작은 병원뿐이다.

"됐어. 괜찮아. 물집이 안 잡혔잖아. 이 정도는 약국에서 연고 사서 바르면 나아."

"뭐?"

"너도 알잖아. 얘가 이러는 게 한두 번이 아닌 거. 전에도 커피를 뒤집어썼는데 괜찮았어."

친구가 고개를 숙이고 있는 잭을 본다.

'하긴······.'

저 성질 더러운 자라가 쥐 잡듯 잡는데도 매일같이 사고를 치는 잭. 그렇다 보니 언제나 멍과 찰과상을 달고 산다.

"그럼 그 돈은 어쩌려고?"

"내가 왜 현금으로 받았겠어."

"당연히 네가 계좌 거래가 안 되니까······."

말을 하던 친구는 무언가를 잡아 내리는 듯한 자라의 모습에 헛웃음을 터트렸다.

"미친년."

"그래서 안 갈 거야?"

"······누가 안 간대? 택시!"

마침 다가오는 택시를 불러 잡아탄 그들은 동시에 외쳤다.

"할리우드 파크 카지노로 가주세요!"

* * *

늦은 저녁, 카지노를 나서는 자라와 그 친구의 얼굴이 구겨져 있다.

"빌어먹을! 오늘은 딸 줄 알았는데!"

"얼마나 남았어?"

"남긴!"

버스비만 겨우 있다.

"와우. 겨우 몇 시간 만에 3천 달러를 다 썼다고?"

"너도 썼거든?"

'빌어먹을! 이게 다 돈이 부족해서야!'

오늘 들렀던 한식당에서 조금 더 보상을 해 줬다면 분명 땄을 터. 자라는 이를 갈며 눈을 굴렸고, 친구는 고개를 저었다.

"무슨 생각을 하는지 알 것 같은데 관둬. 또 돈 달라고 하면 그쪽도 의심을 할걸?"

그땐 병원에서 치료를 받았다는 증거를 달라고 할지도 몰랐다.

"쯧."

"에휴."

고개를 저은 친구가 얌전히 자라의 손을 잡고 있는 잭을 봤다.

"그런데 잭이 웬일이야?"

카지노 내에 있는 아동보호소에 잭을 맡기고 카지노 게임을 즐긴 둘.

아동보호소에서도 잭이 사고를 쳤다면 분명 카지노 직원이 말을 해 줬을 건데, 돈을 다 잃은 후 데리러 가니 사고는커녕 정말 얌전히 있었다는 말을 들을 수 있었다.

"걔 원래 카지노만 데려오면 그래."

옛날에 몇 번 사고를 치기에 크게 혼내다 아예 데려오지 않으려고 했더니 그때부턴 얌전히 있기 시작했다.

"신기하네……. 뭐, 아무튼 알았어. 조심히 들어가."

갱들이 돌아다니는 험한 동네에서 사는 자라.

"괜찮아. 갱들도 내가 거지란 걸 알거든."

친구에게 손을 흔든 자라는 잭의 손을 붙잡고 근처의 버스정류장으로 향했고, 잭은 그런 엄마를 빤히 올려다보며 배를 쓰다듬었다.

'배고픈데…….'

벌써 저녁 8시.

아무래도 오늘도 저녁은 굶어야 할 것 같다.

쾅!

거칠게 문을 닫고 집 안으로 들어온 자라가 씩씩거린다.

"아무리 생각해도 열 받네."

아이를 다치게 해 놓고 왜 돈을 그 정도밖에 안 준 걸까.

"아, 진짜 거지 같네. 진짜 왜 저딴 걸 낳아 가지고."

아무래도 안 되겠다. 흑인 커뮤니티 사이트에서 화풀이를 해야 할 것 같다.

"씻고 자!"

"네, 네. 안녕히 주무세요!"

자라의 목소리가 스산해지자 목을 움츠렸던 잭은 얼른

방으로 달려갔고, 자라는 그걸 보다 안방으로 향했다.

쾅! 쏴아아!

"아, 따가!"

습관적으로 손을 씻고 얼굴을 닦던 잭이 화들짝 놀란다.

생각했던 것보다 큰 통증.

낮의 놀랐던 기억이 떠오른 잭이 거울을 보며 울먹이다 고개를 저으며 돌아선다. 아무래도 오늘은 세수를 할 수 없을 것 같았다.

그렇게 들어온 방. 불도 켜지 않은 채 바닥에 널브러진 쓰레기들을 툭툭 치우며 침대로 올라간 잭이 이불을 뒤집어쓴다.

'그래도 오늘 좋았어.'

놀라고 아픈 것보다 자신을 걱정해 주며 식당의 서버들에게 화를 내는 엄마의 모습 때문에 기뻤다.

"히히."

잭이 웃으며 눈을 감는 순간이었다.

"다녀왔어!"

'아빠다!'

감았던 눈을 번쩍 뜬 잭이 얼른 방문을 박차고 나가 기름 냄새를 풀풀 풍기는 아빠에게 달려든다.

"아빠!"

"억! 오늘도 사랑이 과한데, 잭? 오늘도 잘 놀았어?"

"응! 응! 엄마랑 코리아 식당도 가고, 맛있는 것도 먹고!"

"그랬어? 좋았겠…… 응?"

순간 자신을 보며 굳는 아빠의 모습에 잭도 겁을 먹는다.

"……아빠가 엄마랑 할 말이 있거든? 오늘은 그만 방에 들어가서 자."

"으, 응."

"그래. 잘 자, 잭."

"아빠도!"

잭은 짧게 끝나 버린 아빠와의 시간에 시무룩해하며 방으로 향했고, 아빠는 얼굴을 구기며 남편이 왔는데도 내다보지 않는 아내를 찾아 안방으로 들어갔다.

"자라! 잭 얼굴이 왜 저러는 거야!"

"뜨거운 물을 뒤집어써서 그래!"

"뭐?! 병원은!"

"나한테 돈이 어디 있는데!"

"뭐라고?! 내가 벌어다 주는 돈은 어디다 쓰는 건데!"

"와우. 누가 보면 네가 돈을 엄청나게 벌어다 주는지 알겠다?"

"……이 개 같은 년이! 내가 그따위로 말하지 말랬지!"

"그래! 때려라! 또 때려!"

닫힌 문밖으로 튀어나오다 못해 집 전체를 쩌렁쩌렁 울리는 둘의 싸움.

이불 속으로 기어 들어간 잭이 양 귀를 막으며 눈을 꼭 감는다.

엄마랑 아빠가 또 싸운다. 이번에도 자신 때문에.

'난 그저 엄마랑 아빠의 이야기를 나누고 싶은 것뿐인데…….'

그저 엄마와 아빠가 자신을 봐 주길 바라는 마음에 다치는, 몸에 상처를 내는 잭.

내일 또 다치면 엄마랑 아빠가 자신을 봐 줄까.

잭은 귀를 막은 양손을 뚫고 들어오는 부모님의 싸움 소리에 억지로 잠을 청했다.

* * *

이틀 후, 아침 일찍 일어나 아빠를 배웅한 잭이 얼른 씻고 거실 소파에 앉아 안방을 향해 귀를 기울인다.

달그락, 덜그럭!

오늘도 부산한 안방.

잭이 발을 휘저으며 엉덩이를 들썩인다.

그렇게 얼마의 시간이 흘렀을까.

점심때가 되자 안방 문이 열리며 화장을 예쁘게 한 엄마가 걸어 나오자 잭이 얼른 소파에서 몸을 일으킨다.

"엄마, 어디 가?"

"안 잤어?"

"잠이 안 와요."

"……하아. 알았어. 따라와."

"응!"

'히힛!'

오늘도 따라가기 성공이다.

자신이 자고 있으면 혼자 나가 저녁 늦게 돌아오는 엄마. 긴 시간 동안 혼자서 집을 지키는 것보다는 차라리 혼나더라도 엄마를 따라가는 게 좋고 즐겁다.

냉큼 손을 잡고 집을 나서는 잭의 눈에 거의 매일처럼 총소리가 울리고, 또 함부로 집 밖을 나갔다간 얻어맞거나 사라져 버리는 무서운 동네의 풍경이 비추어진다.

"앗! 안녕하세요!"

얼마 전 만났던 엄마 친구다.

"……또 데리고 왔어?"

카페 안, 친구의 꺼려 하는 모습에 자라가 혀를 찬다.

"그럼 어쩌라고."

자신도 놔두고 나오고 싶다. 하지만 그랬다간 아동학대로 처벌을 받는다.

"내가 말했잖아. 옆집 사는 늙은이가 독일 사람이라고."

"아……."

인간 CCTV로 불리는 독일인. 거기다 신고 정신은 어찌나 투철한지, 집에서 잭의 울음소리가 울리면 바로 경찰이 출동한다.

"분명 그 늙은이가 신고하는 걸 거야."

옆집 사람이 죽든 말든 신경을 안 쓰는 동네에 사는데, 그 독일 노인도 다른 집 사람이 죽어 나가건 말건 신경을 안 쓰는데 꼭 잭이 울 때만 경찰이 출동한다.

범인은 독일 노인밖에 없었다.

"그렇다고 잭을 맡아 주면 말도 안 해!"

아예 문조차 열어 주지 않는다.

"진짜 왜 나한테만 그러는지 모르겠다니까!"

오늘도 똑같은 푸념에 고개를 저은 친구가 잭의 턱을 잡곤 이리저리 훑어본다.

"그래도 많이 가라앉았네."

"앗!"

"오, 저런. 많이 아프니?"

"아, 아니요. 괜찮아요."

"거봐. 내가 그랬잖아. 병원에 안 가도 된다고."

고개를 끄덕이며 잭을 놓은 친구는 순간 눈을 빛냈다.

"아, 맞아! 너 그 뉴스 봤어?"

"내가 뉴스 보는 거 봤어?"

"그게 자랑은 아니지. 아무튼! 우리가 갔던 코리아타운 식당 있잖아! 그때 왜 가게 앞에서 서버와 손님이 싸웠잖아!"

"아, 기억나. 그래, 맞아! 그 무전취식을 한 검둥이 년 때문이었어!"

"뭐가?"

"내가 돈을 제대로 못 받은 이유!"

"……하아. 아무튼 그게 뉴스를 탔어! 글쎄 그년이 임산부였다는 거야! 그리고 서버가 배를 걷어찼고!"

"미친 거 아니야?!"

"그래서 지금 난리잖아!"

흑인들이 코리아타운으로 찾아가겠다며 난리다.

"더 미친 게 뭔지 알아? 그년이 블랙 톡에 쓴 글이 그날의 베스트에 올라서 기사화된 거래!"

"진짜?! 응? 블랙 톡? 이거……? 어?"

자라가 핸드폰으로 블랙 톡에 접속해 보여 주려다 깜짝 놀란다. 베스트 게시판에 익숙한 아이디가 있었기 때문이다.

"내 글도 베스트에 올라가 있는데?"

생긴 지 오래되어서 그런지 다른 커뮤니티 사이트들과 비교하면 약간 올드해서 거의 나흘에 한 번 정도만 접속하는 블랙 톡.

"뭐?"

깜짝 놀라 자라가 쓴 글을 본 친구의 표정이 오묘해진다.

"아니, 뭔 소설을 써 놨어?"

"그럼 어쩌라고. 짜증 나는데."

"에휴."

자라는 고개를 젓는 친구를 무시하며 댓글들을 살피기 시작했다.

-하, 진짜 한국인 왜 이러지?
-응원합니다. 아이가 많이 다치지 않았기를 바랍니다.
-여기 그 식당 아니야?

ㄴ내가 말했잖아. 여기 정말 불친절한 곳이라니까?

"흐응."
댓글들을 쭉 살핀 자라의 눈이 가늘게 떠진다.
"너 무슨 생각하는 거야?"
"응? 무슨 생각?"
"……아니야."
"아무튼 지금 흑인들이 난리라는 거지?"
"그렇지. 테러할 거라는 놈들도 있어."
"정말?"
'흠. 그렇단 말이지?'
생각보다 흑인들이 더 분노하는 것 같다.
'만약 그런 상황에서 내 사연까지 합세한다면?'
똑같은 식당에서 당한 부당한 처우가 아닌가. 잘하면 흑인들이 아예 들고 일어설 수도 있었다.
'이거 타이밍만 잘 잡으면?'
아무래도 돈을 더 뜯어낼 수 있을 것 같다. 그것도 눈앞의 친구 몰래.
며칠 전에는 어쩔 수 없이 돈을 나눠 줘야 했지만, 이번엔 그러지 않아도 될 것 같다.
자라의 두 눈이 함박웃음을 머금기 시작했다.
'아, 엄마 기분 좋다.'
하지만 그렇다고 이 카페를 뛰어다닐 수 없다.
다쳐서 엄마의 관심을 끄는 건 일주일에 한 번.

그 이상 일부러 다치면 엄마는 자신을 집에 놓고 나가 버린다.

잭은 그저 허공에 뜬 발을 휘저으며 얌전히 샌드위치를 먹었다.

* * *

"아무튼 그렇단 말이지?"
-그런 건 왜 물어보는데? 너 혹시 수라간에 대해 아는 거 있어?
"수라간이 어딘데?"
-며칠 전에 사건을 일으킨 그 식당 말이야!
"몰라. 거기가 어딘지. 아무튼 알았어! 끊어!"
통화를 종료한 자라가 눈을 빛낸다.
"이틀, 아니면 사흘 후."
아무래도 그때쯤 신문사에 연락하거나 수라간에 연락을 하면 될 것 같다.
'역시 생각을 좀 정리하고 연락하길 잘했어.'
사건에 대해 안 그날 바로 이 친구에게 연락을 했다면 아마 인내하지 못했을 거다.
"호호호."
철컥, 철컥, 철컥!
"다녀왔어!"
"아빠!"

"오! 잭! 거실에 있었……."

"왔어, 허니?"

"뭐?"

갑자기 끌어안는 아내의 행동에 남편은 얼어붙어 버렸다.

"아직 밥 안 먹었지? 얼른 씻고 와. 내가 밥 차려 줄게!"

무어라 반응하기 전에 부엌으로 들어가 버리는 아내의 모습에 눈을 껌뻑이던 남편이 잭을 본다.

"네 엄마 왜 저래?"

잭은 고개를 저었다.

기자인 친구와 연락을 하더니 이상해진 엄마.

하지만 웃으니까 좋았다.

"약을 한 건 아닐 텐데……."

그래도 갑자기 연애 때처럼 좋은 모습을 보이니 기분이 나쁘지 않다.

피식 웃은 그가 화장실로 향하는 순간이었다.

쿵쿵쿵!

"응?"

야심한 시각 두들겨지는 현관문.

눈빛이 가라앉은 남편이 다급히 부엌에서 뛰어나오는 자라와 일어나려는 잭에게 조용히 하라고, 얼른 잭을 데리고 숨으라는 제스처를 취하곤 현관 옆에 놓인 총을 뽑아 들며 크게 외친다.

"누구야!"

"앤더슨 씨 되십니까? LAPD입니다! 문 열어 주십시오!"

쿵!

'LAPD?'

자라의 가슴속에서 불길함의 불꽃이 피어나고, 잭은 겁을 먹는 엄마를 보며 의아해한다.

"헛소리! 누군지 모르겠지만 꺼져! 나 지금 총 들고 있어!"

"……사이렌 켜."

"하아. 이 동네에서 사이렌 켜면 안 되는데……."

잠시 후 사이렌 소리와 함께 빨갛고 파란 불빛이 깜빡거리자 남편이 깜짝 놀란다.

"이제 되셨죠?"

철컥! 끼이익!

"경찰이 이 시간에 무슨 일입니까?"

총을 뒤춤에 숨긴 남편이 꺼림칙한 모습으로 문을 열자, 입을 열려던 경찰들이 그의 등 뒤에서 모습을 드러내는 잭을 발견하곤 입을 다문다.

"맙소사."

"잠시만요."

얼굴이 구겨지는 형사들을 헤치고 나온 종혁이 남편의 손을 잡은 잭 앞에 쪼그려 앉는다.

"안녕, 잭? 난 경찰 아저씨야."

"아, 안녕하세요."

"그래. 나도 만나서 반가워. 오늘 하루는 어땠니?"

"좋았어요. 아저씨는요?"

"아저씨도 훌륭했지. 그런데 잭. 혹시 며칠 전에 코리아타운에서 얼굴에 화상을 입지 않았니? 뜨거운 물 같은 게 얼굴에 뿌려져서 아프지 않았어?"

"어? 어떻게 아셨어요?"

"그, 그럼 병원에 갔니?"

"아뇨? 엄마가 연고 발라 줬어요!"

"그래……? 대답해 줘서 고맙다."

빠득!

몸을 일으킨 종혁이 노려보자 남편이 당황한다.

"자, 잠깐. 당신들이 무슨 오해를 하는지 알겠는데, 이건 아이가 너무 활달하다 보니……."

"그건 서에 가서 이야기합시다."

종혁을 옆으로 밀어낸 형사가 남편의 손목에 수갑을 채우고, 형사들이 안으로 들어가 자라의 손에도 수갑을 채운다.

철컥!

"리키 엔더슨, 자라 엔더슨. 너희를 아동학대 및 아동을 이용한 사기, 명예훼손, 유언비어 유포 혐의로 체포한다."

쿠웅!

"사기? 명예훼손? 자, 잠시만요. 당신들이 지금 무슨 오해를……."

"내, 내가 언제! 난 아니라고! 놔! 놓으란 말이야-!"

움찔!

"……자라?"

고개를 돌린 남편의 얼굴이 발악을 하는 자라의 모습에 일그러지기 시작한다. 아동을 이용한 사기라는 말이 그의 뇌리를 후려친다.

"야, 이 개 같은 년아! 너 대체 잭을 데리고 무슨 짓을 한 거야-!"

"아니야! 아니라고-!"

절망하는 남편과 발뺌하는 아내의 외침이 동네를 흔들어 깨웠다.

* * *

"전 아닙니다! 제가 왜 잭을 때립니까-!"

아침 일찍 출근해 저녁 늦게 들어오는 남편, 리키. 그렇기에 늦은 저녁 퇴근해 아이와 함께하는 시간은 무엇보다 소중했다.

물론 혼을 낸 적은 있다. 하지만 그건 부모로서 충분히 할 수 있는 일이었고, 개인적인 감정으로 혼을 낸 적은 단 한 번도 없었다.

"아니에요! 그건 모두 잭이 너무 활발하다 보니 생긴 상처라고요!"

"그럼 이건 뭔데!"

형사가 내민 녹음 파일에 자라의 얼굴이 하얗게 질린다.

수라간을 나선 자라가 그녀의 친구와 나눈 대화가 담긴 녹음 파일.

엔지가 학을 떼고 도망을 친 이후 종혁을 쫓으려던 파파라치가 갑작스러운 잭의 비명과 애원에 본능적으로 녹음을 한 파일이었다.

빼도 박도 못할 학대의 증거.

고개를 숙인 그녀는 입을 다물었다.

"FUCK! 저런 것도 엄마라고!"

형사들이 어느 방을 보며 안쓰러워한다.

끌려가는 부모에 안절부절못하던 잭.

현재 급히 달려온 정신과 의사와 함께 저 방 안에 들어가 있다.

"저 안에 들어가도 될까요?"

"……얼마든지요."

블랙 톡의 서버에 남겨진 IP를 통해 자라를 추적하지 못했다면 어떻게 됐을까.

잭을 구하는 게 단 하루라도 늦어졌을 걸 생각하면 눈앞이 아찔해진다. 종혁은 지금 또 다른 한 생명을 구한 것이나 마찬가지였다.

"같이 들어가시죠."

고맙다는 듯 고개를 숙인 종혁과 형사가 방 안으로 조심스럽게 들어간다.

"아빠랑 엄마 이제 못 만나는 거예요?"

움찔!

그 짧은 사이 정신과 의사와 상호신뢰관계, 라포(Rapport)가 형성이 된 듯 다른 사람이 들어왔음에도 쳐다보지도 않는 잭의 말에 모두가 놀란다.

그건 정신과 의사도 마찬가지다.

"왜 그렇게 생각해?"

"경찰에 잡혀가면 그렇게 된다고 했어요."

"누가 그런 말을 했는지 아저씨한테 알려 줄 수 있을까?"

"앞집의 찰리 형이요!"

'찰리란 새끼가 누구야?'

누군지 몰라도 쓸데없는 말을 했다.

당황한 정신과 의사는 고개를 저었다.

"아니야. 엄마랑 아빠랑 경찰 아저씨들 사이에 약간의 오해가 생겼는데, 그걸 풀려는 것뿐이야. 내일 다시 아빠랑 엄마를 만나게 될 테니까 그런 걱정은 하지 않아도 돼."

"정말요?"

"그럼. 당연하지. 그래서 잭의 아빠가 잭과 놀아 달라고 이 아저씨에게 부탁했는걸?"

"아빠가요?!"

잭이 눈에 띄게 안심하며 얼른 놀자며 정신과 의사를 바라본다.

'아빠를 신뢰하고 있군.'

종혁과 같은 걸 깨달은 정신과 의사가 스케치북과 크레파스를 꺼내 든다.

"와아! 크레파스다!"

"우리 이걸로 그림 그리기 놀이 할까?"

"정말요? 크레파스로 그림을 그려도 되는 거예요?!"

갑자기 흥분하는 잭의 모습에 종혁과 정신과 의사가 몸을 굳힌다.

"그, 그림! 마음껏, 아니 다 써도 된단다!"

"진짜요? 와아아아!"

양팔을 들며 신나 하는 잭의 모습에 종혁이 눈을 질끈 감는다.

"자, 그러면 우리 그림을 그려 볼까? 잭은 제일 먼저 무엇을 그리고 싶니?"

"아빠랑 잭이랑 엄마요!"

종혁의 표정이 다시 굳는다.

'엄마가 제일 후순위야.'

우연에 불과할지도 모르지만, 엄마를 가족 구성원 중 가장 후순위로 생각하고 있던 것이 무의식적으로 표출된 것일 가능성도 있었다.

"그럴래? 우리 잭이 가장 행복한 순간을 그려 볼까?"

"네!"

잭은 여러 개의 크레파스를 양손에 쥐었고, 약간의 시간이 흘렀다.

"다 그렸어요!"

"오, 그래? 어디 볼까?"

잭이 내미는 그림을 본 정신과 의사와 종혁이 순간 자신도 모르게 눈썹을 꿈틀거렸고, 잭은 칭찬을 바라는 아이처럼 의사를 쳐다본다.

"와아. 잘 그렸네. 이 사람이 엄마고, 이 사람이 아빠야?"

"네!"

"그럼 이게 무슨 상황일까? 아저씨 눈에는 잭이 울고 있는 것 같은데……."

그림의 정 가운데 주저앉아 울고 있는 잭과 그런 잭에게 뛰어오는 리키와 자라. 절대 평범한 모습은 아니었다.

"맞아요!"

"……왜 이렇게 그렸는지 아저씨한테 말해 줄 수 있을까?"

"제일 좋아서?"

제일 좋았던 순간이라고 말하는 것 같다.

그때를 떠올린 것인지 해맑게 웃는 잭의 모습이 종혁의 심장을 옥죈다.

"아빠가 많이 바쁘거든요."

아주 오래전부터 매일 밤늦게 들어와 아침 일찍 출근하는 아빠. 그런 아빠가 나가면 그제야 일어나는 엄마.

그리고 더 늦게 일어났던 잭.

잭이 기억하는 집의 아침은 방 안에 있는 엄마와 식탁에 차려진 차가운 빵과 베이컨, 땅콩버터였다.

다른 집 엄마처럼 책을 읽어 주지도 않고, 함께 요리를 만든 적도 없다.

 "그런데 아빠랑 엄마는 매일 싸우고……."

 그러던 와중에 크게 다친 적이 있다.

 그때 엄마와 아빠가 놀라서 달려왔는데, 잭은 그 모습이 너무 기뻤다.

 "그, 그랬니?"

 "네! 그리고 이건 비밀인데……."

 이렇게 말을 들어 준 사람이 처음인 걸까. 흥분해 고개를 끄덕인 잭이 종혁과 형사의 눈치를 보더니 정신과 의사의 귀로 얼굴을 가져간다.

 "저 일부러 넘어지는 거예요."

 그러면 엄마랑 아빠가 걱정해 주니까. 자신을 봐 주니까.

 쿵!

 막대한 충격이 정신과 의사의 뒤통수를 후려친다.

 '이거 설마…….'

※ ※ ※

 달칵!

 시간이 너무 늦어서일까. 놀이를 빙자한 심리 테스트를 하다 결국 잠이 들어 버린 잭을 안은 형사와 의사, 그리고 종혁이 문을 열며 나온다.

 형사는 여성 경찰에게 잭을 인계했고, 종혁과 형사, 그리고 복도에서 대기하고 있던 현석과 최재수, 다른 형사들이 정신과 의사를 바라본다.

"확실히 하기 위해선 테스트를 더 진행해 봐야 하지만……."

"뮌하우젠 증후군(Munchausen syndrome)."

모두가 종혁을 보고, 정신과 의사가 안경을 치켜세우며 떨리는 눈을 가린다.

"알고 계시는군요."

"저도 심리학을 배워서 말입니다."

"예. 현재로선 그게 가장 가능성 있는 것 같습니다. 자세한 건 내일 더 테스트를 해 봐야겠지만요."

"빌어먹을."

둘이 동시에 한숨을 내쉬자 궁금증을 참지 못한 사람들이 입을 연다.

"뮌하우젠 증후군이 뭡니까, 최."

"타인의 관심을 끌기 위해 몸이 아프다고 거짓말을 하거나…… 또는 실제로 자해를 하기도 하는 정신질환입니다."

쿵!

순간 사람들이 얼음 마법에 걸린 듯 굳어 버린 채 사라져 버린 잭을 찾는다.

"부, 부국장님, 그러면……."

"어. 아마 잭의 몸에 난 상처 대부분은 잭이 스스로 낸 것일 거야."

가장 싫은 순간이라며 그렸던 자라와 리키가 싸우는 모습.

그 그림 속에서 잭은 언제나 침대 속에 있었다.

"매일 바쁜 아빠와 만나기만 하면 싸우는 부모."

그리고 그 사이에서 방치된 잭.

스트레스가 어마어마했을 거다.

"그럼에도, 그런 부모라도 너무 좋아서 관심과 사랑을 받고 싶었던 거야. 그래서 일부러 다친 걸 거야."

그러면 부모님이 자신을 돌아봐 주니까.

아직 초등학교도 들어가지 못한 그 어린아이가 부모의 관심과 사랑을 갈구해 스스로 몸을 망가트린 것이다.

"······FUCK-!"

사람들의 눈시울이 붉어진다. 아이가 있는 형사들이 가슴을 치며 답답해한다.

복도에선 금연임에도 결국 담배를 물고 마는 그들.

"후우. 미안합니다, 최. 못 보일 모습을 보이고 말았군요."

망신도 이런 망신이 없다.

"아닙니다. 한국에도 아동학대 사건은 많은걸요, 뭘."

오히려 이런 문제에서는 미국이 한국보다 나은 편이었다. 아동학대가 의심되는 순간, 경찰이 본인의 재량으로 부모와 아이를 떨어뜨려 놓을 수 있기 때문이다.

"알겠습니다. 그럼."

"고마웠습니다."

종혁은 고개를 숙이며 경찰서를 나섰고, 싸늘한 밤공기가 그들을 반겼다.
"그럼…… 이제 잭이란 얼라는 어떻게 되는 겁니꺼?"
현석의 물음에 종혁이 탄식을 뱉는다.
"잭의 아버지가 어떤 선택을 내리느냐에 따라 달렸겠지."
자라의 아동학대 및 방치에 대해 전혀 알지 못했던 것 같은 리키.
그동안 가정에 다소 소홀했던 건 맞지만, 몰랐던 것에 대해서 죄를 물을 수는 없었다.
아마 리키는 무혐의로 풀려날 테고, 그가 어떤 선택을 내리느냐에 따라서 그들 가정의 미래는 달라지게 될 터였다.
"그렇습니꺼……."
"왜? 괜한 짓을 한 것 같아? 재수, 너도?"
"아, 아닙니다."
가장 좋은 건 아빠, 엄마와 함께 지내는 것이지만, 그것이 무조건적으로 좋다고 할 수 있는 건 아니었다.
"……가자."
씁쓸해하는 둘의 어깨를 두드린 종혁은 핸드폰을 들었다.
"예, 에이미. 제 전화 기다렸어요?"
모든 사건이 끝났음에도 그들의 어깨는 펴질 줄 몰랐다.
참 씁쓸한 밤이었다.

＊　＊　＊

모든 것은 거짓이었다!
소란을 틈타 무전취식을 하려고 했던 임산부!
처음부터 끝까지 흑인과 흑인의 싸움이었다!
한 사람의 악의에 놀아난 LA 시민들!
'수라간'은 왜 테러를 당했나!
한인들! 우린 언제나 약자였다!
흑인을 대표해 사과하겠다!
인터넷의 이면이 여실히 드러난 이번 사건! 익명의 뒤에 숨겨져 있는 악의! 모두 경각심을 가져야 한다!

새벽부터 신문 가판대를 점령하고, 인터넷을 점령한 기사에 LA가 발칵 뒤집혔다.
"최!"
"아, 오셨어요?"
저택의 정원, 출장을 나온 전문가들의 손에 의해 구워지는 고기와 요리들을 뚫어지게 쳐다보며 입맛을 다시다 고개를 돌린 종혁이 환하게 웃는다.
안드레 교수와 이미애 사장이 서로 손을 꼭 잡은 채 다가오고 있었고, 그리고 수라간의 직원들과 그 가족들이 그 뒤를 따르고 있었다.
"와우. 여긴 뭐야. 렌탈한 거야?"
이런 저택은 처음인 듯 호기심 가득한 눈으로 돌아보는

사람들.

"뭐, 그런 거라고 보시면 돼요."

자세히 설명하자면 이야기가 길어지기에 대충 긍정한 종혁이 잡은 손을 놓을 생각을 안 하는 안드레 교수와 이미애 사장의 모습에 음흉한 미소를 짓는다.

"큼."

"행복하십쇼."

"어흠흠."

피식 웃은 종혁이 이미애를 향해 고개를 숙인다.

"그동안 맘고생 많으셨습니다, 사장님."

"……정말 감사해요, 종혁 씨."

"제가 한 게 있나요."

"아니요!"

이미애는 세차게 고개를 저었다.

안드레 교수에게 모두 들었다. 수라간의 억울함을 풀기 위해 종혁이 얼마나 노력을 했는지, 얼마나 많은 돈을 썼는지.

너무 고마워 허리를 펼 수가 없다.

'쓸데없는 것까지…….'

안드레 교수를 째려본 종혁은 안절부절못하며 이미애를 다독였고, 이내 그녀의 옆에서 눈물을 글썽거리고 있는 애나를 향해 푸근히 웃어 줬다.

"고생했어요, 애나."

"흑!"

와락!

"오!"

"휘이익!"

사람들이 짓궂게 반응했지만 종혁을 끌어안은 애나에 겐 들리지 않았다.

그동안 얼마나 미안하고 또 미안했던가.

졸지에 직장을 잃을 뻔한 수라간의 직원들에게, 자신 때문에 막대한 피해를 입은 이미애에게 평생 사죄해도 용서받을 수 없는 죄를 지었다.

다시 수라간에서 일을 한다고 해도 그 부채는 영원히 애나 본인을 괴롭혔을 터.

물론 사건이 무사히 해결된 지금도 부채는 영원히 가져 가야 할 테지만, 그래도 종혁은 괴로워하며 살았을 자신 을 구해 준 것이다.

평생 갚아도 갚을 수 없는 은혜를 입었다.

그건 자라와 얽힌 다른 흑인 직원도 마찬가지였고, 수 라간에서 근무한다는 이유만으로 신상이 공개됐던 다른 직원들도 마찬가지였다.

"에고. 이렇게 눈물이 많아서 어떡해요. 앞으로 독하게 마음먹으셔야 할 분들이."

"네?"

종혁의 손을 꼭 잡은 채 눈물을 글썽거리던 노년의 흑 인 여성도 의아해하며 종혁을 쳐다봤고, 종혁은 그들을 보며 입술을 비틀었다.

"소송 안 할 거예요?"

이미 고소를 한 엔지와 자라뿐만이 아니다.

수라간을 테러한 흑인들과 블랙 톡에서 수라간과 애나 등에게 인신공격을 한 사람들, 그리고 인터넷에 싸지른 글을 진실인 양 보도한 신문사들까지.

소송의 나라, 미국. 뽑아낼 수 있을 만큼 최대한 뽑아내야 했다.

종혁은 그를 위해 변호사 군단을 지원해 줄 용의가 충분히 있었다.

"축하드립니다. 이제 부자가 되시겠네요."

"……예에에?!"

사람들은 입을 떡 벌렸다.

그 순간이었다.

"최!"

"최-!"

종혁을 부르는 소리에 고개를 돌린 사람들이 저택 안으로 들어오는 사람들의 모습에 그대로 굳어 버리고, 종혁이 손을 들어 반긴다.

"에이미! 로빈 씨! 스테파니 씨!"

"……으아악!"

빌보드를 대표하는 팝스타들의 등장에 사람들은 뒤집어져 버렸다.

"와하하!"

"꺄아아!"

풍덩!

한 손에 맥주와 음식을 든 채 이야기꽃을 피우고, 따뜻한 온수가 채워진 수영장으로 다이빙을 하며 그동안 쌓인 스트레스를 푸는 사람들로 북적이는 정원.

"보기 좋습니더."

"이 맛에 형사 하는 거지."

억울한 피해를 당한 피해자들의 얼굴에 피어나는 미소. 그걸 보기 위해서라면 모든 걸 던질 수 있었다.

짜악!

"젊은 놈이 여기서 뭐해? 예쁜 아가씨들 많던데 말이라도 걸어 봐!"

"무, 무슨······!"

아직 솔로인 현석의 등을 떠민 종혁은 웃음꽃을 피우는 사람들을 보며 푸근히 웃고 있는 에이미들에게 다가갔다.

"늙은이들이에요?"

"한 마디만 더 해 봐요."

"항복."

눈을 흘긴 에이미들이 다시 사람들을 응시한다.

이게 얼마 만일까.

이렇게 사람 냄새를 가득 풍기는 풍경 속에서 함께 있는 순간이. 욕망이 아닌 온기로만 가득한 공간 속에 함께 있는 순간이.

먼 옛날, 가수로서 성공을 하기 전 조촐했지만 정이 가득했던 그때를 떠올려 본다.

종혁은 좋았던 기억을, 이젠 다시 함께할 수 없는 순간을 그리워하는 그들의 옆에 앉아 말없이 맥주를 기울였다.

따뜻한 봄바람이 그들을 휘감았다.

"그래서 정말 어떻게 된 거예요?!"

로빈이 운을 떼자, 에이미와 스테파니가 눈을 빛낸다.

처음 등장했을 때부터 대선에 관여하며 미국을 뜨겁게 달궜던 사회복지재단 기빙.

조사를 해 보니 정말로 기빙의 LA 지사 산하에 컬러아이라는 투자회사가 있었고, 블랙 톡의 인수 자금 중 1차 지급액도 컬러아이에서 지급됐다.

"별거 아니에요. 그냥 기빙을 만드신 분과 작은 인연이 있는 것뿐입니다."

쿵!

"벼, 별거 아닌 게 아니잖아-!"

"What the hell?!"

여전히 그 정체가 알려지지 않은 기빙의 창립자.

일부 호사가들은 그가 억만장자도 아닌, 조만장자(Trillionaire)일 것이라 떠들기도 했다.

"이것만 말해 줘요! 여자예요, 남자예요?!"

"나이가 드신 분은 맞죠?"

'전데요.'

"하하핫!"

진실을 말할 수 없는 종혁은 그저 웃기만 했고, 에이미들은 눈을 흘기다 혀를 차며 다시 맥주를 기울였다.

그냥 바라만 보고 있어도 기분이 좋아지는 풍경. 이런 걸 두고 힐링이라고 하나 보다.

"후우."

"응?"

종혁과 에이미, 스테파니가 돌연 한숨을 내쉬는 로빈을 본다.

그냥 한숨으로 치기엔 너무도 무거운 느낌.

로빈의 낯빛도 어느새 어두워져 있다.

"왜 그래? 무슨 일이 있어?"

"아니야. 그게 아니라……."

입술을 달싹이던 로빈이 다시 한숨을 내뱉는다.

"그냥 답답해서."

결국 두 명의 흑인에 의해 놀아나 수라간을 테러하고 익명으로 공격을 한 흑인들.

그 광기 어렸던 마녀사냥을 떠올리자 가슴이 답답해진다.

"사건은 무사히 해결됐지만, 이렇게 끝나 버리면 우리 흑인의 이미지는 또……."

밑바닥에 처박히게 될 것이다.

일부에선 염치가 없는 약자, 약자란 가면을 쓴 무법자, 바라는 것만 많은 거지들이란 소리를 듣는 흑인들.

당연히 흑인들은 아니라고 외치지만, 이번 일을 통해

다시 한번 그 민낯이 드러나고 말았다.

"미국 최초로 흑인이 대통령이 되면서 많은 혜택을 받게 됐는데……."

그동안 약자란 이유로 알게 모르게 혜택과 양보를 받았던 흑인들이 미국 최초의 흑인 대통령으로 인해 더 많은 혜택을 누리게 되면서 말들이 많은 상황이었다.

그런 시기를 받더라도 분명 필요한 것들이었지만, 그동안 간절히 바랐던 것들이지만, 한 명의 아군이라도 더 필요한 상황에서 한인이라는 적을 만들어 버린 것이다.

로빈은 그게 너무 안타깝고, 슬플 수밖에 없었다.

'확실히 안타까운 상황이긴 하지.'

선동이든 뭐든 마녀사냥을 하고, 직접적인 테러를 한 흑인들까지 두둔하겠다는 건 아니다. 그들은 분명 범죄를 저질렀고, 용서받을 가치도 없다.

그러나 지금도 이 순간에도 하루를 열심히 살아가며 밝은 미래를 그려 가는 다른 흑인들까지 싸잡혀 욕을 먹는 건 분명 억울한 일이 아닐 수 없었다.

"음. 그러면 이렇게 해 보는 건 어떨까요?"

종혁은 로빈을 보며 눈을 빛냈다.

* * *

짹짹짹!

"흐그으!"

이른 아침, 기지개를 켠 오십대 한국인 사내가 승합차에서 내려 난장판이 된 건물을 본다.

건물 외벽을 뒤덮은 페인트 스프레이로 새겨진 악독한 문구들과 그 주변에 널브러진 쓰레기들.

"여기만 보면 슬럼이라고 해도 믿겠네."

어제까지만 해도 폴리스라인이 쳐져 있던 수라간을 본 장년인은 혀를 찬다.

"남아난 게 하나도 없구만."

분명 따로 치우지 않았음에도 의자와 테이블은 물론이고, 냉장고 등 주방 기구까지 모두 사라져 있다.

사흘 전 새벽 어떤 놈들이 트럭을 끌고 와 모두 휩쓸어 갔다고 했다.

"여기 사장님만 된통 당한 거죠."

흠칫!

익숙한 한국어에 고개를 돌린 장년인이 다가오는 동양인들을 보며 한숨을 내쉰다.

코리아타운에서 인테리어 회사를 운영하는 장년인의 직원들.

"빨리도 온다."

"늦게 오긴 뭘 늦게 와요. 이 정도면 빨리 온 거지. 이 동네 작업 시작 시간이 9시인 거 모릅니까?"

"그래서 돈은 언제 벌고 결혼은 언제 하려고? 연애는 하냐?"

와락 구겨지는 삼십대 사내의 모습에 고개를 저은 사장

은 담배를 물었다.

"안녕하세요!"

"아이고! 오셨습니까, 사장님!"

이미애와 애나가 다가오자 환하게 웃으며 고개를 숙이는 장년인들.

빠르게 다가온 이미애가 엉망이 된 수라간을 보며 씁쓸히 웃는다.

미국에 넘어와 지금까지 자신과 함께해 온 수라간. 어제도 본 광경이지만, 볼 때마다 면도날로 가슴을 베는 듯 아프다.

그에 애나가 안절부절못하고, 장년인은 얼른 입을 열었다.

"아하하. 걱정 마십시오, 사장님! 금방 새것처럼, 아니 이 모습은 생각도 나지 않을 만큼 더 좋게 바뀌게 될 겁니다!"

"그건 좀……."

"억?! 으, 으하하핫! 그, 그만큼 멋지게 바뀔 거라는 말이었습니다! 하하하하하!"

"……휴우. 그래요. 새 술은 새 부대에 담아야죠. 제가, 아니 저희가 해야 될 일이 있을까요?"

"어휴. 사장님은 가만히 계셔야죠. 그러라고 돈 받고 일하는 건데요!"

"그래도 도울 게 있으면 도울게요. 잘 부탁드릴게요."

"예!"

짝짝!

"자, 담배 하나씩 피고 작업 시작…… 응?"

저벅저벅!

인기척이 느껴져 고개를 돌린 장년인과 직원들은 깜짝 놀랐다.

이쪽을 향해 다가오는 흑인 무리.

"씨발!"

"이런 개!"

누가 봐도 자신들을 노려보며 다가오는 흑인들에 장년인과 직원들은 다급히 이미애 감추며 들고 있던 연장을 꼬나든다.

그에 흑인들은 잠시 주춤하다 싶더니 이내 다시 걸음을 옮겨 그들의 앞에, 아니 이미애를 보고 선다.

그 순간 애나는 이를 악물며 앞으로 나섰다.

"애나!"

"또 우릴 괴롭히러 온 거예요?! 정말 당신들 흑인들은 지긋지긋……."

"애나 씨와 사장님 되시죠? 안녕하십니까. 엔지 롤스, 이곳에서 배를 걷어차였다던 임산부의 남자친구인 카웰 잭슨입니다."

움찔!

애나와 사람들의 눈이 커지자 리키와 카웰이 고개를 숙인다.

"이곳에서 화상을 입었다는 아이의 아빠인 리키 엔더

슴입니다. 정말…… 정말 뭐라 드릴 말이 없습니다. 죄송합니다. 아내와 아이를 단속하지 못한 제 잘못입니다."

"여자친구의 잘못을 대신 사과드립니다. 평생 사과를 한다고 해도 부족할 테지만, 일단 이렇게 사과드립니다."

움찔!

이미애를 비롯한 이들이 눈을 동그랗게 뜬다.

하지만 그것도 잠시다.

"무슨 말인지 알겠어요. 하지만 두 분의 여자친구와 아내를 향한 소송은 철회하지 않을 거예요."

그러기엔 너무 많은 사람이 상처를 입었다. 육체적으로도, 정신적으로도.

"아닙니다. 소송 때문이 아닙니다!"

다급히 손을 저은 그들은 낯빛을 굳혔다.

"그게…… 이곳 식당이 다시 정상 영업을 할 때까지 재건을 돕고 싶습니다."

"예?"

"물론 저희를 만나고 싶지도, 보고 싶지도 않을 거란 건 잘 알고 있습니다. 저희의 이런 행동이 강요로 비춰질 수 있다는 걸 알고 있습니다."

하지만 사과를 하고 싶다. 어떻게라도 자신들의 진심을 전달하고 싶다.

"식당 안으로 들여보내 주시지 않아도 됩니다. 식사도 필요 없습니다. 그저 자재라도 옮기게, 쓰레기라도 치우게 해 주십시오. 부탁드리겠습니다."

"부탁드리겠습니다!"

이른 아침의 코리아타운을 흔들어 깨우는 리키와 카웰, 그리고 그들의 친구, 흑인들의 외침.

이미애와 애나, 인테리어 업체의 직원들이 눈이 크게 흔들렸다.

거짓 없는 그들의 모습에 이미애는 생각에 잠겼고, 그 모습을 파파라치의 카메라가 담았다.

찰칵! 찰칵! 찰칵!

* * *

모두 밝혀진 진실! 놀아난 LA의 시민들!
코리아타운의 식당을 찾은 가해자의 가족들!
쓰레기라도 치우고 싶다! 부탁드린다!

부스럭!
"웃기고 있네."

LA의 식당, 손님이 남기고 간 신문을 살핀 21살 어린 동양인, 아니 한인 여성이 비웃음을 터트린다.

상처는 있는 대로 줘 놓고, 이제 와서 사과를 한다는 게 무슨 의미가 있을까.

신문사들도 마찬가지다. 한참 흑인들의 편에 서서 유언비어를 유포하던 신문사들은 진실이 밝혀졌음에도 아무런 후속 조치도, 사과 기사도 싣지 않고 있다.

"이러면서 무슨 인종 차별이야."

여성의 시선이 테이블 사이를 돌아다니는 흑인 서버들을 본다.

눈이 마주치자 다급히 고개를 돌리는 흑인 서버들. 당장 오늘 아침까지만 해도 가슴에 비수를 꽂던 이들이 이젠 아예 눈조차 마주치지 못하고 있다.

그럼에도 사과는 하지 않고 있다.

'지독히도 이중적인 년들.'

"엠마! 이거 봤어?!"

한 백인 서버가 다급히 다가와 핸드폰을 내밀자 여성이 눈을 동그랗게 뜬다.

수라간의 사장과 직원들, 언론사들과 흑인들을 상대로 소송 시작!

'그래, 이래야지!'

이게 정의구현이다.

"정말 잘됐다. 이 사람들 그동안 얼마나 억울했……."

"크흠!"

"이크. 얼른 일하자."

홀매니저의 큰 기침 소리에 깜짝 놀란 그들은 얼른 움직였고, 여성은 입가엔 대리만족의 미소가 피어올랐다.

치이익!

어둠이 완연하게 내려앉은 늦은 저녁, 어깨를 늘어트린 채 버스에서 내린 여성이 하루 종일 서 있느라 퉁퉁 부은 다리를 힘겹게 옮긴다.

그러다 곧 품에 안긴 과자 한 봉지에 히죽 미소를 짓는다.

"이거면 일주일은 먹겠…… 후우."

말을 하던 그녀의 미소가 갑자기 서글퍼진다.

겨우 과자 한 봉지 따위에 좋아해 버리고 마는 자신의 처지가 서글퍼진다.

지이잉!

"응?"

갑자기 울리는 핸드폰에 무언가를 떠올리며 다급히 폴더를 열었던 여성이 안심을 하다 의아해한다.

―뭐해?

집이 아니라 친구에게, 지금은 멀리 떨어져 있는 친구에게서 온 메시지.

살짝 미소를 지은 여성이 얼른 답장을 보낸다.

―지금 막 퇴근 :) 넌?
―lol! 잘됐다! 오늘도 수고했어! 난 방금 도서관을 나왔어! 밥은 먹었어? 리나는 잘 있고?

움찔!

도서관이란 글귀에 여성의 입가에 씁쓸한 미소가 맺힌다.

식당의 서버로 일하는 자신과 다르게 샌프란시스코의 스탠퍼드대학교에서 재학 중인 친구.

의도치 않게 던지는 한마디가 그녀의 가슴을 찌른다.

'나도……'

"아니지. 아니야."

고개를 저은 여성은 애써 웃으며 메시지를 보냈다.

-과제 때문에 지금까지 도서관에 있었던 거야?
-예아-! 하, 죽겠다. 과제가 너무 많아…….
-밥은 먹었어?
-아직. 넌?
-나도 아직. 집에 가서 먹어야지. 너도 얼른 먹어. 그런데 무슨 일이야?
-아, 맞아! 나 내일 LA 가거든? 모레, 일요일에 뭐해?

"뭐하긴……."

일주일에 단 하루 주어지는 휴일. 이날 푹 쉬어서 다음 주에 다시 일할 수 있는 체력을 보충해야만 했다.

"그런데 갑자기 무슨 일로 오는 거지?"

샌프란시스코가 바로 옆에 있다지만 그래도 몇 시간 거리다.

―무슨 일 있어?
―혹시 콘서트 같이 갈 생각 없나 해서.

"아."
그러고 보니 이번 주 일요일에 친구가 좋아하는 가수가 콘서트를 연다는 포스터를 언뜻 본 적이 있는 것 같다.
'나도 좋아했던…….'
고등학교 때까지만 해도 친구와 손을 잡고 콘서트를 쫓아다녔던 가수.
그녀는 바들바들 떨리는 입술을 깨물었다.

―잘 모르겠네. 일단 생각해 볼게.
―OK! 볼 수 있으면 보자! 꼭 봤으면 좋겠지만!

"볼 수 있으면 보자……."
그녀의 입가에 다시금 씁쓸함이 번지기 시작한다.
중, 고등학교를 함께 다닐 때만 해도 서로 못 붙어먹어 안달이었는데, 서로의 삶이 달라지게 된 지 고작 2년 정도 지났다고 이렇게 정 없는 말을 한다.
'그래, 얘랑은 겨우 이 정도…….'
안 좋은 생각을 하던 여성이 얼굴을 쓸어내린다.
'얘가 그럴 리 없잖아.'
언제나 이끌기보단 이쪽의 의견을 먼저 물어 왔던 친구. 그냥 자신의 마음이 삐뚤어져 그렇게 받아들이는 것

뿐이었다.

"하아. 거지 같아."

이를 악문 여성은 핸드폰을 주머니에 집어넣으며 낡은 아파트, 아니 미혼모 지원센터 안으로 들어간다.

"다녀왔습니다!"

"오셨어요! 고생하셨어요!"

이제 2살쯤 된 아이를 안아 든 백인 여성이 다가오자, 여성이 오늘 하루 그 어떤 때보다 환하게 웃으며 양손을 내민다.

"리나!"

"꺄아!"

자신의 하나뿐인 딸이자 세상 그 무엇과도 바꿀 수 없는 보물, 리나.

그런 보물이 자신을 향해 손을 뻗으며 웃어 주고 있다.

오늘 받은 스트레스와 피로가 모두 풀리는 것 같은 기분에 그녀가 과자를 아기의 앞에서 흔든다.

"우리 리나, 이게 뭘까요?"

"까까?"

"그렇지! 까까네?"

"꺄으아!"

'그래, 이 미소를 보기 위해서지.'

그래서 못마땅해하는 사장에게 애원해 가불을 받은 거다.

얼른 달라며 손을 뻗는 아기에게 과자 봉지를 안긴 여

성이 센터 직원을 본다.

"오늘 별일 없었죠?"

"그럼요. 밥도 잘 먹고, 낮잠도 잘 잤어요. 엄마도 많이 찾지 않았고, 칭얼거리지도 않았어요."

"휴. 그래요?"

엄마를 찾지 않는다는 부분에서 좋아해야 할까, 아니면 슬퍼해야 할까.

"감사해요. 안녕히 주무세요."

"아니에요. 저희가 할 일인데요, 뭘. 그런데……."

"네."

"후우. 혹시 이곳 센터에 언제까지 계실지 여쭤봐도 될까요?"

쿵!

너무도 갑작스러운 말에 여성의 낯빛이 파랗게 질린다.

아니, 이미 알고는 있었다. 이곳에 오래 있지 못할 거란 걸.

하지만 너무 갑작스러웠다.

그에 직원은 안쓰럽다는 표정을 짓지만, 이내 한숨을 쉰다.

"저희도 이런 말을 드리기 싫은데, 엠마 씨도 아시다시피 도움을 바라는 분들이 많으셔서요."

언제나 넘쳐 나는 대기자로 애간장이 닳는 미혼모 센터.

눈앞의 여성의 처지가 안 됐긴 하지만, 이렇게 사회 활동을 시작한 이상 다음 대기자를 받아야 했다. 그녀보다 훨씬 더 도움이 필요한 미혼모를 말이다.

"조, 조금만 더 시간을 주시면 안 될까요? 반년만이라도, 아니 3개월만이라도요!"

지금보다 더 보증금을 모으지 않으면 결국 슬럼가로 들어가야 한다. 아니, 슬럼가에도 자신들 모녀가 몸을 누일 공간이 있을지 장담할 수가 없다.

그런 그녀의 간절한 애원에 직원이 슬프게 웃는다.

언제나 이럴 때마다 자신들은 악당이 되어 버린다.

"양측 부모님들의 도움을 받는 게 어떨까요?"

"그건……."

여성의 표정이 딱딱하게 굳자 직원은 한숨을 내쉬었다.

"알았어요. 3개월만 더 기다릴게요."

"가, 감사합니다! 정말 감사합니다!"

씁쓸히 웃은 직원은 사무실로 향했고, 아기를 안은 채 허리를 깊이 숙이던 여성은 결국 주저앉아 버리고 말았다.

"흑! 흐윽!"

'왜! 왜!'

자신이 어쩌다 이런 처지가 되어 버린 것일까.

왜 이런 말 따위에 이렇게 겁을 먹는 수준이 되어 버린 걸까.

'고등학생 때만 해도 이렇지 않았는데…….'

고등학생 때까지만 해도 다정한 부모님과 귀여운 동생

과 함께 웃음꽃을 피웠던 그녀.

그런 가족이 돌아선 건, 마치 남처럼 변해 버린 건 그녀가 결혼을 하지도 않았는데 덜컥 임신을 한 이후부터였다.

'승환 오빠······.'

자신에게 리나라는 새 생명을, 보물을 낳게 하고는 무책임하게 하늘나라로 가 버린 남자친구가 오늘따라 너무 보고 싶었다.

"엄마. 엄마."

"아, 아니야. 엄마 안 울어. 우리 리나, 엄마랑 방으로 갈까?"

"응······."

아기를 더 힘주어 끌어안고 방으로 향한 그녀는 침대 위에 놓인 박스에 의아해했다.

"뭐지? 블랙 톡? 받는 사람은 나 맞는데?"

따로 택배를 시킨 적이 없는 그녀는 의아해하며 박스를 풀어 헤쳤다가 눈을 동그랗게 떴다.

아기 옷 두 벌과 이유식 세트, 이불.

"이, 이게 왜······."

잘못 보낸 것일까.

다시 택배 송장을 확인하던 그녀가 바닥에 떨어지는 편지를 집어 열어 본다.

"응? 어?"

블랙 톡에서 엠마, 당신을 지원하고 싶습니다.

"블랙 톡? 블랙 톡이 어디지?"
그녀, 엠마는 고개를 모로 기울였다.

* * *

우글우글, 웅성웅성.
LA 다저스 스타디움.
버스에서 내린 엠마가 스타디움 앞에 모인 여성과 남성들에 눈을 동그랗게 뜬다.
'어려…….'
대부분 자신 또래의 여성과 남성들. 간간이 삼십대 이상의 사람들도 보이지만, 대부분은 자신 또래거나 자신보다 더 어리다.
80퍼센트가 동양인이고, 나머지 20퍼센트는 흑인들이다.
그런데 공통점이 있다.
"옷들이…….."
모두 허름했다.
'설마 이 사람들 모두…….'
미혼모, 미혼부인 것 같다. 거기다 동양인들은 모두 한국인들인 것 같았다.
'저렇게 어린 애들까지…….'

"어? 저 사람은?"

눈살을 찌푸리던 그녀가 주차장에 차를 세우고 내리는 일단의 무리를 발견하곤 깜짝 놀란다.

수라간의 사장인 이미애와 그 직원들.

'저분들이 여긴 왜……'

의아해하는 그녀에게 '스태프: 자원봉사'라는 목걸이를 건 흑인 여성이 다가선다.

"오늘 설명회에 참가하러 오신 분이신가요?"

"아, 네!"

"표를 볼 수 있을까요?"

"여기 있어요."

"아, 엠마 님이시네요. 확인했습니다. 안내 도와드릴게요."

"네? 아, 네!"

그녀는 어떤 기기로 표를 확인하더니 앞장서는 흑인 여성의 뒤를 따랐고, 이내 스타디움 안의 한 의자에 앉을 수 있었다.

"대체 뭘까? 대체 무슨 지원을 해 주려고 이렇게 거창하게 하는 걸까."

"하. 다른 건 모르겠고, 분유값이나 좀 지원해 줬으면 좋겠어. 인간적으로 너무 비싸."

옆자리에 앉은 사람의 말에 엠마는 고개를 끄덕였다.

'정말 다른 건 모르겠고, 이유식이랑 기저귀값만이라도……'

미혼모 센터를 나왔을 때 가장 걱정할 수밖에 없는 아이의 이유식과 기저귀.

한숨을 내쉰 그녀가 아래를, 경기장 한구석에 만들어진 무대를 바라본다.

'대체 얼마나 거창한 설명회를 하려고 무대까지 만든 걸까.'

이상한 기분이 들었지만, 그녀는 일단 들어 보기로 했다.

그렇게 얼마나 기다렸을까.

-모두 안녕하세요-!

갑자기 무대에서 큰 소리가 울리자 객석에 앉아 고개를 돌린 사람들이 눈을 부릅뜬다.

여성의 시간도 멈춘다.

'저, 저 사람들은?!'

"꺄아아아악!"

"와아아아아악!

객석에 사람들이 겨우 절반도 들어차지 않았는데도 경기장을 터트려 버릴 듯한 어마어마한 함성.

-우리가 누군지 알죠?

"네-!"

"로빈-!"

"지젤 노울즈-!"

로빈 팬지를 비롯해 명실상부 최고의 흑인 디바로 손꼽히는 싱글 레이디의 지젤 노울즈, 그녀의 남편과 빌보드를 휘젓는 흑인 아티스트와 할리우드 배우들.

그뿐만 아니라 팝의 요정 에이미 스피너와 최고의 싱어송라이터 스테파니 조앤도 있다.

"뭐야! 뭔데!"

"꺄아아아아악!"

―휴. 뜨겁네요.

"꺄아아아아악!"

다시금 터지는 환호성에 미소를 짓던 로빈이 돌연 낯빛을 굳히더니 양옆에 서 있는 아티스트들을 본다.

그리고 고개를 끄덕이더니 객석을 향해 허리를 깊이 숙인다.

―일단…… 사과드리겠습니다.

쿠웅!

'뭐, 뭐지? 뭘…….'

―얼마 전 코리아타운에서 발생한 사건에 대해선 모두 아실 거예요. 성급한 저희 흑인들에 의해 많은 한인이 피해를 입은 사건이죠. 이 자리를 빌어 대신 사과드립니다.

오늘과 내일 있을 이 자리는 그에 대한 사과를 위해 만든 자리이며, 동시에 힘들게 사는 저들을 지원하기 위한 자리다.

웅성웅성.

―어떻게 지원할 것인지에 대한 건 차차 말씀드리기로 하고, 일단 본격적인 설명회에 앞서 의자 아래 있는 박스부터 열어 보시겠어요?

'아래?'

테이핑이 되지 않은 박스를 무릎 위에 올려 열어젖힌 여성은 눈을 부릅떴다.
 그건 오늘 이 자리에 모인 모든 사람의 반응도 마찬가지였다.

 흑인 커뮤니티 사이트 블랙 톡과 흑인 아티스트, 기빙이 여러분을 지원하고 싶습니다.

 쿠웅!
 미국 최고의 사회복지재단 기빙.
 ―제가 인수한 블랙 톡이 기빙과 함께 다음 달부터 한인과 흑인 미혼부모와 소년소녀가장들을 위한 지원을 시작하려고 합니다. 집이 없으신 분들은 블랙 톡과 저희 흑인 아티스트들, 그리고 기빙이 합작하여 인수한 아파트에서 머무시게 될 것이며…….
 쿠우웅!
 '집?'
 집. 그녀가 그토록 바라는 집.
 "마, 맙소사……."
 그녀와 사람들은 멍하니 무대를 바라봤다.

 * * *

 한인들을 위한 흑인들의 특별한 사과 콘서트!

설명회를 빙자한 콘서트장을 찾은 수라간!

한인들의 손을 잡고 자리로 안내해 주는 흑인들 자원봉사자들!

미안합니다, 사장님. 미안합니다, 한국인.

사건의 발단인 블랙 톡을 인수한 로빈 팬지!

로빈 팬지, 기빙과의 합작! 흑인 아티스트들의 지원 잇따라!

에이미 스피너, 스테파니 조앤 큰 결정 내려!

LA에 드리워진 한 줄기 따뜻한 빛!

주 정부는 왜 나서지 않나!

더 이상의 인종 차별은 없어져야 한다! 흑인들, 성숙해지자!

오늘 5시부터 인종 화합을 위한 자선 콘서트 열려! 장소는 LA 다저스 스타디움!

기이이잉!

LA 국제공항, 종혁이 모자를 쓴 로빈 팬지를 보며 어이없다는 듯 웃는다.

다시 생각해도 웃음만 나오는 그녀의 인맥.

"진짜······."

이번 인종증오범죄의 원인을 제공했던 자라 엔더슨, 엔지 롤스.

진실이 밝혀진 지금, 한인들을 향해 쏟아지던 비난이 이번에는 흑인들을 향하기 시작했다. 자라와 엔지, 두 사람이 흑인이라는 이유만으로 말이다.

선동을 당했다고는 하나, 무분별하게 폭언과 폭력을 휘둘렀던 흑인들이었으니 업보라고 할 수 있는 일이었다.

하지만 일부 흑인들로 인해 무고한 흑인들까지 피해를 입게 내버려둘 수는 없었다. 애나와 같은 선한 이들까지 피해를 보게 될지도 모르는 일이었으니까.

그에 종혁은 이번 일을 계획하며 에이미, 스테파니, 로빈 팬지에게 도움을 청했는데, 로빈 팬지가 이리저리 연락을 돌리더니 빌보드와 할리우드의 흑인 인맥들을 죄다 끌고 왔다.

뉴욕에서, 지구 반대편에서도 무급으로 날아와 준 흑인 배우와 아티스트들.

덕분에 LA, 아니 미국뿐만 아니라 전 세계가 발칵 뒤집혀 버렸다.

"원래 우리 흑인들이 할 땐 화끈하게 해요."

한 번 할 거면 제대로.

물론 자신 혼자 콘서트를 열었다고 해도 전 세계 매체들이 주목했을 것이다.

하지만 그건 결국 로빈 팬지라는 흑인 한 명의 사과로 여겨졌을 확률이 높았다. 같은 흑인들에겐, 아니 일부 흑인들에겐 자칫 배신으로 여겨질 수도 있는 일.

하지만 흑인 아티스트들이 한자리에 모여 사과를 한 순간, 흑인 전체의 사과가 된다. 그래서 그들을 설득하고, 데려왔던 것이다.

더 진정성 있는 사과를 위해서 말이다.

"그래서 다음엔 한국에서 콘서트를 따로 열까 하는데, 최의 생각은 어때요?"

"한국 국민들이 좋아하겠네요. 한국에도 당신의 팬이 많거든요."

"정말요? 한국인들이 절 알아요?"

"아마 놀랄 겁니다. 에이미는 무슨 말인지 알죠?"

"최고. 매너리즘에 빠져 있던 사람도 단숨에 빠져나올 걸?"

그런 에이미 스피너의 말에 로빈과 스테파니는 눈을 빛 냈고, 에이미는 종혁을 보며 아쉬워했다.

"최가 미국에 오면 제대로 놀고 싶었는데……."

미국이란 나라가 어떤 곳인지 알려 주고 싶었다.

은혜를 갚고 싶었다.

하지만 아무것도 한 게 없었다.

"에이미."

"네……."

"즐거웠어요."

이 말은 진심이다.

그녀가 아니었으면 꽤 골치 아파졌을 이번 사건을 뒤로 하더라도, 에이미와의 추억도 많이 쌓았다.

빌보드 톱스타, 빌보드의 요정이 담벼락을 넘어 놀러 온 경험이 있는 사람이 이 세상에 얼마나 있을까.

다시 생각하면 실소가 터져 나온다.

종혁의 눈을 빤히 바라보던 에이미가 얼굴을 구긴다.

와락!

"잘 가요. 혹시라도 여자친구와 헤어지면 연락하고요."

"휘유. 저주하는 거예요?"

"물론 평소에도 자주 연락하고요! 아주 그냥 맨날 바빠."

"하하. 노력해 볼게요."

그녀의 등을 두드린 종혁은 이내 손을 흔들며 멀어지는 그녀들을 일견하며 안드레 교수를 본다.

"이제 다음엔 언제 보지?"

"가을 포럼 때나 보겠죠. 솔직히 그때 시간이 날지는 모르겠지만요."

한국에서 초대형 사건이 기다리고 있다. 어쩌면 한국을 발칵 뒤집어 버릴 사건이.

'거기다 슬슬 다음 스텝도 밟아야 하고.'

놈들 회사를 일망타진하기 위한 다음 스텝.

판을 깔아 뒀으니 이제 슬슬 움직여 봐야 했다.

"무슨 일 있어?"

"수사 기밀입니다."

"저런……."

종혁은 아쉬워하는 안드레 교수 옆에 서 있는 이미애를 바라봤다.

"결혼식 땐 꼭 연락해 주세요."

"나, 나이 든 사람 놀리는 거 아니에요!"

"흐흐. 그럼 가 보겠습니다. 다음에 또 봬요."

손을 크게 흔든 종혁은 몸을 돌려 출국 게이트로 향했다.

아쉽지만 잠시 이별이었다.

"흐흐흐. 부국장님."

"시연 씨 언급할 거면 다물어."

"……"

"하아."

"왜?"

종혁과 최재수가 한숨을 터트린 현석을 본다.

"이건 언제 다 외울까 싶어서예."

사건과 뒤처리 때문에 결국 제대로 참석하지 못한 포럼.

발표 케이스들을 모두 다운받기는 했지만 한 사건, 한 사건 모두 골치를 썩게 만들 정도로 복잡하고 기괴하기에 한숨부터 나온다.

"한 글자, 한 글자 외우다 보면 언젠가 외워지겠……."

지이잉! 지이잉!

"응?"

'이분이 왜?'

"예, 대통령님."

종혁의 입에서 튀어나온 영어에 최재수와 현석이 기겁하며 쳐다본다.

현 미국 대통령 버락 던햄 루터였다.

-고맙습니다, 최. 덕분에 다시금 불거지려고 했던 한흑 간의 갈등이 가라앉게 됐습니다.

"……CIA가 일을 열심히 하네요."

-파파라치 사진을 보고 물어본 거니 괜한 오해 말아 주십시오, 하하하!

사태를 유발한 범인들의 검거 사진에 종혁이 있었고, 테러를 당한 수라간의 사진에도 종혁이 있었다.

그래서 CIA에게 무슨 일이냐고 물어봤던 그.

사건 해결과 흑인들의 사과 콘서트 및 복지 지원 설명회에 종혁이 있었다는 걸 알아차리곤 얼마나 놀랐는지 모른다.

-미국이 또 빚을 졌습니다, 최.

그 말에 종혁의 눈빛이 가라앉는다.

"지금부터는 오지랖이라고, 정치에 대해 뭘 모르는 멍청한 놈의 생각이라고 여기며 들으셔도 됩니다."

-소수 인종들을 위한 정책들 때문에 역차별이란 말이 나오는 건 알고 있습니다.

인종, 성별, 종교, 장애 등 다양한 이유로 소외를 받는 소수 집단을 위한 우대 정책, 어퍼머티브 액션(Affirmative action).

이는 소외를 받는 이들에게도 공평한 기회를 주고자 함이었지만, 도리어 역차별을 야기하기도 하면서 많은 논란이 되기도 하는 문제였다.

-하지만 그렇다고 그들을 외면하면 결국 차별 문제는

사라질 수 없습니다.

"외면하라는 이야기가 아닙니다."

수많은 인종이 화합되고 반목하며 활화산처럼 타오르는 나라, 미합중국(United States of America).

미국은 인구의 40%가 백인이 아닌 유색 인종으로 구성되어 있으며, 출신을 세분화하면 셀 수 없을 정도다.

이들이 온전히 화합하기란 당연히 쉽지 않은 일일 터.

종혁은 자신에게 거기까지 간섭할 만한 자격도, 능력도 없다고 생각했다.

"다만 너무 한쪽만 바라보진 않으셨으면 한다는 이야기입니다."

곧 루터 케어라는 엄청난 복지 정책을, 미국 역사에 한 획을 긋는 복지 정책을 펼치는 버락 던햄 루터.

루터 케어는 혜택을 보는 이들과 보지 못하는 이들이 분명하게 갈리는 탓에 많은 논란을 일으킨다.

종혁은 이 정책이 옳은가, 그른가의 문제를 떠나, 유능한 정치인들이 끊임없이 고뇌를 거듭하여 개선해 나간다면 분명 더 좋은 정책이 나올 수 있으리라 기대했다.

-······고맙습니다. 최의 그 조언 가슴에 꼭 품겠습니다.

"그렇게······ 까지는 하지 마시고요."

-하하하하하! 즐거운 여행이 되길 바랍니다. 또 봅시다, 최.

"오늘도 열심히 수고하십시오."

-끙!
"흐흐흐."
통화를 종료한 종혁은 기지개를 쭉 폈다.
"가자. 가."
한국이 기다리고 있었다.

* * *

번쩍!
아침에 눈을 뜬 오택수가 옆을 바라본다.
그가 누워 있는 침대 옆 침대에 누워 새근새근 잠을 자고 있는 아내.
'요새 부쩍 잠이 느는 것 같은데……'
"갱년긴가."
"아니다, 이 빠박아."
"……하늘 같은 남편한테 빠박이가 뭐냐, 빠박이가."
"대가리선 뒤로 밀린 거 모르지? 그나마 M자라서 봐주는 거야."
"끙."
'갱년기 맞다니까.'
혀를 찬 오택수는 화장실로 들어가 차분히 씻고 나왔다.
그러자 어느새 비몽사몽 해롱거리며 식탁에 앉아 있는 소중한 딸, 장미. 이젠 완전히 아가씨가 되어 버린 딸에 서운함이 앞선다.

그러다 식탁을 본 오택수는 재빨리 핸드폰 달력을 열어 봤다.

"오늘 기념일 아닌데?"

"그냥 먹으세요, 하늘 같은 남편 오택수 님."

흠칫!

"……내가 또 뭘 잘못한 건데. 잘못한 게 있으면 말을 해."

"말을 하면 고치긴 하니?"

"아침부터 싸우지 맙시다. 질풍노도 대학생, 인성 나빠져요."

장미의 말에 둘은 입을 다물었다.

"얼른 앉아서 먹어. 국 식어."

미간을 좁힌 오택수는 자리에 앉아 숟가락을 들었다.

"잘 먹을게."

후룩!

"음……."

입안을 구수하고 깊게 감싸는 냉이 된장국. 솜씨를 제대로 발휘한 듯한 아내의 모습에 오택수의 심장은 더 쫄깃해진다.

'뭐지? 내가 뭘 놓친 거지?'

미역국이 아닌 것을 보면 누구의 생일은 아니다. 결혼기념일은 아직 멀었다.

'에이, 몰라.'

고개를 저은 오택수는 갈비찜에 손을 가져갔다.

"아, 오장미. 이거 받아."

"응? 봉투? 헉?!"

봉투 속 노란 지폐들의 향연.

"요새 아빠가 용돈 안 줬지? 그걸로 봄옷 사 입어."

"아빠, 사랑해!"

"너 그거 이리 가져와. 엄마가 가지고 있다가 조금씩 나눠 줄게."

"싫어! 엄마 주머니에 들어가면 안 나오잖아! 잘 먹었습니다!"

"밥은 먹고 들어가! 야, 오장미!"

"놔둬. 집에 돈이 없는 것도 아니잖아."

"사람 일이 어떻게 될지 모르는데, 지금부터라도 모아 둬야 재 유학 보내고 결혼도 시키지! 그리고 우리 노후는?"

벌컥!

문이 열리며 장미가 고개를 내민다.

"질풍노도 대학생!"

쿵!

"……노후야 내 퇴직금이랑 연금보험 있잖아."

지금 당장 잘린다고 해도 굶어 죽을 걱정은 없다.

"쯧. 퇴직금이 아주 무적의 방패지."

오택수는 이제야 날이 선 목소리가 사라진 아내를 보며 말을 툭 던졌다.

"앞으로 한 몇 달 제대로 못 들어올 거야."

"알아."

움찔!

"알아?! 어떻……."

오택수의 눈이 다시 식탁을 훑다가 피식 웃는다.

형사 아내라고 눈치가 비상하다.

"잘 먹을게."

"얼른 먹고 출근이나 해."

오택수는 미소를 지으며 젓가락을 놀렸다.

오랜만에 아내가 차려 준 진수성찬. 하나도 남김없이 먹어야 했다.

"다녀올게."

"속옷 떨어지거나 먹고 싶은 반찬 있으면 연락하고. 다치지 말고."

"예이! 딸, 아빠 출근한다!"

"다녀오세요!"

손을 흔든 오택수는 차를 몰고 주차장을 빠져나갔다.

벌컥!

문을 거칠게 열고 들어온 오택수가 호텔의 연회장 안을 둘러본다.

8시가 다 되어 감에도 아직 아무도 도착하지 않은 넓은 연회장.

그는 단상 위에 높다란 서류들을 탑처럼 쌓아 놓은 채 그 사이에서 커피를 즐기는 종혁을 보며 입술을 비틀었다.

'얼마 만이지?'

종혁과 다시 팀을 이루게 된 것이 말이다.

특수범죄수사대 대장이라는 관리자가 되면서 수그러들었던, 일에 치이고 부하들에게 치이고 상사들에게 치이며 지쳤던 몸과 정신이 다시 종혁을 보니 뜨겁게 달아오르기 시작한다.

일순간 몸이 가벼워진 오택수가 종혁에게 다가간다.

"넌 사람이 왔는데 쳐다보지도 않냐?"

"맨날 보는 데 무슨……. 그런데 설마 부하들에게도 그렇게 말하는 건 아니죠?"

"왜? 뭐?"

"……아닙니다."

"쯧. 이게 다 간첩이야?"

간첩. 듣기만 해도 살과 치가 떨리는 단어였다.

"그 전에 할 말이 있지 않아요?"

"……날 떼어 놓은 건 너잖아, 이 자식아. 그래, 다시 만나서 더럽게 반갑다."

"흐흐. 신수 훤하니 좋네요. 커피?"

"달달한 골드 모카로."

"분명 혓바닥을 업그레이드시켜 놨었는데 말이야."

"두 개!"

'오랜만이네.'

오택수의 이런 말투가 참 그리웠다.

미소를 지으며 커피를 타 온 종혁은 오택수에게 건넸

고, 그사이 서류 한 장을 살펴본 오택수가 헛웃음을 터트린다.

간첩 한 명당 한 장, 혹은 두 장.

그런 게 몇 개의 탑으로 쌓여 있다.

"씨발. 많기도 하다."

"이것도 걸러진 거예요."

"뭐?!"

지금은 놔둬도 될 만한, 나중에 써먹을 수 있는 이들과 국정원이 잡아야 할 이들을 제외한 간첩 명단을 내려보낸 국정원.

"VIP께서 세심하게 고르신 거랍니다."

"······씨발놈의 정치."

"알뜰하게 써먹어야죠."

얼굴을 구긴 오택수는 다시 서류를 살폈다.

"헉?! 추, 충성!"

"예. 처음 뵙겠습니다. 커피?"

안으로 들어온 형사는 눈을 동그랗게 떴다.

웅성웅성.

어느새 형사들로 북적해진 연회장.

종혁이 거친 기운을 내뿜는 그들을 보며 입술을 비튼다.

'미친개들.'

사건을 해결하기 위해서라면 제 몸이 부서지는 한이 있더라도 어떻게든 범인을 물어뜯는 미친개들.

전국에서 모으고 모은 150명의 미친개다.

"최재수, 문 잠가."

"예."

최재수가 뛰어가 입구 앞에 서자 종혁이 마이크를 툭 두드렸다.

삐이-!

입을 다문 형사들이 종혁을 바라본다.

"반갑습니다. 이번 특수본의 본부장을 맡게 된 외사국 부국장 최종혁 경무관입니다."

"제1부본부장인 본청 특수범죄수사과의 과장 김종두 총경입니다."

"제2부본부장인 본청 특수범죄수사과의 오택수 경정입니다."

아직 그 이름조차 없는 특별수사대책본부.

"뭐 인사는 차차 나누기로 하고…… 이번 특수본이 어떤 사건을 맡은 것인지는 아실 겁니다. 다들 휴직계는 잘 내고 오셨습니까?"

"예!"

이번 수사는 극비리에 진행해야 되기에 어쩔 수 없이 휴직계를 내고 합류한 형사들.

종혁도, 오택수도 휴직계를 냈다.

"뭐 아내나 여자친구 있으신 분들은 알아서들 변명하시고……."

"하하하!"

웃음이 터지는 형사들을 보는 종혁이 이내 낯빛을 굳히며 서류의 탑을 두드린다.

"이게 다 간첩입니다. 국정원에서 저희에게 넘어온, 이 새끼들만은 꼭 잡아 달라는 간첩이 총 4780명."

쿠웅!

눈을 부릅뜬 형사들에 종혁이 서류탑들 중 한 뭉치를 들어 올린다.

"이게 한노총."

쿵!

"이게 민노총."

쿵!

"이게 금속 노조, 화물 노조, 철도 노조, 대현자동차 노조, 대현중공업 노조."

쿵! 쿵! 쿵!

전국 노조들뿐만이 아니다.

구의원, 시의원, 교수, 선생, 기자, 경찰, 검찰, 공무원, 일반인 등 간첩이 아니었으나, 간첩에게 선동되어 간첩으로 활동하는 놈들까지.

간첩이 없는 곳이 없다.

얼굴을 구긴 종혁이 테이블을 내려쳤다.

콰아앙!

"우리가 그동안 언제 부서질지 모르는 몸뚱이를 던져가며 애써 지켜온 대한민국을 좀먹는 벌레 새끼들이 이렇게 많습니다."

국민들의 목숨과 직결되는 기밀을 유출하고, 피땀 흘려 가며 애써 개발한 최신 기술을 유출하고, 국민들이 통합하지 못하게 갈라치기 하고. 이 한목숨 바쳐 가며 지켜 온 국민들을 장막 뒤에 숨어 희롱하는 놈들이다.
 "우리…… 이 개새끼들 싹 다 잡읍시다. 아시겠습니까!"
 "……예-!"
 종혁과 형사들의 눈이 흉흉하게 빛나기 시작했다.

2장. 연어는 고향으로 거슬러 올라가지 못한다

연어는 고향으로 거슬러 올라가지 못한다

"후룩."

경찰청장실 안, 조오현 경찰청장과 정동철 외사국장이 커피를 마신다.

"다행히도 조용히 넘어갔네요."

"최 부국장이 교통정리를 잘해 준 덕분이지."

종혁을 필두로 전국 각지에서 차출된 150명의 형사가 휴직계를 냈다.

극비리에 진행되어야 하는 수사이기에 어쩔 수 없는 일이었지만, 이를 모르는 이들로서는 중요 수사 전력이 빠지는 것에 불만을 품을 수밖에 없는 일.

그러나 경찰 조직 전반에 길고 넓게 뿌리를 내린 종혁의 라인, 그들이 잘 협조해 준 덕분에 조용히 상황을 넘길 수 있었다.

최기룡과 이택문 전 청장에서 이어지고, 또 그 본인 역시 새로 만들고 다진 라인. 인맥에서 인맥으로 이어지는 라인.
　'아니었다면……'
　생각만 해도 골치가 아프다. 어쩌면 한참 후에나 이번 수사를 시작했을지 모른다.
　혀를 차던 조오현이 정동철을 본다.
　"재밌어?"
　미간을 좁히는 조오현의 모습에도 정동철은 표정 하나 변하지 않은 채 느긋한 모습으로 커피를 홀짝였다.
　"재미있을 게 뭐 있겠습니까. 부국장이 없으니 제가 더 바빠진 게 싫은 것뿐이죠. 아, 일하기 싫네요."
　정동철을 가만히 살피던 조오현이 혀를 찬다.
　"아직도 아내랑 사이가 안 좋아?"
　"청장님은 좋으십니까?"
　경찰치고 가족과 사이가 좋은 경찰이 얼마나 될까.
　"큼!"
　"뭐, 좀 더 늦게 자고 일찍 일어나면 되는 거니까 신경 쓰지 마십시오."
　"쯧."
　혀를 찬 조오현은 속으로 코웃음을 쳤다.
　'바빠진 게 싫기는.'
　보살 혹은 판다라 불리는 정동철.
　매사에 느릿느릿하고, 좋은 게 좋은 거라며 우유부단한

모습을 보이지만, 사실 정동철이 누구보다 냉철하고 이성적인 인물이라는 건 아는 사람은 다 아는 이야기였다.

'그리고 야심도.'

그 순간 조오현의 뇌리에 또 다른 야심가가 떠올랐다.

'본격적인 대선 시작 전에 싹 다 쳐낸다라…….'

대선 직전에 간첩 수사를 지시한 박명후 대통령.

이는 올해 대선을 자신에게 유리한 쪽으로 끌어가기 위한 기책일 터였다. 상황에 따라 극비리에 진행되던 수사 내용을 공개하며 여론을 움직일 것이 분명했다.

여기서 문제는 이걸 자신에게 말해 줬다는 것이다.

일부에 불과하다고는 하나, 정치 전략을 공유한다는 건 결코 가벼운 일이 아니었다.

이건 자신이 얼마나 능력을 보여 주느냐에 따라 여의도에 자리를 만들어 주겠다는 뜻과 다름이 없었다.

조오현의 입술이 더 격하게 꿈틀거렸다.

똑똑!

"아무튼 계속 입단속 잘 시키고."

"예, 알겠습니다. 전 이만 내려갈 테니까 외사국에 예산이나 더 내려 주십시오."

"예산은 왜!"

"부국장 사비를 지원 못 받잖습니까."

"언제 경찰이 예산 가지고 수사했어? 그냥 해!"

"아, 그렇긴 하네요. 알겠습니다. 충성. 커피 잘 마셨습니다."

'대체 뭘 약속받은 거야?'

정동철은 나른하게 하품을 하며 경찰청장실을 나섰고, 조오현은 그런 그를 보며 다시 혀를 찼다.

"뭔 생각을 하는지 알 수 없는 놈······."

정확히는 언제 이쪽의 목을 물어뜯을지 알 수 없다고 할 수 있었다.

찻잔을 들고 일어선 그는 창가로 걸어가 조용히 거리를 내려다봤다.

오늘따라 풍경이 좋아 보였다.

봄의 푸른 하늘도, 거리를 지나는 차들도.

모두.

* * *

휘이잉!

따뜻이 불어오는 바람에 꽃향기가 실려 있다.

옷은 어제보다 얇아졌고, 거리를 지나는 사람들은 잠시 멈춰 서 하늘을 바라본다.

"봄은 봄이구만."

어느 건물의 옥상, 캔커피를 손에 쥔 노인의 얼굴에 나른한 미소가 어린다.

"오야가 사원들 휴게 공간에 오는 거 아닙니다."

"그러는 조 전무는 왜 왔나."

"전 가끔씩 옵니다."

답답한 사무실에선 느낄 수 없는 해방감.

그걸 느끼려다 보니 업무에 지쳐 잠시 숨을 돌리는 직원들에게 민폐를 끼치고 있다.

"누구와 다르게 올 때마다 커피를 돌리지만요."

"법인카드로?"

"쓰라고 있는 게 법인카드 아닙니다."

"말이나 못하면."

노인, 아니 사장은 조현상 전무에게 담배를 권했고, 조현상은 고개를 저었다.

"피는 게 있어서 말입니다."

찰칵! 치이익!

"후우."

조현상을 어이없다는 듯 바라본 사장은 이내 담배를 물며 다시 하늘을 바라봤다.

'이놈일까?'

회사 내부의 정보를 빼내 미지의 적, 현재 해외 지사를 제거하고 다니는 놈들에게 넘겨주는 변절자.

해외 지사들을 관리하는 기획실장들과 지원관리부 부장, 그리고 그 윗급이 아닌 이상 알 수 없는 해외 지사의 안가들.

조현상 전무 역시 용의선상에 올라가 있었다.

'머리 굴러가는 소리가 여기까지 들리는군.'

그러나 조현상은 덤덤했다.

어차피 여태까지 살아온 관성에 의해 충성할 뿐인 회

사. 죽으면 죽을 뿐인 거다.

"이번 대선은 어떻게 보십니까."

"그래, 올해가 대선이었지. 야당에선 현몽준이 입후보를 했고……"

"여당에선 홍정필과 박정애 의원님이 나오셨습니다."

쿠데타로 정권을 찬탈한 뒤 인권을 탄압하며 민주주의 후퇴시켰다고 비난받으면서도, 중화학공업화와 새마을운동, 경부고속도로 개통 등 여러 업적 등을 통해 경제 부흥을 이끌어 낸 대통령. 그의 친딸이자 여당의 거물 정치인 박정애 의원이 경선에 입후보를 했다.

"박명후의 생각은?"

"박정애 의원님을 밀어주려는 것 같습니다."

"하긴…… 홍정필 그 능구렁이보단 그분이 더 낫다고 판단할 수 있겠군."

"어떡하시겠습니까."

이번 대선은 아주 신중해야 한다.

종혁에 의해 입은 피해를 모두 복구하려면 앞으로 몇 년이 더 걸릴지 알 수 없는 상황.

조금이라도 그 시기를 앞당기려면, 예전의 세를 다시 회복하려면 자신들 입맛에 맞는 대통령을 뽑아야 했다.

"어떡하긴."

강력한 대선 후보인 홍정필과 현몽준은 애초부터 논외다.

현몽준과 홍정필 모두 종혁과 깊은 연관이 있는 이들.

그쪽을 밀어줬다가는 자칫 이쪽의 피해가 커질 수 있다.

"당연히……."

쾅!

"사, 사장님!"

사장과 조현상 전무가 다급히 옥상문을 열고 들어온 사장의 비서를 보며 미간을 찌푸린다.

'분명 내가 내려갈 때까지 방해하지 말라고…….'

"최, 최종혁이 휴직계를 냈다고 합니다! 자기 라인 형사들과 함께 말입니다!"

오싹!

"언제! 얼마나!"

"어, 어제 휴직계가 통과됐고, 특수범죄수사대와 특수범죄수사과, 광수대, 특별범죄수사대 일부가 휴직계를 냈다고 합니다! 이유는 현재 조사 중입니다!"

본청에서 휴직계를 낸 형사의 숫자만 무려 32명이었다.

정신없이 몰아치는 비서의 말에 멍해졌던 사장이 이를 악문다.

"설마 우리를 치려고……."

그렇다면 대체 어디서 정보가 새어 나간 것일까.

변절자가 최종혁에게도 정보를 넘겨준 것일까.

그렇다면 왜 최종혁은 곧바로 자신들을 치지 않은 것일까.

"혹시?!"

사장이 다급히 건물 아래를 살피기 위해 일어나자 조현상이 고개를 젓는다.

"아니요. 아닐 겁니다. 상대는 그 최종혁입니다, 사장님."

이미 자신들이 감시하고 있음을 알고 있을 최종혁.

"만약 정말 저희를 치려고 했다면 이렇게 드러내고 움직이지 않을 겁니다."

"······그렇군."

당한 게 있다 보니 순간 혼이 빠져 버렸다.

'그렇다면 뭘까······. 무슨 이유에서일까······.'

띠리링! 띠리링!

사장과 조현상의 시선이 비서에게로 향한다.

"아, 알아낸 것 같습니다! 어, 나야! 어떻게 됐어? 뭐?! ······알았어. 끊어."

통화를 종료한 비서가 사장과 조현상을 본다.

"아무래도 휴직계는 연막인 것 같고, 어떤 사건을 비밀리에 수사하려는 것 같습니다."

비서의 말에 사장은 미간을 좁혔다.

도대체 무슨 사건을 수사하려고 최종혁을 비롯해 그의 라인 형사들이 전원 휴직계를 냈단 말인가.

"정치인?"

이제 곧 대선이다.

대통령을 비롯해 대선, 경선 후보로 나선 여당과 야당의 거물들과 인연이 깊은 종혁이니, 대선이 시작되기 전에 문제가 있는 이들을 솎아 내려는 것일지도 몰랐다.
"경찰 내부의 끈이 거의 날아가 버리니 이게 문제군."
정보가 들어오지 않는다. 최근에 침투시킨 직원들이 자리 잡을 때까지 기다리는 것 말고는 현재로서는 답이 없었다.
"일단 최종혁 바로 수배하라고 해."
"예!"
"……일어나지."
고개를 끄덕인 조현상 전무와 사장은 몸을 일으켰다.
더 이상 쉴 맛이 나지 않았다.

　　　　　　　＊　＊　＊

종혁의 말에 뜨겁게 달아오른 연회장.
종혁이 오택수를 본다.
"2부본부장님."
"예, 본부장님."
"2부본부장님께서 노조를 맡습니다."
쿵!
형사들이 깜짝 놀라 종혁을 본다.
이번 특수본에서 가장 크고 맛있는 먹잇감이라고 할 수 있는 것이 바로 노조에 숨어 있는 간첩에 대한 수사.
나이로 보나 경력으로 보나 직급으로 보나 노조에 대한 수사는 제1부본부장인 김종두 과장이 맡아야 했기 때문이다.
"1부본부장님, 서운하십니까?"
"아닙니다."
솔직히 서운하지 않으면 거짓말이다.
그러나 김종두는 종혁이라면 분명 이유가 있을 거라고 믿고 있었다.
그렇게 눈으로 말하는 그를 향해 고맙다는 듯 미소를 지어 준 종혁이 형사들을 본다.
"여기 오택수 2부본부장은 그동안 노조들의 비리를 비밀리에 수사해 오고 있었습니다."
쿵!
"이 정도면 이유는 충분히 설명이 된 것 같군요."
'뭐 그런 이유라면……'
'허. 역시 본청은 본청인가. 우리는 감히 꿈도 꿀 수 없는 걸 태연하게 하고 있네.'
'만약 이번 특수본에서 활약을 한다면 나도 혹시 본청에…….'
종혁은 형사들이 눈빛이 바뀌자 고개를 끄덕이며 다시 김종두를 봤다.
"1부본부장님께선 구의원과 시의원, 당원 등 정치 쪽과 공무원, 시민단체들을 맡아 컨트롤해 주십시오."
"예. 알겠습니다."
노조도 중요하지만, 이들 역시도 중요하다. 자칫 국회의원까지 치고 올라갈 수 있기 때문이다.

대한민국의 입법 기관인 국회, 법을 상정하는 무소불위의 권력을 휘두르는 국회의원.

이들이 더 악질이라고 봐야 했다.

'뭐, 국회의원들은 죄다 빠진 것 같지만……'

아무래도 다음에 써먹으려는 것 같다.

생각을 정리한 종혁은 박수를 쳐서 이목을 모았다.

짜악!

"그럼 현 시간부로 간첩들의 명단을 모두 숙지하고 팀을 나눌 때까지 이 호텔을 수사본부로 삼고, 숙식을 해결하도록 하겠습니다. 1, 2부본부장님?"

"예, 본부장님."

"이것들을 받으십시오."

"이건……"

카드다. 모두 체크카드였다.

"아, 작전비입니까?"

"예. 한 장당 10억씩 넣어 놨습니다."

쿠웅!

시선들이 다급히 종혁에게로 모인다.

그냥 봐도 족히 70장은 되어 보이는 카드들. 저기 있는 돈만 최소 700억인 거다.

종혁은 얼어붙은 김종두와 오택수의 손에 검은색의 카드를 한 장씩 쥐여 주었다.

"이것들은 한도 무제한입니다. 부족한 작전비는 이걸로 충당하도록 하세요."

쿠우웅!

종혁은 형사들을 둘러봤다.

"내 소문에 대해 들으셨는지 모르겠지만, 난 수사에 돈 안 아낍니다. 이 간첩 새끼들을 잡기 위해 비싼 술을 마셔야 한다면 마시고, 집을 사야 한다면 사시고, 회사를 사야 한다면 사세요. 그에 드는 모든 돈을 지원해 드리겠습니다."

대신 이놈들만 확실히 잡는 거다.

다른 간첩들이, 북한이 눈치를 채지 못하게.

그래서 이놈들이 도망치지 못하게.

"아시겠습니까?"

"예-!"

"우와아아아아!"

연회장을 터트려 버릴 듯 환호성을 지르는 형사들.

"자, 그럼 잠시 해산! 앞으로 사흘 동안 호텔을 통으로 빌렸으니 아무 방에나 들어가 짐을 푸시고 오전 11시까지 여기로 모이십시오!"

"오오오!"

"예!"

얼굴이 확 밝아진 형사들이 몸을 돌리는 순간이었다.

"음. 저…… 본부장님?"

종혁은 갑자기 손을 드는 한 형사를 보며 의아해했다.

"그럼 군대는 누가 맡는 겁니까?"

쿵!

그랬다. 이 나라 안보의 최전선에 있는 군대에서도 간첩들이 활동을 하고 있었다.

아차 한 형사들이 다시 몸을 돌려 쳐다보자 종혁은 싱긋 웃어 주었다.

"군은 제가 맡을 겁니다."

그를 위해 20명의 인력이 필요했다.

"자원하실 분?"

척!

형사들 모두가 반사적으로 손을 들었다.

김종두와 오택수도 마찬가지였다.

* * *

형사들이 모두 빠져나간 연회장.

"큭큭큭큭큭!"

김종두 과장이 배꼽을 잡고 쓰러진 종혁을 걷어찬다.

"시끄러워, 인마!"

"와, 진짜 오랜만에 빵 터졌네."

"아우, 진짜! 됐고, 어떻게 할 생각인 거야?"

"뭐가요?"

"다른 곳에서 들이닥치는 거에 군이 민감한 거 알잖아. 다 본인들이 자초한 문제지만."

"뭐, 다 그런 것만은 아니죠."

가령 작년에 발생한 USB 군납 비리 사건.

4G 용량의 USB 하나를 95만 원에 납품을 받는다고 알려져 전 국민의 공분을 샀으나, 이건 여러 오해가 뒤섞여 벌어진 해프닝이었다.

 "오해라고?"

 김종두와 오택수, 최재수, 현석 모두 깜짝 놀라자 종혁이 고개를 끄덕인다.

 "그 USB가 일반 시중에 유통되는 USB가 아니라, 군용으로 특수 제작이 된 USB였거든요."

 특수한 상황에서도 오작동이나 고장이 용납되지 않는 군용 장비들.

 논란이 되었던 USB도 그러한 이유로 다양한 환경에서도 사용에 문제가 없도록 특수 제작을 한 제품으로, 지상군 화력 지원의 핵심인 포병 부대의 중요 장비, 전술 사격 지휘 체계(Battalion Tactical Command System)에 사용되는 USB였다.

 또한 지금과 달리 해당 USB를 개발하던 시기에는 1G 용량의 USB조차 흔치 않았기에 개발비에 더 많은 돈이 들 수밖에 없었고, 그마저도 60만 원에 납품받은 것이 95만 원에 납품받았다고 오보된 것이었다.

 이게 대한민국을 뒤집었던 USB 군납 비리 사건의 진실이었다.

 "뭐야. 그런 거였어? 그럼……."

 "이 납품 비리에 얽힌 사람들은 무죄라는 거죠."

 "……허."

"그것까진 몰랐네."

일에 치여 결과까진 알아보지 못한 그들로선 약간의 반성을 할 수밖에 없었다.

"애당초 인맥들 통해서 파고들 테니 그 부분은 걱정하지 않으셔도 됩니다. 뭐 당장 그쪽을 칠 생각이 없기도 하고요."

"군대 내에 인맥이 있었어? 언제? 어떻게? M-컴퍼니……?"

"거긴 군인들이 싫어하지 않겠습니까? 야, 설마 너 홍익파출소에 있을 때의 그 윤영철 아버지인 군 장성을 말하는 거냐?"

사전에 차단하지 않았다면 수많은 피해자를 양성했을, 일명 채팅 연쇄살인마 윤영철.

그의 아버지가 군의 중장이었다.

"그쪽은 생각도 못하죠. 아들이 아직도 교도소에 있는데요. 그리고 예편을 하신 지도 꽤 되셨고요."

"그럼 뭔데? 설마……."

그들의 머릿속에 권&박 홀딩스의 고객들이 떠오르는 순간이었다.

"어, 혹시 경찰대 라인을 말하시는 겁니꺼?"

사람들이 현석을 보고, 종혁이 미소를 짓는다.

"맞아. 너희 기수에도 있었지?"

경찰대에 입학했지만, 여러 이유로 도중에 관두거나 졸업 후 군인으로 전향한 동기들.

이런 이들은 비단 종혁의 기수에서만 발생한 현상이 아니다.

까마득한 선배 기수부터 시작해 매 기수마다 그런 사람들이 있었고, 그렇다 보니 이 일명 경찰대 라인이라 불리는 사람들은 서로 똘똘 뭉치게 됐다.

파벌이란 건 구성원이 많을수록 좋은 것이니 말이다.

"아무튼 그쪽이 아니라 다른 쪽에서부터 치고 들어가려고 합니다."

"외부에서부터?"

"예. 이놈들부터요."

탁!

종혁이 거칠게 자료들을 내려놓는다.

"동해…… 식품?"

"감히 간첩 주제에 식품 회사를 차린 것도 모자라, 대한민국 장정들의 입에 들어가는 먹을 걸 가지고 장난을 치는 새끼들이죠."

젊음의 혈기를 불태우고 미래를 위해 수없이 부딪치고 깨지며 성숙해져도 모자랄 나이에, 이 나라 국민들의 안전을 지키기 위해 강제로 징집되어 불철주야 노력하는 대한민국 장정들.

존경을 받아도 부족할 그들이 먹을 음식으로 장난을 치고, 그렇게 번 돈을 북한으로 빼돌리는 것이 분명한 새끼들.

이놈들부터 쳐야 했다.

종혁의 눈이 흉흉하게 빛나기 시작했다.

* * *

경기도 외곽에 위치한 동해식품.

요란한 소리가 울리며 건빵과 별사탕이 쏟아져 나오자 직원들이 포장이 된 구슬땀을 흘리며 포장된 건빵을 박스에 옮겨 담는다.

여기저기 있어야 할 것이 빈 대신 그 사이를 인력으로 대체한 생산 라인.

뒷짐을 진 배불뚝이 중년인이 그들 사이를 느릿하게 걷는다.

"빨리빨리 하란 말이야!"

"하나라도 구멍 나면 네 월급에서 깔 줄 알아!"

"흘리지 마! 그게 개당 얼마짜린 줄 알고 흘리고 지랄이야! 네가 처먹을 거야?!"

"부스러기는 박박 긁어서 담으라고! 뜨거워도 참아!"

중년인, 아니 사장의 삿대질에 직원들은 연신 허리를 숙이며 몸을 더 빨리 놀리고, 사장은 그 모습마저 못마땅하다는 듯 혀를 차며 공장을 나선다.

"어후. 귀 아파."

"흐흐. 커피를 드시면 좋아지실 겁니다."

"역시 날 위하는 사람은 최 부장뿐이야."

"충성을 다하겠습니다!"

생산 라인을 담당하는 최 부장이 허리를 넙죽 숙이자 잘하라는 듯 어깨를 두드린 사장이 공장 옆에 지어진 작은 건물로 향한다.

"다녀오셨습니까!"

"수고하셨습니다!"

그가 나타나자 다급히 일어나 허리를 숙이는 직원들.

"고작 옆에 갔다 오는 건데 다녀오기는……. 앉아서 일들 봐. 김 이사는 사무실로 들어오고."

"……예!"

의아해하며 일어난 장년인이 다급히 사장을 따라 사장실 안으로 들어간다.

쿵!

문이 닫히자마자 소파로 걸어가 앉아 담배를 무는 사장과 얼른 그의 담배에 불을 붙이는 김 이사.

"아이고. 우리 사장님께서 또 무슨 이유로 뿔이 나셨을까요. 저한테 다 말씀하십쇼! 제가 더 이상 신경 쓰시지 않게 다 처리하겠습니다."

"김 이사."

"예, 사장님!"

"인건비를 더 줄일 방법이 없을까?"

"아……."

몇 년 전이었으면 대충 동남아 노동자들을, 돈을 주지 않아도 아무 문제가 없는 놈들을 데려다 썼을 텐데 인터내셔널 잡이란 게 생긴 이후부턴 그럴 수 없게 됐다.

그래서 이십대 초반의 어린, 아무것도 모르는 철없는 애들을 데려다가 일을 시키고 있지만 사장은 그마저도 아까워 죽을 것 같았다.

"말이 120이지, 땅을 파면 그 돈이 나와? 나오겠냐고."

김 이사가 속으로 얼굴을 구긴다.

'스크루지보다 독한 새끼.'

최저 임금조차 챙겨 주지 않는 상황에서 월급을 더 후려칠 생각을 하고 있다. 차라리 벼룩의 간을 빼먹어도 이것보단 나을 거다.

하지만 그의 입과 얼굴은 다른 말을 하고 있었다.

"어쩔 수 있겠습니까. 여기서 더 줄여야 한다면……."

"한다면?"

"미성년자를 데려다 써야죠."

음흉한 김 이사의 미소에 사장의 얼굴이 와락 구겨진다.

"……자세히 말해 봐."

"그거 아십니까? 고아원에서 자란 고아들은 만 18세가 되면 고아원을 나와 자립을 해야 된다는 거?"

"만 18세면…… 19살? 고3?"

"대부분 20살에 나오긴 하는데, 고아원 사정이 좋지 않으면 고3에 나와서 생활 전선에 뛰어들어야 한다 이 말이죠."

"그래서 전국 고아원에 찌라시를 뿌리자?"

"바로 그겁니다! 숙식을 제공하겠다고 하면 아주 벌떼처럼 몰려들 겁니다! 바로 그때……!"

숙식에 소모되는 비용을 제하고 월급을 주면 되는 거다.

"잠이야 대충 컨테이너 하우스 하나 가져다 놓으면 될 테고요!"

"호오."

좋다. 아주 좋다.

"역시 김 이사! 잔대가리 굴리는 게 아주 그냥!"

"하하하! 과찬이십니다!"

"또?"

"예?"

"또 돈을 줄일 방법이 뭐 있겠냐고. 역시 원료비를 줄여야겠지?"

온수조차 함부로 쓸 수 없는 그들 공장. 여기서 더 절약을 한다면 원료비를 줄이는 것 말곤 답이 없었다.

"……배합률을 좀 더 신경 써 보라고 지시하겠습니다."

"짱깨 새끼들한테도 더 싼 밀가루가 없는지 물어봐."

"지금도 아슬아슬합니다만……."

여기서 더 질이 나쁜 밀가루를 쓴다면 맛부터 달라질 거다. 아니, 먹고 탈이 날 수도 있었다.

"하! 김 이사, 지금 이십대 무시해?"

쇠도 씹어 먹을 나이인 이십대.

"배고프면 다 소화하게 되어 있어. 인간은 그렇게 나약하지 않아."

"알겠습니다. 그 부분도 조율해 보겠습니다."

"진즉에 그럴 것이지……. 입찰은 차질 없이 진행되고 있지?"

다음 달에 시작될 군 입찰.

그 말에 김 이사의 얼굴이 활짝 펴진다.

"흐흐. 그거야 걱정 있겠습니까?"

어차피 건빵은 자신들이 낙찰받을 텐데 말이다.

"씁! 작년에 3구역 뺏긴 거 몰라?"

대한민국을 4개의 구역으로 나누어 진행하는 건빵 입찰. 그중 3개의 구역을 동해식품이 낙찰받았지만, 나머지 1개 구역을 뺏기고 말았다.

치욕이었다.

"죄, 죄송합니다. 그 부분도 잘 준비하겠습니다."

"김 이사, 내가 왜 그 돈 주면서 자네를 그 자리에 앉혀 놓은 건지 잘 생각해."

"예!"

"나가 봐."

김 이사는 재빨리 사장실을 빠져나갔고, 사장은 담배를 또 물었다.

찰칵! 치이익!

"머저리 같은 놈."

하지만 또 김 이사만큼 자신을 이해해 주는 사람도 없었기에 사장은 혀를 차면서 몸을 일으켰다.

보고서를 작성할 시간이었다.

＊　＊　＊

"이름 이민성. 본명 김철성. 나이 53세. 북한 정찰총국 35호실 소속으로, 26년 전 한국으로 넘어와 신분을 위조."

1986년 26살의 나이에 남파된 이민성은 당시 실종자의 신분으로 위장, 곧바로 공장에 취직해 고정 간첩으로 살게 됐다.

"그러다 1999년, 갑작스럽게 동해식품을 설립하더니 군에 건빵을 납입하기 시작했습니다…… 라고 나옵니다."

커다란 연회장.

화이트보드에 붙은 이민성의 사진을 보는 이십여 명의 형사들이 눈을 껌뻑인다.

'이런 정보는 어떻게 안 거지?'

'아까 본부장님이 말했잖아. 이 자료들 모두 국정원에서 넘어온 거라고.'

'와, 씨발. 그럼 국정원은 다 알고 있었는데도 그동안 입을 꾹 다물고 있었다는 거야?'

'하여튼 국정원 새끼들.'

그들의 눈이 연회장 이곳저곳을 둘러본다.

자신들처럼 무리를 이뤄 브리핑을 시작한 제1부본부와 제2부본부의 형사들.

저들도 자신들처럼 국정원이 조사한 자료를 통해 브리핑을 하고, 누구부터 칠지 작전을 짜고 있었다.

그러다 문득 그들의 머릿속에 한 가지 의문이 떠올랐다.

'그런데 갑자기 왜?'

왜 이제 와 이렇게 대규모의 검거 작전을 펼치려는 걸까.

형사들은 그게 의문이었다.

"집중."

"크흠!"

"계속합시다."

종혁의 말에 브리핑을 하는 형사는 고개를 끄덕였다.

"군 납입을 통한 한 해 매출은 약 81억. 동해식품이 주력으로 취급하는 건빵의 경우 대한민국을 4개의 구역으로 나눈 후 각 구역에서 경매 입찰 방식으로 납품을 받는데, 동해식품은 작년 이 4개의 구역 중 무려 3개의 구역에서 낙찰을 받았습니다."

술렁!

"뭐야. 개별적으로 경매를 한다며?"

"뭐, 이름만 살짝 바꾼 게 아닐까?"

"씨발. 군바리 새끼들이 그럼 그렇지!"

같은 생각이다.

종혁은 손을 살짝 들었다.

"경매를 주관하는 곳은 어딥니까?"

"방위사업청입니…… 아아, 잠시만 기다려 주십시오!"

브리핑을 하던 형사가 옆에 놓인 자료를 확인하더니 한

장을 뽑아 든다.

그리고 얼굴을 구긴다.

"방위사업청에도 간첩이 있습니까?"

"……예. 현재 청소 직원으로 근무하고 있는 걸로 나옵니다."

"이런 씨발! 진짜 없는 곳이 없네!"

"군바리 새끼들, 일 이따위로 할래?! 어?!"

청소 직원이니 다행히 경매에 영향력을 끼치진 못할 테지만, 경매를 담당하는 직원이 누군지는 알려 줄 수 있을 터.

그럼 게임은 끝이었다.

"계속합시다."

"크흠. 예. 2001년 결혼을 한 이민성은 현재 슬하에 1남 1녀를 두고 있으며, 아내는 간첩이 아닌 걸로 나와 있습니다. 그럼 다음으로…… 이름 김성철. 본명 리주성. 나이 47세."

동해식품의 이사이며, 2002년에 동해식품에 합류했다.

"조선족 신분으로 위장해 항공편을 이용해 들어왔으며, 한국으로 들어온 뒤 노숙자의 신분을 훔쳐 생활하는 것으로 추정된다고 나옵니다."

김성철 역시 결혼을 했으며 현재 슬하에 딸 한 명을 두고 있다.

"다음은 다른 식품납입 업체인 한주대동식품으로……."

종혁은 손을 저었다.

"그건 이따가 이야기하죠. 동해식품의 공장 규모는요?"

"사무직과 연구원 포함 총 16명으로 나옵니다. 이상입니다."

직원 16명에 한 해 매출 81억. 꽤 준수한 매출이라고 볼 수 있었다.

"이건 뭐…… 거의 철밥통인데?"

대한민국 군인들에게 가장 만만한 간식이자 매달 한 번 이상은 꼭 지급이 되고, 어쩔 땐 재고가 쌓였다며 무더기로 안겨 주기도 하는 건빵.

한 번 입찰에 성공을 했다 하면 결코 깨지지 않는, 아주 비싼 철밥통이라고 봐야 했다.

"일단 그 건빵을 입수해 국과수에 성분 분석부터 의뢰하세요."

"……저 새끼들이 야료를 부렸다고 생각하시는 겁니까?"

"3개 구역을 낙찰받을 정도로 욕심이 많은 놈들이잖아요."

건빵 원료를 가지고도 장난을 쳤을 수 있으니 확인을 해 보려는 것이다.

"하. 원래 간첩은 그냥 대가리부터 깨고 봐야 하는데……."

그랬다간 북한에서 눈치를 챌 수 있으니 조심스럽게 접근을 해야 됐다.

종혁은 툴툴거리는 형사들을 일견하며 발표를 하는 형사를 봤다.

"그럼 다음으로 한주대동식품. 골뱅이 같은 캔 식품을 군에 납입하는 업체로 이곳에 있는 간첩은……."

종혁과 형사들은 눈을 가늘게 뜨며 브리핑 내용을 수첩에 적기 시작했다.

"이상입니다."

"……허허."

수첩에 손을 올린 형사들이 헛웃음을 터트린다.

군 외부의 군 관련 업체들만 브리핑을 했는데, 간첩들이 한 무더기다.

화가 나기도 하지만, 허탈하기도 했다.

그들은 이제 어떻게 하면 되냐는 듯 종혁을 응시했고, 종혁은 담배를 물었다.

찰칵! 치이익!

"어차피 저 새끼들 모두를 한꺼번에 수사하는 건 불가능합니다."

인력이 너무 부족하다. 그렇기에 조금씩, 조금씩 잠식하듯 놈들을 잡아먹어야 했다.

"그러니 첫 스타트는 동해식품으로 끊는 걸로 하고…… 동해식품이 차지하지 못한 나머지 구역을 입찰받은 업체 이름이 뭐죠?"

"울트라식품입니다."

"거기부터 인수하죠."
쿵!
"예?"
형사들이 눈을 부릅떴다.

* * *

 울긋불긋 거리를 물들이던 개나리와 진달래가 저물고, 이름 모를 들꽃이 그 자리를 대신하는 완연한 봄.
 거리를 지나는 사람들의 옷은 점점 얇아지고, 따사로운 햇빛과 함께 불어온 한 줄기 봄바람이 지친 몸을 포근하게 감싸며 아무 이유 없이 심장을 설레게 한다.
 꺅! 꺅!
 "뭔 손님이 오려고 저런대?"
 충청남도에 위치한 울트라식품의 사장이 나뭇가지에 앉아 울어 대는 까치를 보며 담배를 문다.
 "저…… 사장님?"
 사장이 고개를 돌리자 삼십대 남성이 쭈뼛쭈뼛 다가온다.
 "똥 마려운 겨?"
 그게 아니면 할 말을 하라는 사장의 말에 남성이 망설이다 입을 연다.
 "가불 좀 할 수 있을까유?"
 "결혼혀?"

"아부지 트랙터가 또 말썽이라고 하네유."

"……이젠 그냥 새장가 들라고 혀."

작년에도 몇 번 말썽을 부렸던 직원 아버지의 트랙터.

그때마다 들어가는 돈을 따지면, 또 앞으로 들어갈 돈을 생각하면 아예 새로 사 버리는 게 나을 것 같다.

"그 말 했다가 혼났슈. 그럼 니도 연 끊어야 한다고."

"……알았어. 점심 먹고 사무실에 말 혀."

"감사혀유."

"월급 계속 훔칠 겨?"

"이, 일하러 갈게유!"

후다닥 직원이 공장으로 달려가자 사장이 담배를 문다. 그런 그에게 이십대 여성이 다가선다.

"아빠!"

"……오늘 처음이여. 봐줘."

"지성이 오빠 또 가불해 달라는 거지? 그거 버릇된다니까?"

"어뜩혀. 가족이나 마찬가지인디."

푸근히 웃는 사장의 모습에 딸이 얼굴을 구긴다.

사람이 좋아도 너무 좋은 아빠.

"니 월급 줄 돈은 있어."

"누가 그걸 말해?! 아으! 진짜!"

"사랑혀."

"몰라!"

"그날인감?"

째려보는 딸의 모습에 사장은 얼른 입에 지퍼를 채웠고, 딸은 한숨을 내쉬었다.

"오늘 손님 오는 거 알지? 어디 가지 마."

"아……."

순간 입을 꾹 다무는 사장의 모습에 딸은 다시 한숨을 내쉬었다.

썩 달갑지 않은 오늘의 손님.

그녀는 잠시 공장을 둘러봤다.

하얀 방진복을 입은 채 공장안을 돌아다니는 네 명의 사람들과 코를 자극하는 구수한 건빵의 냄새.

9살, 아빠의 손을 잡고 왔던 그때와 하나도 변치 않은 풍경이다.

달라진 게 있다면 직원의 숫자랄까.

'옛날엔 건빵 많이 훔쳐 먹었는데…….'

그녀에게 있어선 공부방이자 놀이터였던 공장.

아련한 추억이 스쳐 지나가며 그녀의 마음을 흔든다.

그러나 그날로부터 벌써 17년이 흘렀다.

공장이 좁다며 뛰어다녔던 말괄량이는 어느덧 서울에서 대학을 졸업했고, 그 무엇보다 크고 멋졌던 아빠가 이젠 너무 많이 작아지셨다.

이제 몇 년이나 더 이 공장을 유지할 수 있을까.

'매출이 줄고 있어.'

울트라식품의 최대 납품처인 군대, 군인의 숫자가 감소하고 있단 뜻이다.

타들어 가는 마음에 그녀는 애써 눈을 부릅뜬다.

"또 어디 가면 앞으로 밥 안 차려 줄 거야!"

"그건 너무헌디?"

"흥!"

콧방귀를 뀐 딸은 사무실로 들어갔고, 사장은 그제야 담배에 불을 붙였다.

"옛날엔 눈에 넣어도 아프지 않았는디……."

너무 작고 소중해 그랬는데, 이젠 눈으로 가져갔다간 얼굴까지 잡아먹힐 것 같다.

"큭큭. 또 혼났슈?"

"엉덩이 간지러?"

"이크!"

"후우."

놀리고 도망치는 직원을 보며 담배 연기를 길게 내뿜던 순간이었다.

부우웅!

"참 마음에 안 드는 손님이네."

사장은 공장 안으로 들어서는 낯선 차량에 담배를 끄며 다가갔다.

'좋은 곳이네.'

구슬땀을 흘리며 일하는 직원들의 얼굴에 가득하던 미소. 그것만으로도 이곳의 사장이 어떤 인물인지 알 것 같다.

공장에서 일하는 직원들이 입은 방역복은 또 어떤가. 위생에 철저히 신경을 쓴다는 뜻이다.

종혁은 뚱한 표정으로 이쪽을 응시하는 사장을 봤다.

처음 만났을 때부터 시종일관 뚱한 표정을 짓고 있는 그.

종혁은 속으로 입맛을 다셨다.

'확실히 내가 달가운 손님은 아니지.'

"직원 숫자에 비해 공장이 크더군요."

공장 안도 빈 공간이 많았다. 설비가 꽤 빠졌다는 뜻이다.

그럼에도 직원들 동선에 어색함이 없는 걸 보면 시간을 두고 조금씩 빠진 듯했다.

"아, 그게……."

사장의 옆에 앉은 젊은 여성이 다급히 변명하려는 순간이었다.

"수사유?"

쿵!

종혁과 최재수, 현석의 눈이 부릅떠진다.

사장을 본 종혁은 허탈히 웃어 버렸다.

"절 알아보실 줄은 몰랐습니다."

"아직 눈깔 네 개 아녀유."

안경 쓸 정도로 눈이 나쁘지 않다는 뜻이다.

"아, 아빠. 아니, 사장님. 아는 분이세요?"

딸을 향해 손을 들어 올린 사장이 몸을 살짝 비튼다.

"갈 때 사인이나 해 주고 가유. 자랑이나 하게."

"끙. 팔 생각이 없으시군요."

"최 선수가 사업가는 아니잖아유. 아, 최 선수라고 불러도 되쥬?"

"편하신 대로 불러 주십시오."

"내 딸한티 관심 있슈?"

그게 아니라면 굳이 계속 볼 이유가 없다는 뜻.

종혁은 한숨을 내쉬었다.

'뿔이 단단히 났군.'

심기가 불편해질수록 말을 더 꼬는 게 충청도 사람이다.

종혁은 어쩔 수 없다고 생각했다.

"파실 생각이 없으시군요."

"……."

"호호호. 자, 잠시만요. 사장님, 잠깐 나 좀 봐요."

사장은 더 이상 들을 필요 없다는 듯 힘주어 버텼고, 당황하는 딸을 일견한 종혁은 사장을 또렷이 보며 입을 열었다.

"그럼 투자를 받는 건 어떠십니까?"

인수는 물 건너간 것 같다. 그러면 방법을 선회해야 했다.

"똥 닦을 때 휴지가 필요 없어서 좋겠슈."

"아빠!"

"동해식품."

움찔!

사장이 그제야 종혁을 본다.

"그놈들이 건빵에 장난치시는 건 사장님도 아시죠?"

딱!

종혁이 손가락을 튕기자 현석이 다급히 들고 온 가방에서 한 장의 서류를 꺼낸다.

"이게 그 성분표입니다."

테이블에 내려진 성분표를 힐끔 본 사장이 이내 눈을 부릅뜨며 성분표를 집어 들어 살핀다.

"……지옥행 열차는 여전히 자리가 많나 보네."

경쟁 업체이기에 외울 수밖에 없는 원재료의 함유율. 밀가루와 쌀가루의 원산지를 속인 것도 모자라 그 함유율까지 속였다.

"중국을 얼마나 사랑하는 겨? 중국인이여?"

여길 봐도 중국, 저길 봐도 중국이다.

사장은 종혁을 봤다.

"내 것두 있슈?"

종혁은 현석에게 고개를 끄덕였고, 현석은 울트라식품에서 생산하는 건빵의 성분표를 내밀었다.

"……대단허네. 그래서유?"

사장이 몸을 원래대로 돌리며 종혁을 바라보자 종혁이 낯빛을 굳힌다.

"그 전에 여쭙고 싶은 게 있습니다. 왜 군용 건빵을 만들기 시작하신 겁니까?"

"건빵이 뭐라고 생각혀유?"

건빵의 사전적 의미를 묻는 건지, 아니면 건빵의 중요성에 대해 묻는 건지 알 수 없었던 종혁은 말을 아꼈고, 사장은 그럴 줄 알았다는 듯 고개를 끄덕이며 입을 열었다.

"지한티 건빵은 마음 놓고 먹을 수 있는 유일한 주전부리였슈."

지금과 달리 모든 게 열악했던 80년대 초반.

심지어 그가 복무했던 최전방 부대에는 PX조차 없었고, 가끔 오는 황금마차만이 군인들의 유일한 행복이었다.

그러나 좋지 않은 집안 사정 때문에 황금마차가 온다 한들 사치를 부릴 여유는 없었고, 그런 그를 위로해 주었던 것이 바로 건빵이었다.

"그게 어찌나 맛있던지……."

자신보다 어린 친구들에겐 눈물 젖은 초코파이라지만, 자신에겐 눈물 젖은 건빵이었다.

그리고 아직도 대한민국 군대 어딘가에는 자신처럼 건빵만이 유일한 위안이 되는 친구들이 있을 거다.

"그래서 건빵을 만들기 시작하신 거군요."

그 자신과 비슷한 처지에 있는 장병들에게 조금이라도 더 맛있는 건빵을 먹여 주기 위해서 말이다.

"아빠……."

종혁은 마치 처음 듣는 이야기처럼 반응을 하는 딸을 일견하며 사장을 봤다.

"이러니 더 투자를 하고 싶네요. 솔직히 마음 같아선 아예 인수를 하고 싶지만……."

"일없슈. 그래도 손님인게 오라고 했던 거유."

"사장님."

종혁의 표정이 진지해진다.

"동해식품을 계속 보고만 계실 겁니까?"

움찔!

"동해식품뿐만이 아닙니다."

한주대동식품이나 군에 납품하는 여러 식품 회사들도 먹을 것을 가지고 장난을 치고 있다.

"뭐유?!"

"물론 그중엔 나날이 높아지는 물가와 여러 이유로 어쩔 수 없이 주 원재료의 함량이나 식품의 용량을 줄이는 업체들도 있을 겁니다."

하지만 그것이 다른 사람을 속일 이유가 되진 않는다.

"……허. 거참."

"1차로 50억을 투자하겠습니다."

쿵!

"건빵 시장, 아니 군납 식품 시장을 먹어 보시죠."

사장의 눈이 파르르 떨렸다.

* * *

부우웅!

달리는 차 안.
"사장님이 응해 주실까요?"
"그러길 바라야지."
생각할 시간을 달라며 내린 축객령에 울트라식품을 빠져나온 종혁이 한숨을 내쉬자 최재수가 눈을 빛낸다.
"마음에 드셨나 보네요."
"응. 좋은 분인 것 같더라."
미소를 머금은 채 일하던 직원들, 그리고 철두철미한 위생 관리.
이토록 세심하게 공장을 관리하는 사장이라면, 제품에도 얼마나 신경을 썼을지 직접 보지 않아도 알 수 있었다.
"이왕 손을 잡을 거면 이런 분과 손을 잡아야지."
"······잘되길 바라야겠네요."
고개를 끄덕인 종혁은 창밖을 바라봤다.

* * *

찰칵! 치이익!
"후우."
생각해 보겠다는 말로 종혁을 돌려보낸 사장이 담배를 문다.
"아빠."
"할 말 있어?"

"어떻게 할 거야?"

"……몰러."

"50억이면 우리 회사 2년 매출보다 많아."

심지어 그건 1차에 불과했고, 이후 추가적인 투자도 약속했다.

"그만혀."

자신을 쳐다보지도 않는 아빠의 모습에 딸은 입술을 깨물었다.

이럴 때 아빠는 그 누구도 고집을 꺾을 수 없다.

하지만 꺾어야 한다.

계속 줄어 가는 매출. 새로운 돌파구를 마련하지 않으면 머지않은 미래에 공장을 닫아야 할지 모른다.

"그 돈이면 아빠가 만들고 싶은 건빵을 만들 수 있잖아."

움찔!

"더 맛있는, 시중에서 파는 과자처럼 더 다양한 맛을 내는 건빵. 아빠 꿈이잖아."

하지만 여력이 되지 않아 만들지 못하고 있다.

아니, 개발과 테스트는 모두 끝났다. 그러나 사금이 부족해 생산을 못하는 것이다.

그건 앞으로도 마찬가지일 거다.

"……."

"엄마가 살아 계셨으면 엄마도 이걸……."

"나 화낼까?"

"……잘 생각해 봐요."

딸은 사장실을 나갔고, 사장은 창밖을 바라봤다.

"후우우."

그의 마음처럼 뿌옇게 퍼지는 담배 연기.

'네가 하려는 말을 왜 모르겠냐…….'

우두커니 선 사장은 하염없이 담배를 피웠다.

그렇게 얼마나 생각에 잠겨 있었을까.

똑똑!

밝았던 하늘이 깜깜해졌음에도 그 자리에 가만히 서 있던 사장이 두들겨지는 문을 본다.

"계셔유?"

"퇴근할 시간인 겨?"

"……뭔 일 있슈? 지숙이도 먼저 가던디……."

"퇴근혀."

"……뭐든 우린 사장님 편이유."

흠칫!

"알고 있는 겨?"

"아직 눈 멀쩡혀유."

공장에 오는 손님이라곤 물건을 가지러 오는 운송회사 트럭밖에 없는데 모를 리가 있을까.

"빚쟁이 아니믄 팔 수 있을 때 팔아유. 담달 되면 똥값 될 수도 있잖여유."

동해식품이 자신들이 입찰받은 구역마저 가져간다면 이 공장의 값어치는 고철값밖에 나오지 않을 거다.

"잘됐네. 이참에 그 돈 가지고 사장님 좋아하는 연구나 혀유. 대신 너무 오래 기다리게 하진 말구유. 다들 가정이 있응께."

공장 팔고 새로 공장을 만들라는, 그 공장에서도 일해 주겠다는 뜻이다.

"퇴근이나 혀."

"아주 연락을 안 했단 봐라. 결단을 내 버릴 겨."

직원이 문을 닫고 떠나자 사장은 한숨을 내쉬었다.

"하여튼 딸내미고 직원들이고 죄다 웬수들뿐이여."

그래도 덕분에 생각이 정리됐다.

그는 핸드폰을 들었다.

"동해 사장이 로비를 그렇게 한데유."

-좋은 결정 내려 주셔서 감사합니다. 그 부분은 걱정 마시고, 생산만 최대한 해 주십시오. 한 100만 봉지?

쿵!

종혁이 지금 무슨 생각을 하는 것인지 알 것 같다.

"……신제품도 되유? 단가 생각 안하믄 진짜 맛있는디."

-금상첨화죠. 하청 줄 공장은 있습니까?

"동해 땜시 망한 공장이 있슈. 망해 가는 공장도 있고."

-인수하시죠. 오늘 안까지 100억을 더 넣어 드리겠습니다.

"건빵 만들다 뒤지겠네. 3주 안에 마무리 지으면 되쥬?"

-충분하죠. 그럼 내일 뵙겠습니다.

통화를 종료한 사장은 담배가 수북이 쌓인 재떨이를 쓰레기통에 던지며 주먹을 쥐었다.

앞으로 24시간 내내 돌아가야 할 공장. 담배 따위 피울 시간도 없을 거다.

"그려. 한번 해 보는 겨."

그 불쌍한 젊은 청년들의 입에 들어가는 것을 가지고 장난을 치는 동해식품 사장에게 한 방 먹이는 거다.

사장은 주먹을 꽉 쥐었다.

* * *

해가 저물어 가는 오후의 방위사업청.

"끄으!"

기지개를 켠 오십대 사내가 벽에 걸린 시계를 보곤 재킷을 챙겨 든다.

"자, 대충 시간 됐으니 퇴근들 합시다."

"엇? 과장님, 오늘은 빠르십니다?"

"왜? 오늘 금요일인데 야근해? 정말?"

찌릿!

"헉!"

말 한마디 잘못했다가 눈초리를 받은 장년인이 다급히 고개를 젓자 과장은 피식 웃었다.

"다들 수고했고, 다음 주에 보자고."

"수고하셨습니다! 충성!"

"수고. 으흐응."

그렇게 과장이 사라지자 부서원들은 미간을 좁혔다.

"오늘따라 기분이 좋아 보이시네. 저번주도 기분이 좋아 보이시더니."

"그러게요. 뭔 일 있으신가?"

1년 365일 바쁘지 않은 날이 없는 그들의 부서.

더욱이 다음 달, 2주만 더 있으면 군납 식품업체 선정 입찰이 시작되기에, 내년 이맘때까지 장병들의 입에 들어가는 모든 식품에 대한 입찰이 시작되기에 더 신중하고 바쁠 수밖에 없다.

"……에이. 뭐 좋은 일이 있으신가 보지. 자, 우리도 대충 마무리하고 퇴근하자고!"

"예!"

상사의 기분이 좋아서 나쁠 건 없기에, 또 감사하게도 불타는 금요일에 야근도 없기에 그들은 히죽 웃으며 컴퓨터를 껐다.

한편 방위사업청의 건물을 나서며 퇴근 지옥이 시작된 도로 위로 접어든 과장.

한참을 달려 그가 도착한 곳은 어느 건물의 지하주차장이었다.

겉으로 보기엔 일반 빌딩처럼 보이는 건물.

주차장에 차를 주차한 그가 엘리베이터에 올라탄다.

띵! 스르릉!

문이 열리자 그의 눈에 들어오는 검은색 문.

그는 문 위에 달린 CCTV를 가만히 바라봤고, 이내 문이 열리며 푸른색 조명을 품은 대리석이 그의 앞에 펼쳐진다.

그러자 그의 심장이 크게 박동하며 입술이 주체하지 못할 정도로 꿈틀거리기 시작한다.

"어머! 오랜만에 오셨네요!"

가슴골이 훤히 드러난 드레스를 입은 여성이 다가오자 과장의 입이 결국 쭉 찢어지고 만다.

"하하. 잘 있어, 마담?"

"사장님이 들르지 않으셔서 잘 못 지냈어요."

"으하하핫! 그건 내가 잘못했네. 미안해. 자주 올게."

"약속이에요?"

"그럼, 그럼."

"일행분께 안내해 드릴게요."

또각또각!

복도를 걸은 그녀는 한 방으로 그를 안내했고, 과장은 열린 문 안으로 들어갔다.

그러자 벌떡 몸을 일으켜 허리를 숙이는 장년인.

"어서 오십시오, 과장님!"

"오, 이 사장님!"

먼저 온 일행은 동해식품의 이민성 사장이었다.

* * *

"위하여-!"

이민성이 여자의 가슴을 주무르며 열창을 하는 과장을 보다 벌떡 일어나 박수를 친다.

"브라보!"

"하하핫! 이 사장도 한 곡 해야지!"

"아이코, 봐주십시오. 저 음치인 거 과장님도 아시지 않습니까."

"거 노래를 못 부르면 배워야지. 요새 실용음악학원? 그런 것도 있다더만!"

"제가 아무리 배워도 과장님처럼 부를 수 있겠습니까?"

"에이, 그래도 배우면 나 정도는 하지. 내가 뭘 얼마나 잘 부른다고."

그렇게 말하는 과장의 입술이 꿈틀거리고, 이민성은 얼른 맞장구를 쳤다.

"봐, 봐. 이런다니까. 잘 봐. 이런 걸 보고 기만이라고 하니까!"

"그러게요! 정말 나쁘시다!"

"허험. 내가 뭘 얼마나 잘한다고."

더 웃음이 커진 과장이 술잔을 들어 열창을 하느라 타는 목을 축이는 순간이었다.

지이잉! 지이잉!

"……쯧."

웬수라 적힌 발신자.

과장은 가볍게 무시하며 다시 술을 들이켰다.

"사장님, 여기 안주요!"

"아암. 허허. 맛있네. 네 입술은 얼마나 맛있는지 볼까?"

"아잉. 저기 보는데……."

"어허허. 괜찮아. 보면 뭐 어때……."

지이잉!

'씁! 진짜.'

오늘따라 왜 이렇게 극성인지 모르겠다.

반사적으로 핸드폰을 봤던 과장이 그대로 굳는다.

-오늘도 안 들어오네? 오늘 결혼 25주년인 건 아니?

움찔!

'결혼…… 기념일?'

"아, 씨발."

술이 확 깬 과장이 다시 채워진 술잔을 바라보다 핸드폰을 주머니에 집어넣으며 몸을 일으킨다.

"자, 그럼 시간도 늦었으니 일어납시다."

"아이고, 벌써 가시면 어떡하십니까! 2차 가셔야죠!"

"됐어요. 오늘만 날이 아니잖아요."

정말 오늘만 날이 아니다. 내일도, 모레도 술 약속이 잡혀 있다.

비록 이민성과의 약속은 아니지만 말이다.

"오늘 결혼기념일인데 내가 깜빡하고 말았어요."

"헉! 죄송합니다. 그런 중요한 날인 줄 알았다면……."

"됐어요. 남자가 바깥일 하는데, 그깟 결혼기념일 챙기지 못한 게 대수인가?"

"어머. 그럼 오늘 저랑 같이 못 나가시는 거예요?"

"그건 아니지!"

"네?"

"그건 그거고, 이건 이거지! 안 그래? 흐흐흐."

과장은 파트너의 엉덩이를 꽉 쥐었고, 이민성은 속으로 미소를 지었다.

"알겠습니다. 아쉽지만 과장님께서 그렇게 말씀하시니 어쩔 수 없지요. 그럼 이번에도 잘 부탁드리겠습니다!"

"그래요. 나만 믿어요. 그래도 너무 터무니없는 가격은 쓰지 말고."

"조심히 들어가십시오! 아, 그리고 과장님."

순간 다가선 이민성이 과장의 손에 종이백을 쥐어 준다.

무엇이 들었는지 꽤 무거운 종이백.

"이건 제 성의입니다."

"……흐허헛. 그래요. 내년까지 잘해 봅시다."

이민성의 어깨를 두드린 과장은 룸을 나섰고, 그런 그를 향해 허리를 깊게 숙이던 이민성은 더 이상 과장의 발걸음 소리가 들리지 않을 때가 되어서야 한숨을 내쉬며 소파에 앉았다.

"아귀 같은 새끼······."

그래도 이렇게 중간중간 기름칠을 해 두면 1년을 풍족하게 벌 수 있기에 어쩔 수가 없다.

"야, 술이나 따라 봐."

"네, 오빠!"

"노래 예약도 하고. 칠갑산으로!"

"네!"

술을 들이켠 이민성은 마이크를 잡고 일어섰다.

* * *

"사장님, 대리가 도착했대요."

"그래, 그래."

과장이 여성을 부축을 받으며 엘리베이터에 오른다.

스르릉!

텅!

문이 닫히자 엘리베이터 벽에 머리를 박는 과장.

한바탕 씨름을 하고 따뜻한 물로 씻으니 술기운이 크게 올라온다.

이럴 때마다 그는 세월이 무상함을 느낀다.

"젊었을 땐 날을 새고 마셔도 끄떡없었는데······ 쯧."

"지금도 훌륭하신데요? 나 어떡해. 사장님 덕분에 다음 타임 일 못하게 됐잖아요."

"흐흐. 네가 아주 남자를 들었다 놨다 할 줄 아는구나?

이 요망한 것!"

 과장은 여성의 볼을 잡고 흔들었고, 여성은 그의 얼굴을 잡아 입술을 쪽쪽 부딪쳤다.

 띵! 스르릉!

 "자! 어우."

 "조심하세요."

 여성의 부축을 받아 차가 세워진 곳으로 향한 그.

 차 앞에 서 있던 두 남성이 활짝 웃는다.

 "유철호 과장님? 대리 부르셨죠?"

 "응? 내가 대리 부른 건 맞는데…… 날 알아?"

 "그럼요. 방위사업청 운영지원과 유철호 과장님이시잖아요. 3주 전부터 쫓아다녔는데 모를 리가 있겠습니까."

 흠칫!

 "누, 누구?"

 "누구겠냐?"

 쿵!

 경찰이다. 머리끝까지 차올랐던 술이 단숨에 깨 버린다.

 "어허. 아가씨는 거기 그대로 계시고…… 그거야?"

 "뭐, 뭐…… 억?!"

 종이백을 뺏긴 과장이 하얗게 질리고, 안을 확인한 형사가 어이없다는 듯 웃는다.

 "이야, 이게 얼마야. 과장님, 보기만 해도 배부르시겠어?"

"아, 아무래도 오해가 있으신가 본데. 그, 그건 제, 제 돈입니다! 그래요! 제 돈이에요! 제가 현금을 좋아해서…… 하하하. 이리 주시죠!"

"지랄하네."

"여보세요! 경찰이 이래도 되는 겁니까!"

"여기에 동해식품 이민성 사장의 지문이 찍혔다? 안 찍혔다?"

"……."

과장은 고개를 푹 숙였다.

드르륵! 탁!

과장을 승합차에 태운 형사가 핸드폰을 든다.

"예, 본부장님. 여긴 끝났습니다."

-예. 가고 있습니다.

"예?"

뚜벅뚜벅!

"오셨습니까!"

"3주 동안 쫓아다니느라 수고했어요."

"하하 아닙니다. 이놈 패턴이 일정해서 미행하기 편했습니다."

"아직 CCTV 확보 안 했죠? 얘 따라가서 확보하세요."

종혁이 옆에서 따라오는 검은 양복 입은 덩치의 명치를 툭 쳤고, 형사들의 낯빛이 굳는다.

"예. 깡패 맞습니다. 알아보니까 저 위에 업장이 얘들

소유더라고요."

"아하?"

종혁과 덩치를 번갈아 본 형사들은 피식 웃었다.

마치 고양이 앞의 쥐처럼 바들바들 떨고 있는 덩치. 저런 관계라면 딱히 걱정을 안 해도 될 것 같다.

종혁은 그들의 표정이 풀리자 덩치를 봤다.

"수고했다."

"아, 아닙니다. 필요한 게 있으시면 언제든 연락 주십시오! 다음엔 제가 찐하게……."

"오버하지 말고."

"죄, 죄송합니다!"

"가."

"예! 저, 절 따라오시면 됩니다!"

허리를 90도로 숙인 덩치는 형사 한 명과 함께 엘리베이터로 향했고, 종혁은 핸드폰을 들어 군에 있는 동기에게 연락했다.

-어, 왜?

"아가리 벌려라. 선물 들어간다."

-뭔 개소리…… 아?

더 이상의 대답도 듣지 않고 대화를 종료한 종혁은 이번엔 울트라식품 사장에게 전화를 걸었다.

"시작하시죠, 사장님."

종혁의 눈이 빛났다.

* * *

"어으."

죽을 것 같다.

"수고하셨습니다, 사장님. 어젠 제가 갔어야 했는데……."

꿀물을 내려놓는 김 이사의 얼굴에 죄송함이 가득 서리자 이민성이 손을 젓는다.

"됐어, 됐어. 유 과장 그 새끼, 내가 직접 안 갔으면 아주 지랄을 했을 거다."

"……개새끼네요."

"우리 밥줄을 쥔 개새끼지."

누구를 향한 욕인지 생각할 겨를조차 없는 이민성은 문득 떠오른 생각에 입을 열었다.

"그보다 울트라식품 쪽 동향은 좀 어때?"

누가 봐도 질 수 없는 싸움에서 기어코 한 구역을 따낸 울트라식품. 이번 입찰에선 그런 치욕을 당하지 않을 테지만, 혹시 모를 일이었다.

"아, 요 몇 주 동안 공장에서 불이 꺼지지 않는다고 합니다."

오싹!

숙취에 뜨거워졌던 몸에 왠지 모를 오한이 들자 사장이 얼굴을 구기며 몸을 일으킨다.

"그런 중요한 일이 있으면 재깍재깍 보고를 해야 할 거 아냐!"

"죄, 죄송합니다. 딱히 보고드릴 만한 일이 아니라서……. 해외에 수출을 해 볼 생각인지, 샘플을 돌린다고 한동안 쉬지 않고 생산하고 있다고 합니다."

외국에서 쌀로 만든 한류 식품의 인기가 많아지고 있다며, 쌀로 만든 건빵을 만들어 보는 중이라며 흥신소 직원이 알려 왔다.

"쯧. 더럽게 끈질기게 버티는군."

하지만 나쁘지 않다. 울트라식품이 먼저 길을 뚫어 놓으면 자신들이 그 뒤를 따라가면 될 테니 말이다.

'단가 싸움으로 간다면…… 흐흐흐.'

그렇게 겨우 뚫어 놓은 해외 유통망마저 뺏기게 된다면 울트라식품은 그대로 주저앉게 될 터.

완벽한 일석이조였다.

"알았어. 나가 봐. 경매 시작 전에 수량부터 맞추고."

"예. 다 마신 컵은 그대로 두십시오."

'개새끼.'

속으로 얼굴을 구긴 김 이사가 몸을 돌리는 순간이었다.

벌컥!

"사, 사장님!"

이민성과 김 이사는 문을 박차고 들어오는 직원의 모습에 눈을 크게 떴다.

* * *

인천의 어느 대대.

나른해지는 오후 3시가 되자 젊은 소령이 하품을 하며 몸을 뒤로 젖힌다.

띠리링! 띠리링!

갑자기 울리는 전화벨 소리도 나른한 잠의 세계로 인도하는 기분.

사무실에 있는 병사들이 한심하게 쳐다보는 것도 모른 채 그는 스르륵 눈을 감는다.

"……장님? 작전과장님? 임 소령님?"

"왜?"

"부대 입구에 택배 차가 도착했다지 말입니다? 안에 내용물 모두 과장님 앞이라지 말입니다? 총 3대라지 말입니다?"

움찔!

몸을 굳힌 그의 눈에서 잠이 사라져간다.

"왔냐."

경찰대를 도중에 관두며 끊겼을 거라고 생각했지만 꾸준히 이어져 온 동기, 가장 잘나가는 동기인 종혁이 보낸 선물이.

"잘못 들었지 말입니다?"

"아니야. 안으로 들어오라고 해. 그리고 보급계장님께 연락해서 앞으로 오시라고 하고."

"예, 알겠습니다."

"끄으읏! 뭐해. 안 따라오고."

"대위 강찬석!"

근처에서 꾸벅꾸벅 졸고 있는 장교를 툭 친 작전과장은 대대 건물 중앙으로 향했고, 곧 커다란 택배 트럭이 그들의 앞에 다가와 선다.

뚜벅뚜벅!

"이야. 이게 뭐래요?"

택배 차량이 군부대 안까지 들어와 있다.

이 믿기지 않는 일에 보급계장이 헛웃음을 터트리며 작전과장을 본다.

'여단장님이 그놈의 경찰대 라인만 아니었어도!'

그 숫자는 그리 많지 않지만, 아래에서 밀어 주고 위에서 끌어 주는 일명 경찰대 라인.

거기다 작전과장은 육군사관학교 출신이다.

고개를 저은 보급계장이 뚱한 표정을 짓는다.

"난 뭐 때문에 부르셨어요?"

"아, 제가 아는 분께서 장병들이 나라 지키느라 고생한다고 선물을 보내와서 말입니다."

"선물이요? 오, 멋진 분이시네요. 뭘 보내셨는데요?"

"뭐라더라⋯⋯. 쿨 토시랑 야채맛, 피자맛, 꿀맛 건빵?"

"거, 건빵이요?"

쿨 토시에 눈을 빛냈던 보급계장이 건빵이란 말에 멍하

니 택배 차량을 바라본다.

'이야. 이거 한 대만 건빵이어도 대대 장병들 한 달 먹을 건빵은…… 응?'

순간 뭔가 이상한 것을 깨달은 그가 다급히 작전과장을 본다.

"야채맛? 피자맛? 건빵에 그런 맛도 있었어요?"

"있으니까 보낸 거겠죠?"

"허어……."

지이잉! 지이잉!

"잠시만요. 어, 김 대위! 오늘도 최전방에서 열심히 구르고 계시냐?"

―야! 종혁이 이 새끼 미친 거 아니냐?!

"뭐야, 거기도 갔……. 맞아. 이 새끼 전 부대에 다 보낸다고 했지, 참."

―뭐? 진짜?! 나한텐 그런 말 안 했는데?

"네가 흘려들은 거겠지. 아무튼 오늘 안으로 합참에서 전 부대로 공문이 내려갈 거다. 익명의 복지가가 건빵을 매입해 기부했으니 감사한 마음으로 먹으라고. 넌 장병들 반응 조사해서 합참에 보내기나 해. 어떤 맛이 좋다, 뭐 그런 거 있잖아."

―어? 으응. 아, 알았어. 수고. 와, 이 미친 새끼…….

"너도 수고."

통화를 종료한 작전과장은 떨리는 눈으로 자신을 쳐다보는 보급계장의 모습에 고개를 모로 기울였다.

"왜 그러십니까?"

"바, 방금 이걸 보낸 분께서 전 부대에 건빵을 기부하셨다고……."

"아, 예. 아마 100만 봉지? 육해공 전 부대에 다 뿌린다고 하더라고요. 하하!"

진짜 자신의 동기이자 친구지만 정말 미친놈이다.

보급계장은 입을 떡 벌렸다.

* * *

군인들을 울린 익명의 복지가!

익명의 복지가, 대한민국 모든 부대에 건빵 100만 봉지 기부!

지금 군대에선 건빵 파티 중? 군인들 열광!

건빵의 새로운 패러다임이 펼쳐진다!

야채맛, 피자맛, 참깨맛 건빵! 대체 누가 만들었나!

꿀맛 건빵! 취사병들이 남몰래 튀겨 먹던 그 맛이었다!

울트라식품, 아니 K-Army Food! 새로운 건빵 출시!

쾅!

문을 거칠게 닫으며 내린 이민성이 이를 악문다.

"울트라식품, 이 자식들이 감히 내 뒤통수를 후려?!"

해외 수출이 아니었다. 이런 수작을 벌이기 위해 그동안 공장을 풀가동한 것이다.

"똑바로 알아보라고 했잖아!"

"죄, 죄송합니다!"

"넌 진짜……!"

공화국에서 내려온 동지만 아니었다면 바로 잘라 버렸을 거다.

씩씩거리며 방위사업청 건물 안으로 들어간 이민성이 오늘 입찰을 하는 장소의 문을 거칠게 열어젖힌다.

쾅!

"까득!"

놀란 눈으로 자신을 쳐다보는 울트라식품의 사장.

이민성이 그에게 걸어갔고, 울트라식품, 아니 이젠 K-Army Food로 업체명을 바꾼 사장도 몸을 일으킨다.

"왔어?"

"답지 않게 치졸한 방법을 썼데?"

"귀찮은 투자자가 있어서 말이여. 우쩌겄어. 만들어 달라는디."

"빠득!"

'대체 어떤 병신 같은 놈이!'

이딴 놈에게 투자를 한 걸까.

사장은 부들부들 떠는 이민성을 보며 히죽 웃었다.

"저런. 이는 괜찮어?"

"……누가 이기나 한번 해보자고. 홍!"

사장과 멀리 떨어진 곳에 엉덩이를 붙인 이민성은 팔짱을 끼며 이를 악물었다.

"저, 사장님…… 괜찮을까요?"

김 이사의 말에 이민성은 콧방귀를 뀌었다.

"괜찮지 않으면?"

일반 장병들이 뭐라고 하건 간에 어차피 납품처를 선정하는 곳은 방위사업청이다.

'즉, 네가 무슨 수를 쓰더라도 나한테는 안 된다는 거지!'

끼익!

'응?'

이민성은 때마침 입찰 장소의 문을 열고 들어오는 웬 젊은 남성에 의아해했다.

"운영지원과장이셨던 유철호 과장님께서 얼마 전 개인적인 사정으로 인해 관두셨기에 오늘 입찰은 제가 진행하도록 하겠습니다."

"말도 안 돼!"

이민성은 벌떡 일어났다.

젊은 남성이 눈살을 찌푸린다.

"뭐가 말이 안 된다는 겁니까?"

"아, 아니 그게……."

이민성의 머릿속이 꼬인다.

'나한테 말도 없이 그만뒀다고? 그럼 입찰은? 그동안 받아 처먹은 돈은?'

그런 와중에도 이민성의 눈이 젊은 남성이 뭔가를 알고 있는 게 아닌가 살핀다.

"유, 유철호 과장님께서 갑자기 그만두셨다고 하니 놀라서 자, 잠시 소란을 피웠습니다. 죄, 죄송합니다."

"……다시 제 소개부터 하겠습니다. 반갑습니다. 저는 임시로 운영지원과의 업무를 총괄하게 된 과장 대리 정승호 소령입니다. 잘 부탁드리겠습니다, 충성."

짝짝짝짝짝!

"임시로 과장 대리가 됐지만, 앞으로 1년 동안 국군 장병들의 입에 들어가는 모든 식품에 대한 입찰 총괄을 명받았기에 오늘 입찰에 참여한 업체 대표님들께서는 안심하시길 바랍니다."

이민성이 정승호 소령의 말을 한 귀로 흘리며 입술을 깨물었다.

'정말 개인적인 사정으로 그만둔 건가?'

아니다. 입찰이 끝나면 또 사례비를 주기로 했다. 그 어떤 개인적인 사정이 있더라도 그게 수천만 원의 사례비보다 중요하진 않을 거다.

'하지만 뭔가 아는 것처럼은 안 보이는데…….'

그랬다면 자신을 보는 눈빛부터 달랐을 것이다.

무엇보다 유철호가 그동안의 일을 들켰다면, 자신 또한 곧바로 소환했을 터였다.

'어? 설마…… 유 과장 그놈이 입을 다물고 있는 중이다?'

현재로선 그게 가장 확률이 높다.

'저, 정말 그런 거야?! 마, 만약 그렇다면……이번 입찰

만 무사히 끝낼 수 있다면……?'

순간 이민성의 눈빛이 빛나던 그때였다.

"……사장님."

"뭔데? 지금 심각한 거 안 보여?"

"이제 기억났습니다. 저 사람, 4년 전에 폐업한 젓가락 푸드 사장입니다."

"뭐?"

다급히 고개를 돌린 이민성이 K-Army Food 근처에 앉아 있는 노인을 본다.

"그래, 기억나……. 저 인간이 여긴 어떻게?"

젓가락푸드. 제11기동사단, 일명 젓가락 화랑부대의 복무를 했던 터라 이름을 그렇게 지었다던 업체.

그리고 이민성 자신의 계략에 의해 번번이 입찰에 실패하며 결국 폐업을 하게 된 업체.

그 업체뿐만이 아니다.

최근 5년간 망해 버린, 또 목숨줄만 겨우 붙잡고 있어서 기억에서 지워 버린 업체 사장들이 K-Army Food 사장 근처에 보여 도란도란 이야기를 나누고 있다.

'내가 왜 이걸 보지 못했지?'

이게 과연 우연일까.

사라진, 그리고 곧 사라질 운명이었던 업체들이 한자리에 모여 있는 게 과연 우연일까.

투자를 받으며 자금 순환이 원활해진 K-Army Food 사장이 저들을 다시 불러들인 것이 분명했다. 자신에게 대항하기 위해서 말이다.

"저 능구렁이 자식이 감히……."

이렇다면 작전을 수정해야 한다.

그는 이미 입찰장 이곳저곳에 서로 모른 척 앉아 있는 다른 업체의 사장들, 자신이 내세운 바지사장들을 응시했다.

"아울러 그 어떤 단합도 용납되지 않을 것이며, 혹여 그런 정황이 발견될 시 앞으로 그 업체는 영원히 군납 식품 입찰에 참여할 수 없게 될 것임을 알려 드립니다. 그럼 현 시간부로 인천, 서울을 포함한 1구역에 관한 입찰을 진행하겠습니다. 국기에 대한 경례부터 시작하겠습니다. 모두 자리에서 일어나 정면에 있는 태극기를 봐 주십시오."

여기에 있는 사람들 모두 민간인이지만, 군 관련 사업을 하는 이들이다. 모두 익숙하다는 듯 일어나 정면에 걸린 태극기를 본다.

"국기에 대한 경례."

척!

오른손을 왼쪽 가슴에 붙인 이민성은 K-Army Food 사장들을 보며 입술을 비틀었다.

'단가 싸움으로 가면 너희들이 이길 수 있다고 믿는 거지, 지금?'

"훗!"

'그래. 내가 이번엔 손해를 봐 주지!'

이민성은 눈을 부라렸다.

"바로. 이후 식순은 생략하고 바로 입찰을 진행하겠습니다. 오늘 1구역 입찰에 참여하실 업체 대표님들께선 깊이 고민하신 후 앞으로 1시간 뒤, 10시 00분까지 이곳 입찰함에 입찰가를 써서 넣어 주시길 바랍니다. 그동안 이 회장이 있는 층을 벗어나실 수 없으니 그 점 유념해 주시길 바랍니다."

웅성웅성!

"김 이사."

"예, 사장님."

"저놈들이 작년, 아니 4년 동안 써낸 입찰가 좀 알아 봐."

"예!"

'다섯 가지 맛? 하!'

지금 저들은 착각을 하고 있다. 자신들의 미래도 모르고 행복의 꽃밭에서 뛰놀고 있다.

어차피 군대, 아니 그 어느 조직이건 가장 중요한 건 쓸데없는 지출을 줄이는 거다.

식품 외에도 큰돈을 지출할 곳이 너무도 많은 군대는 말할 것도 없다.

'맛이 중요한 게 아니야.'

돈이 중요한 거다.

그렇다면 충분히 자신에게 승산이 있었다.

'내가 이걸 못해서 안 한 줄 알아?!'

그저 운영지원과장에게 돈을 먹이는 편이 오히려 싸게 먹혀서, 그게 입찰을 따내기 더 손쉬워서 그랬던 것뿐이다.

그의 입가에 차가운 미소가 걸리기 시작했다.

그렇게 입찰이 시작됐다.

그리고…….

"1구역 입찰에 선정된 업체는 젓가락푸드입니다."

"와아아아아아!"

"2구역 입찰에 선정된 업체는 K-Army Food입니다."

"3구역 입찰에 선정된 업체는……."

"이건 사기야-!"

이민성은 결국 폭발했다.

웅성웅성!

누군가는 당연하다는 듯 웃고, 또 누군가는 다급히 이민성을 찾는다.

그 상반된 분위기.

정승호 소령이 씩씩거리며 다가오는 이민성의 모습에 눈빛을 차갑게 가라앉힌다.

"지금 운영지원과의 결정에 불만이 있다는 겁니까?"

"당연하지! 왜 내가 아니라 저놈들이 입찰을 받는 건데!"

다섯 가지 맛의 건빵. 누가 봐도 일반 건빵보다 단가가 높을 수밖에 없다.

그럼에도 패배했다.

'유철호 이 자식이 다 불었구나!'

하지만 이대로 물러날 순 없었다.

'입찰을 받지 못하면 그동안 쌓아 뒀던 재고는!'

재고뿐만이 아니다. 앞으로 1년간 손가락만 빨고 있어야 한다.

물론 호프집 등 술집이나 마트에 납품되는 물량이 있긴 하지만, 군 납품과 비교하면 턱없이 적은 물량.

자칫 내년에도 입찰에 실패를 하면 그대로 망하는 거다.

'그, 그렇게 되면 난……!'

정승호는 다급한 이민성을 보며 미간을 좁혔다.

"내가?"

움찔!

"말이 조금 이상합니다?"

"아, 아니 누가 봐도 말이 안 되잖습니까! 입찰가 좀 봅시다! 제대로 쓴 건지 보자고-!"

"그러니까 지금 그 말은…… 대한민국의 자랑스러운 국군 장교인 내가, 직원들이 야료를 부렸다는 겁니까?"

정승호의 눈빛이 짜증을 머금어 가자 이민성은 다시 몸을 굳혔지만, 이내 이를 악물었다.

어차피 내친걸음이다.

"그렇게 당당하면 보여 주면 될 거 아냐!"

쉭!

정승호가 쥔 결과 용지를 향해 손을 뻗는 이민성.

깜짝 놀란 정승호가 물러섰지만, 이민성은 그걸 따라붙으며 집요하게 손을 뻗었다.

정찰총국 35호실 소속 남파 간첩의 예사롭지 않고 날카로운 손길. 결국 이민성이 결과 용지를 잡는 순간이었다.

퐉!

'어?'

결과 용지 바로 앞에서 잡혀 버린 손목.

"어이."

자신도 모르게 고개를 든 이민성이 본 건 흉악하게 일그러진 정승호의 얼굴이었다.

"동해식품 사장, 지금 군대가 호구로 보여? 우리가 사장님이라고 불러 주니까 뭐라도 된 것 같지, 지금?"

꾸그극!

"끄윽?! 아아아악! 손! 손-!"

팔목 뼈가 맞닿아 으스러지는 듯한 끔찍한 고통에 이민성이 방방 뛰며 고통을 호소한다.

그가 정찰총국 35호실 소속이라지만, 한국에 남파된 지 벌써 수십 년이 흘렀다.

옛날의 강철 같던 몸은 이제 물렁살의 오십대 아저씨, 떨어지는 낙엽에 맞아도 골절이 생길 수 있는 그런 아저씨가 되어 버렸다.

"쯧!"

"크흑!"

이민성을 놓아준 정승호가 싸늘히 일갈한다.

"선정에 불만이 있으면 정식으로 이의를 신청하시면 됩니다."

그럼 결과를 열람할 수 있을 거다.

대신 감히 군의 결정에 이의를 신청한 대가를 치러야 할 거다. 입찰 자격 박탈이라는 대가를.

"아시겠습니까, 동해식품 사장님?"

"이, 이러고도 네가 멀쩡할 것 같아?!"

이번 일을 언론에 제보할 거다. 전 국민이 모두 알 수 있게 해서 입찰을 되돌릴 거다.

"해 봐."

"……뭐?"

"누가 문제가 더 많은지 싸워 보고 싶으면 한번 해보자고."

"……."

"더 할 말 없는 것 같으니, 이번 건빵 납품 업체 선정을 마무리 짓겠습니다. 모두 긴 시간 동안 수고하셨습니다. 충성."

경례를 한 정승호는 입찰장을 나섰고, 입술을 깨물며 죽일 듯 노려보던 이민성은 다급히 일어났다.

'어떻게 된 일인지 알아봐야 해!'

절대 이대로 끝낼 수는 없었다.

"우와아아아!"

"해냈다-!"
등 뒤에서 터지는 승자의 환호.
'만약 어떻게 할 방법이 없다면…….'
이민성의 눈빛이 흉흉해졌다.

* * *

뚜벅뚜벅!
복도를 지나쳐 계단으로 향하던 정승호가 계단에 서 있는 덩치 큰 사내, 종혁을 발견하곤 멈춰 선다.
그런 그를 향해 손을 드는 종혁.
"여, 배신자."
"……그놈의 배신자 소리는 씨발."
"그럼 경찰대 관두고 헌병으로 들어간 놈이 배신자가 아니면 뭔데?"
예전 M-컴퍼니 설립의 시초가 된 강원도 군 위수지역 비리 사건 때 그 군부대의 헌병이었던 동기.
"그건……!"
사정이 있었다고 말하려던 정승호는 절대 말할 수 없는 비밀이었기에 입을 다물었고, 종혁은 피식 웃었다.
"아버님은 잘 계시냐?"
"네가 우리 아버지를 어떻게……."
말을 하던 정승호가 낯빛을 굳힌다.
"다 들었냐?"

"어."

"……옥상으로 가자."

종혁은 자신을 지나쳐 계단을 오르는 정승호의 뒤를 따랐다.

덜컹!

"마셔."

"방위사업청 복지 좋네. 옥상에 자판기도 있고. 이야, 이게 얼마야?"

캔커피가 고작 250원이다. 가장 비싼 음료도 고작해야 400원. 본청, 아니 모든 경찰청과 경찰서에도 들여놓고 싶을 정도다.

"대체 아버지와 언제 만난 거야? 아버지가 널 찾아간 거야?"

육군 대장이자 제1야전군사령관이셨다가 현재는 육군 참모차장이신 아버지.

자신이 경찰대에 들어갔던 이유가 뭐였던가.

가정은 후순위로 둔 채 오직 군대만 생각하는 아버지가 싫었기에, 그 반발심에 경찰대에 들어갔던 것이다.

그런 아버지가 진지하게 부탁을 해 왔다.

군대 내에 만연한 비리를 척결하고 싶다고. 그러기 위해선 믿을 만한 사람이 필요하다고.

그래서 어쩔 수 없이 경찰대를 관두고 육사에 입사해 강원도 전방 부대의 헌병이 됐던 것이다.

그 정도로 기밀을 지켜야 할 일을 관계자도 아닌 종혁

에게 말한 것에 정승호는 당황스러울 수밖에 없었다.

종혁은 몰아치는 그를 보며 고개를 삐딱하게 기울였다.

"그 전에 해야 할 말이 있지 않냐?"

"……고맙다, 씨발놈아."

"그렇지."

"씨발. 안 그래도 유철호 그 새끼를 눈여겨보고 있긴 했거든."

화기나 방탄복 등 무기류를 제외한 모든 군납 입찰 선정에 관여하는 운영지원과.

온갖 이권이 얽혀 있다 보니 비리가 만연하기 쉬웠고, 그렇기에 아버지의 명을 받아 운영지원과에 배치됐던 것이다.

종혁도 이 부분에 대해선 많이 놀랐었다. 방위사업청에서 힘을 써 줄 인맥을 찾는 중이었는데, 정승호가 떡 하니 운영지원과에 있었으니 말이다.

"뭐야. 몇 달 전부터 있었다면서. 그런데도 비리 사실을 못 찾았다고? 난 3주 만에 찾았는데? ……무능한데?"

"닥쳐. 유 과장을 통해 그 윗선까지 거슬러 올라가려고 했던 거라고."

"네. 무능한 사람의 변명은 잘 들었습니다."

"아오!"

주먹을 부르르 떨던 정승호가 한숨을 내쉰다.

"다시 한번 말하는 데 정말 고마워."

모든 게 끝났다는 걸 직감한 유철호의 자백을 통해, 그의 윗선들까지 모두 알아낼 수 있었다.

이제 군은 조금 더 깨끗해질 것이다.

"그래서 아버지가 널 찾아간 거야?"

"그보다 결과는?"

"……어휴. 그 지랄을 해 놓고 뭘 물어, 이 새끼야."

원래 군 상부라면 맛을 포기하더라도 예산을 아끼는 방향을 택했을 거다.

그러나 다채로운 건빵 맛에 취한 군 장병들의 선호도 조사 결과와 뜨겁게 달아오른 언론과 여론 때문에 군은 어쩔 수 없이 예산을 더 쓰더라도 다채로운 맛의 건빵을 납품받기를 선택하게 된 거다.

"역시."

그럴 줄 알았다.

"그래서 뭔데?"

"응?"

"단순한 군납 비리에 관한 수사였으면 나나 아버지한테 바로 연락했을 거잖아."

그게 더 손쉬우니까.

"내가 아는 최종혁이란 놈은 더 쉽고 확실한 길을 찾기 위해서라면 무슨 짓이든 할 수 있는 놈이거든?"

자신들에게도 말하지 못할 어떤 큰일이 얽혀 있는 것이 분명했다.

"아, 간첩."

"……응?"

"간첩 사건이라고. 내가 주시해 달라고 말한 군납 업체들뿐만 아니라 군대 내에도 간첩이 있더라. 일 똑바로 안 하지? 이래서 믿고 맡길 수 있겠어?"

"……진짜?"

"어. 국정원에서 넘어온, 따끈따끈한 놈들이다."

오싹!

정승호는 다급히 핸드폰을 들었다.

"아버지!"

종혁은 아버지 정균진 대장에게 연락을 하는 동기를 보며 담배를 물었다.

'자, 그럼 다음 스텝을 밟아 보실까?'

찰칵! 치이익!

"후우."

종혁의 눈빛이 차갑게 가라앉았다.

* * *

"하하! 수고하셨습니다, K-Army Food 사장님!"

"아따. 우리가 남이었네."

"예?"

"내가 나이가 많은디."

"으하핫! 예, 형님! 정말 형님 덕분입니다!"

"그렇습니다! 저, 정말…… 정말 형님이 아니었다면……."

숨통을 옥죄던 빚.

공장이 망하면서 사라져 버렸던 의욕.

하루하루가 지옥이었고, 영혼이 없는 인형이었다.

가족에게 폐만 끼치는 버러지였다.

K-Army food 사장은 그런 자신들을 구해 준 거다.

그것도 모자라 다 함께 잘되자며 기술까지 이전해 줬다. 서로 마음에 짐은 없어야 한다며 거의 없다시피 한 로열티만 받고.

평생 갚아도 갚지 못할 빚을 졌다.

"뚝! 이제 고생 끝, 행복 시작인겨. 우리 열심히 살아 보자고."

"옙!"

서로의 등을 두드리며 방위사업청을 나서던 건빵 업체 사장들이 주차장에 서 있는 동해식품의 이민성 사장을 발견하곤 얼굴을 구긴다.

"있어 봐."

"아니, 어디 가시려고요!"

"마지막 말은 들어 봐야제."

손을 흔든 K-Army Food의 사장이 이민성에게 다가간다.

"작년까지와 같은 모습이여."

다만 입장만 바뀌었을 뿐이다.

승리를 쟁취하고 바지사장들과 하하호호 웃으며 방위사업청을 나서던 이민성과 그런 그를 보며 겨우 한 개 구역을 지켜 냈다며 이를 악물던 그.

"일단…… 이야기 좀 하지, 박 사장."

"술 마시러 가야 혀. 낼부턴 바뻐."

"하는 게 좋을 텐데?"

서늘해지는 그의 눈빛에 K-Army Food의 사장, 박 사장이 코웃음을 친다.

"일없어."

"이야기 좀 하자고!"

이민성이 박 사장의 손목을 잡고 잡아끌었고, 박 사장은 근처의 카페로 끌려갔다.

"우리가 참 지긋지긋하게 봤제? 딱 커피 한 잔만 마실겨."

"……있어 봐."

커피를 시킨 후 나올 때까지 카운터 앞에서 기다리며 생각을 정리하던 이민성이 나온 커피를 들고 그에게 다가간다.

"인생이 많이 달달했나 벼. 난 쓴 커피 싫어해."

자신은 어찌어찌 버텼지만, 쓰러져 갔던 같은 건빵 업체 사장들. 언제 그들과 같은 꼴이 될지 몰라 마음만 졸여야 했던 지난 나날들.

그렇게 인생이 쓰다 보니 커피라도 달아야 했다.

이민성은 속으로 혀를 차며 시럽을 가져왔다.

"아따. 이제 먹을 만허네. 할 말 있으면 혀."

"유철호, 박 사장 네 작품이지?"

"유철호? 아, 유 과장? 그러고 보니 안 보이데? 뭔 일 있데? 그쪽이랑 쎄쎄쎄 했잖여."

박 사장을 빤히 바라보던 이민성이 이를 악문다.

'이 능구렁이 자식!'

분명 뭔가 알고 있는 것 같은데, 표정만 봐선 알 수가 없다. 이래서 이민성은 충청도 놈들이 싫었다.

심호흡을 한 그는 박 사장을 노려봤다.

"팔아."

K-Army Food를 팔라는 말이었다.

"돈 있어?"

"돈은 어떻게든 마련하지."

"일없어. 나도 돈 많어."

"그 투자자가 왜 투자를 했겠어!"

투자자란 돈 놓고 돈 먹는 놈들이었다.

그들이 돈을 투자하는 데 감정은 존재하지 않으며, 그저 회사를 집어삼키고 기술을 빼 가기 위함에 불과했다.

"그런 놈들에게 평생을 다 바친 회사를 뺏기고 싶어? 그놈들이 계속 건빵을 만들 거 같아?!"

상황이 여의치 않으면 언제든지 건빵 사업을 접을 놈들이 투자자란 놈들이었다.

"흠…… 얼마 줄 건디?"

이민성의 눈이 흔들린다.

"어, 얼마를 원하는데?"

"파는 놈이 어떻게 가격을 알어? 사는 놈이 알지."

"……80억?"

연 매출이 약 20억 수준인 울트라식품, 아니 K-Army Food. 80억이면 회사를 넘기기엔 충분한 액수였다.

그러나 80억이라는 말에도 박 사장은 고개를 모로 기울인다.

"왜?"

"뭐가!"

"왜 그 돈을 가지고 내 회사를 사려는 거냐고."

80억. 그 돈이면 건빵 사업에 목을 맬 필요 없이 다른 사업을 시작하기에도 충분한 돈이었다.

심지어 이번에는 K-Army Food가 입찰을 따냈다고는 하지만, 다음에도 계속 따낼 것이라고는 장담할 수 없는 일.

아무리 생각해도 80억이나 들여 회사를 인수할 이유가 없는 것이다.

그러한 당연한 의문에 이민성은 순간 당황했다가 미간을 좁혔다.

'왜긴 왜야!'

당연히 공화국의 계획 때문이다.

대한민국 국군들의 입에 들어가는 식품 공급을 장악하고 있다가, 혹여나 전시 상황이 벌어졌을 때 그를 이용하여 대한민국 국군을 무력화시킨다는 공화국의 원대한 계획.

그것을 말할 수는 없기에 이민성은 입을 꾹 다물었고,

박 사장은 고개를 끄덕였다.

"뭐 아무렴 어뗘. 80억이라…… 솔직히 땡기네."

"80억이라……솔직히 땡기네."

"그, 그렇지? 그 돈이면 평생 놀고 먹어도……."

"아, 맞아. 내가 말했나? 내가 이번에 1차로 받은 투자금이 150억이여."

쿵!

"감히 날 놀려-!"

처음부터 박 사장은 들을 생각이 없었던 것이다.

"잘 마셨어."

그걸 이제 알았냐는 듯 히죽 웃은 박 사장은 몸을 일으켰고, 자신도 모르게 일어난 이민성은 주먹을 꽉 쥐었다.

"으아아아아!"

딸랑!

"아따. 십 년 묵은 체증이 쏙 내려가네."

박 사장은 근처에 있던 사장들을 향해 씩 웃어 주었다.

* * *

방위사업청, 5가지 맛 건빵 군납 선정!

K-Army food! 젓가락푸드 등 3개 업체와 기술 협약 맺어!

5가지 맛 건빵. 이번 달 말부터 전군 보급 시작!

쾅!

용인의 어느 유흥주점, 테이블을 내려친 이민성이 핸드폰을 든다.

"어떻게 됐어? 알아봤어?!"

그에게 방위사업청 내의 정보를 전달해 주는 정보원, 아니 공화국에서 파견된 간첩에게 전화를 한 그.

-운영지원과 직원들도 어리둥절해하고 있었어요.

갑작스럽게 집안에 일이 생겼다며 오늘 출근하지 않았다는 유철호 과장. 그 때문에 방위사업청에 침투해 있는 간첩도 당황하는 중이었다.

벌컥!

"이 사장!"

거칠게 문을 열고 들어온 중년인에, 왜인지 수산물의 비릿한 냄새가 나는 것 같음에 이민성은 코를 문질렀다.

"왔어?"

비릿한 냄새를 풍기는 사내, 그는 한주대동식품의 사장이었다.

"어떻게 된 일이야!"

"어떻게 되긴…… 그건 내가 묻고 싶은 말인데? 마지막에 유철호를 만난 건 당신 아니었어?"

"그날에는 아무 문제 없이 자리가 끝났다고!"

이민성이 유철호를 만난 다음 날, 한주대동식품의 사장도 그를 만나 뇌물을 찔러 넣어 줬었다. 그날 유철호의 모습은 평소와 똑같았다.

"……그래?"

"아, 어떻게 된 일인지 이야기를 해 보라고!"

혀를 찬 유철호가 오늘 있었던 일을 설명했고, 한주대동식품의 사장은 얼굴을 와락 구겼다.

"정말 새로운 담당자가 왔다고? 그러면 내일 입찰은!"

4개의 구역으로 나뉘어 입찰이 진행되는 건빵과 달리, 총 8개의 구역으로 나뉘는 캔 식품. 그중 4개의 구역을 집어삼킨 한주대동식품은 골뱅이와 꽁치를 취급하고 있다.

단순 매출로만 따지면 이민성의 동해식품보다 몇 배 더 많은 곳이었고, 그만큼 입찰에 실패하면 동해식품과는 비교도 할 수 없는 타격을 받는다.

내년 이맘때까지 들어오기로 한 물량을 절대 소화시킬 수 없기 때문이다.

"다른 동무들은? 군대 내에 있는 다른 동무들은 뭐래!"

얼굴은 모르지만, 연락처만 아는 몇몇 동지들.

그들의 군납에 대해 정보를 주는 동지들.

그 외 다른 간첩들에 대한 정보는 오픈되지 않기에 모르는 이민성은 고개를 저었다. 그쪽은 아예 이번 일에 대해 모르고 있었다.

"하지만 정승호 그놈이 용빼는 재주가 있다고 한들 한주 사장을 탈락시킬 순 없겠지."

다른 업체들이 그 어떤 장점을 내세우더라도 뒤집을 수 없을 만큼 압도적인 단가 차이를 내걸고 있는 한주대동식품.

 그런 한주대동식품마저 입찰에서 떨어진다?

 그땐 언론전을 펼칠 수 있었다.

 그 말에 한주대동식품 사장의 얼굴이 활짝 폈다가 이민성의 눈치를 보며 애써 어두운 표정을 짓는다.

 "커흠. 그렇다면 다행이긴 한데…… 이 사장은 괜찮겠어?"

 입찰에 실패했다. 분명 공화국에서 문책이 있을 수밖에 없었다.

 "인수 제안이라도 제안해 보지 그랬어?"

 빠드득!

 "했지."

 "뭐, 뭐래?"

 "지금 내 얼굴 보면 모르겠어?!"

 "……그럼 어쩌려고?"

 "알잖아?"

 공화국의 앞길을 막는 존재들이 어떻게 되는지 말이다.

 이민성의 눈빛이 서늘해지자 한주대동식품 사장의 눈빛도 서늘해졌다가 걱정을 머금는다.

 "관리자의 지시를 받지 않아도 되겠어?"

 "관리자?"

 이민성은 코웃음을 쳤다.

 "무슨 관리자?"

 자신들에게 관리자란 게 있던가. 있다면 아주 가끔씩

공화국에서 내려오는 감찰뿐이다.

아주 가끔 고향을 떠난 물고기에게 공포란 먹이를 주는 주인.

그러나 그런 주인도 자본주의의 맛을 제대로 먹여 주면 얼마든지 물고기의 입맛대로 요리할 수 있었다.

"쉿! 누가 들으면 어쩌려고? 공화국의 눈과 귀는 어디든 있다는 거 몰라?"

"훗."

"일단 난 반대야."

공화국의 방식대로 처리하면 시끄러워질 수 있다.

"아무튼 조금만 기다려 봐. 나도 움직여 볼 테니까."

이민성은 모르는 한주대동식품 사장만의 군 인맥. 그들을 움직여 K-army Food를 압박한다면 다른 방법이 생길지도 모른다.

공화국의 동무이기도 하지만, 한주대동식품이 자리 잡기까지 이민성의 도움이 많았으니 이 정도는 해 줄 수 있었다.

'그렇다면 다행이겠지만⋯⋯.'

솔직히 너무 화가 나서 선을 넘고 싶지만, 막상 실제로 옮기려 하니 망설임이 생긴다.

"⋯⋯쯧. 일단 마시기나 해."

이민성은 자신의 처지가 어쩌다 이렇게 됐나 한숨을 내쉬었다.

* * *

해가 저문 저녁, 서울의 어느 한식당 안으로 정장을 입은 묵직한 인상의 중년인이 들어선다.

왜인지 약간 다급해 보이기까지 한 그의 발걸음.

"최종혁으로 예약이 됐을 겁니다."

"안내해 드리겠습니다."

직원의 안내를 받아 하나의 방으로 안내된 중년인이 신발을 벗으며 안으로 들어가자 먼저 와 있던 종혁과 정승호가 일어선다.

"아버지!"

"오셨습니까, 아버님."

전 제1야전군사령관이자, 현 육군참모본부 차장인 정균진 대장.

그가 거세게 뛰는 심장을 애써 다독이며 종혁을 본다.

종혁은 문이 닫히자마자 열리려는 그의 입에 푸근히 웃는다.

"일단 앉으시죠."

"……내가 오늘 하루 어떤 심정으로 버텼는지 자넨 모를 거야."

간첩이다. 생활형 비리로 군 기밀을 유출하는 놈들과 그 태생부터 다른, 북한의 간첩.

이를 악문 정균진이 빈자리에 앉자 종혁이 그의 잔에 술을 따른다.

"육참에도 있습니다."

쿵!

"누, 누구지? 아니, 몇 놈이나 있지?"

"8명이 있더군요."

쾅!

음식이 가득 올려진 테이블을 내려친 정균진이 부들부들 떨며 아들 정승호 소령을 본다.

처음 듣는 소리인 듯 하얗게 질린 정승호.

정균진이 이를 간다.

"유, 육군 전체로 따지면?"

"61명, 육해공 전체로 따지면 178명이나 있습니다."

그중 장성이 3명이고, 영관급은 45명, 나머지가 위관, 부사관들이다.

이것도 현직으로 근무 중인 군인만 따졌을 때 이 숫자다. 예편해 물러났거나 예비군 중대장이 된 이들까지 합하면 이 숫자는 무려 3배로 불어난다.

"북한에서 내려온 간첩도 있고, 간첩에게 감화되어 군사 기밀을 넘겨주는 놈들도 있습니다."

"……미쳤군."

그런데 너무 아득한 말을 들으니 도리어 머릿속이 차가워진다.

"씨발!"

종혁은 자신을 차갑게 바라보는 정균진을 보며 옆에 놔둔 가방에서 서류를, 간첩 목록을 꺼내어 내밀었고 뺏다시피 가져간 그는 이내 눈을 파르르 떨었다.

촤악! 촤악촤악촤악!

거칠게 넘어가는 그의 손길.

"이, 이 친구들도 간첩이었다고?"

말 그대로 친구다.

군대 내에서 친구가 된 친구들. 지금도 야전에서 구르는 친구들.

전쟁이 나면 언제든 등을 맡길 수 있을 거라 여겼던 동지들.

그런 친구들의 이름이 적혀 있다.

결코 믿을 수 없는 이야기에 정균진은 술을 찾았고, 종혁은 말없이 술을 따라 주었다.

"……어떻게 할 생각인가."

지독한 배신감이 온몸을 뒤흔들고 있지만, 그는 애써 이성을 추스르며 종혁을 봤고, 종혁은 다른 가방에서 서류를 내밀었다.

"이건……?"

정균진이 헛웃음을 터트린다.

"한주대동식품 사장도 간첩이었다니."

"예? 정말입니까?!"

한주대동식품뿐만이 아니다. 군에 식품을 납품하는 업체들 중 간첩은 더 있었다.

"아."

그제야 뭔가를 알아챈 정균진이 입을 연다.

"식품 군납처부터 친 이유가 있었군."

갑자기 군대 내에 간첩이 활발하게 활동하고 있다는 게 밝혀지면 어떻게 될까.

자칫 군 수뇌부 전체가, 애꿎은 이들까지 책임을 피할 수 없게 되는 일이 벌어질지도 몰랐다.

"갑자기 군을 들쑤시면 일이 커지거나, 자칫 간첩들이 모두 도망갈 수도 있고 말이야."

그렇기에 종혁은 식품 군납부터 치기로 한 것이었다.

"아닌가?"

종혁은 입술을 비틀었다.

"이야기가 빨라져서 좋군요. 예, 맞습니다. 그리고 다음 단계를 위한 명분도 준비 중에 있습니다."

육군, 해군, 공군 전체를 감사할 수 있는 명분을.

쿵!

심장을 강타한 충격에 주먹을 쥐던 정균진이 눈을 가늘게 뜬다.

"유철호는 피라미야."

그 윗선을 아무리 파고들어도 대한민국 국군 전체 감사를 벌일 만한 명분이 만들어질 리 만무했다.

"만약 살인미수 사건이 벌어지면 어떻게 되겠습니까?"

"……응?"

"K-Army Food 사장을 비롯해 이번에 입찰을 받은 모든 업체의 사장이 살해를 당한다면요?"

이민성이야 유철호밖에 끈이 없는 듯싶지만, 다른 업체

사장들마저 그럴까.

 아닐 거다. 분명 저마다 나름대로 군에 끈이 있을 테고, 따로 연락을 하는 간첩들도 있을 거다.

 "간첩들이야 서로 연락을 하지 않는 게 원칙이라지만……."

 돈이 얽힌 일에 그따위 법칙이 중요할까.

 이것이 종혁이 생각한 다음 스텝이었다.

 "자네…… 미쳤군."

 "많이 듣는 말입니다."

 종혁은 어떻게 할 거냐는 듯 정균진을 봤고, 그는 이를 악물었다.

 다른 방법은 찾을 수 없는 외통수였다.

* * *

한주대동식품, 입찰 탈락!

 골뱅이 최대 수출국 영국과 아일랜드. 한국, 감사하다!

 약자들의 반란! 풍운의 군납 식품 입찰!

 부모님들 안심하시라. 아들들의 식탁은 사회보다 낫다!

 삐이이이잉!

 커다란 벌떼가 요란하게 우는 저녁, 경기도 외곽의 어느 작은 창고.

 잡풀마저 무성해 누구도 살지 않을 곳에 여러 대의 차

량이 세워져 있다.

"……."

건물 안, 이민성과 한주대동식품의 사장을 비롯해 이번 군납 식품 입찰에 실패한 간첩들이 한자리에 모였다.

어쩌다 이렇게 된 걸까.

"이게 말이 돼? 어떻게 그 가격에 입찰을 한 거냐고!"

한주대동식품의 사장은 이해할 수 없는 상황에 분개를 터뜨렸다.

자신을 제치고 입찰을 따낸 업체가 내놓은 입찰가는 그야말로 말이 안 되는 액수였다.

"그 입찰가로는 아무런 마진도 안 남을 텐데……."

단순히 단가를 낮춘 수준이 아니었다. 사실상 이윤을 포기한 것이나 다름없는 수준이었다.

아니, 가공과 유통에 드는 비용까지 고려하면 오히려 적자가 날 것이 불 보듯 뻔했다.

어떻게 그런 금액으로 입찰할 수 있었던 건지 상식적으로 도무지 이해가 가질 않았다.

'이러면…….'

"이, 이제 어떡하죠?"

쿵!

간첩들이 이를 악문다.

공화국의 원대한 계획을 망쳤다.

이대로면 공화국으로 송환되는 건 기정사실이었다.

'안 돼! 그럴 수 없어!'

이미 자본주의의 물든 그들. 이제 그들에겐 모든 것이 부족한 공화국은 지옥이나 다름없었다.

심지어 단순히 송환되는 것으로 그칠 리가 없었다.

분명 문책이 이어질 테고, 그것은 결코 편안한 죽음은 아닐 터였다.

"……이렇게 되면 답은 하나군."

한주대동식품 사장의 말에 간첩들의 시선이 모이고, 이민성이 코웃음을 친다.

"왜? 끈을 움직여 본다며?"

"……."

그러려고 했다. 자신이 입찰에 실패하기 전까지만 해도 말이다.

하지만 이번 일은 끈을 움직인다고 해서 해결 가능한 일이 아니었다.

한주대동식품의 사장은 힘겹게 무시를 하며 눈빛을 가라앉혔다.

"이렇게 하지. 입찰에 성공한 업체 사장들을 제거하는 거야."

쿵!

"미친! 김 사장, 그게 가능할 것 같아?"

"맞아요! 입찰에 성공한 업체 사장들이 줄줄이 죽어 나가면 경찰이 누굴 먼저 의심할 것 같습니까?!"

바로 자신들이다. 입찰에 실패한 자신들.

경찰은 원한 관계가 형성된 이들부터 족칠 거다.

"그럼 어쩌자고! 이대로 관리자가 내려오는 걸 지켜보자고?!"

"……."

관리자가 내려와 송환을 명령하면, 자신들은 꼼짝없이 끌려가 끔찍한 문책을 당하다가 죽음을 맞이할 터였다.

각자 머릿속의 그 미래를 떠올린 간첩들은 모두 입을 다물 수밖에 없었다.

그들이 모두 입을 다물자 한주대동식품 사장이 용기를 얻어 소리쳤다.

"사고사, 자살 등으로 위장을 하면 되잖아? 여기 전문가들도 많고."

이 자리에 있는 이들 모두 공화국에서 지옥 같은 훈련을 견뎌 낸 전사였다. 그리고 그중에서는 암살, 납치에 특화된 훈련을 받은 이들도 많았다.

물론 세월의 흐름에 색이 바래 이전과 같은 신체 능력을 잃은 이들도 있지만, 몇몇은 습관처럼 훈련을 계속해 오고 있었다.

그들에게 있어 일반인의 목을 따는 건 너무나도 간단한 일이었다.

"생각해 보면 결국 죽이느냐, 죽느냐를 택하는 간단한 문제군."

이민성의 눈에 광기가 어리기 시작한다.

그는 다른 간첩들도 자신과 마찬가지로 눈빛이 변하자 박수를 쳤다.

"자, 다들 마음을 정한 것 같으니 구체적인 계획은 다음에 다시 짜는 걸로 하고 얼른 돌아가자. 우리가 호출이 없었는데도 안가에 모였다는 걸 공화국에서 알면 귀찮은……."
"이 간나 새끼들이. 누가 이렇게 모여 있으라고 했네?"
"누구야!"
"누구긴 누구 갔어?"
너무도 진한 공화국 사투리.
파랗게 질린 그들은 다급히 몸을 일으켰다.
"고, 공화국의 위대한 혁명을 위하여!"
관리자가 등장했다.

* * *

한편 그로부터 1시간 전, 간첩들이 모인 창고에서 몇 킬로미터 떨어진 곳에 위치한 어느 야산 입구.
커다란 승합차 안에 종혁과 최재수, 현석 그리고 특수본 형사들 모니터를 보며 혀를 내두른다.
-부우우우우웅!
말벌이 귀 옆에서 우는 것처럼 요란하고도 섬뜩한 소리와 모니터에 비추어지는 세 개의 분할된 화면.
창고 건물 바깥과 창고 공터, 그리고 창고 대문을 비추고 있다.
"……이젠 하다 하다 장난감 헬리콥터도 개조해 띄우

시네요."

"드론이란 거다, 인마."

그것도 CIA에서 개발된 첩보용 드론이다.

드론은 진짜 기밀이라서, 최신형 같은 경우엔 절대 분실되면 안 되기에 몇 년 전 모델만 겨우 얻어 낼 수 있었다.

물론 이것도 현시대에선 먼 미래의 물건이었다.

"드론……."

'머지않은 미래에 열풍을 일으킬 놈이지.'

"간첩들이 다 모인 것 같습니다, 본부장님."

"그래요?"

형사가 고개를 끄덕이며 속으로 혀를 내두른다.

종혁의 예상대로 군 식품 입찰이 모두 끝나자, 감시하고 있던 간첩들이 모두 한자리에 모였다.

"그러면 감청 장치가 달린 1번 드론을 조작해서 지붕에 안착시키세요. 레이저 포인트로 위치를 찍으면 그걸 따라가 안착할 겁니다."

"예!"

'조심, 조심.'

혹여 지붕을 타고 미끄러지기라도 한다면 낭패.

형사가 세심하게 포인트를 찍자, 1번 드론이 느릿하게 날아가 지붕에 내려앉는다.

"감청 시작."

"감청 시작."

툭!

-이게 말이 돼? 어떻게 그 가격에 입찰을 한 거냐고!

"오오."

"와!"

지붕이 철제라서 그런지 웅웅 울리긴 해도, 대화는 충분히 잘 들렸다. 중계기가 제대로 작동하는 것 같다.

-그 입찰가로는 아무런 마진도 안 남을 텐데…….

"그래서 아예 현지 업체를 사 버렸지."

"풉!"

"크크큭!"

돈 앞에서 장사 있을까.

설령 국내에서 통조림으로 가공하고 유통하는 비용만큼 손해가 발생한다고 하더라도, 그만큼 대량으로 골뱅이를 수출하니 충분히 적자를 메울 수 있었다.

즉, 현지 업체의 플러스로 국내 업체의 마이너스 메꾸는 구조.

이는 K-Army Food와 관련된 현지 업체들도 마찬가지였다.

"본부장님, 그런데 계속 그렇게 운영할 수는 없지 않겠심니꺼?"

아무리 종혁이 돈이 많다지만 이윤도 남기지 않고 사업체를 계속 굴릴 수는 없는 일이었다.

"아, 괜찮아. 어차피 이번 납품 계약 기간만 끝나면 다시 가격 올릴 거니까."

이번에 입찰가를 터무니없이 낮춘 건 그저 저들의 입찰이 실패하도록 만들기 위해서였다. 놈들이 무너지고 난 이후에도 계속 그 가격을 유지하며 군에 납품할 이유는 없었다.

"운영도 전문가들에게 맡겨 놔서 내가 귀찮을 일도 없고."

"전문가들이예?"

'어. CIA, SVR이라는 전문가들이지.'

종혁은 CIA와 SVR에게 현지 위장 업체로 쓸 수 있게 해 주는 조건으로, 운영 전반을 그들에게 맡겼다.

인터내셔널 잡처럼 국내 업체였다면 국정원에게 넘겼겠지만, 영국과 아일랜드 등 해외 업체였기 때문에 CIA와 SVR에게 넘긴 것이었다.

"아무튼 당장은 조금 손해를 보겠지만, 다음 입찰 때부터는 흑자로 전환될 테니 걱정할 필요 없어. 자, 수다는 그만 떨고 집중하자."

-이렇게 하지. 입찰에 성공한 업체 사장들을 제거하는 거야.

귀를 때리는 끔찍한 말에 그들이 이를 악문다.

"이 개새끼들이?"

"조용, 조용! 안 들리잖아!"

다급히 입을 다문 그들은 눈을 부라리며 그들의 대화에 귀를 기울였고, 종혁은 담배를 물며 코웃음을 쳤다.

'그래, 이럴 줄 알았다.'

전시 상황이 벌어지면 대한민국 국군이 먹을 식량에 장난을 치라는 명령을 받고 남파된 간첩들.

몇 개의 업체라도 살아 있다면 어떻게든 명령을 이어 나갈 수 있겠지만, 모조리 입찰에 실패한 이상 그들로서는 수단과 방법을 가릴 처지가 아니었다.

"보, 본부장님! 차량 한 대가 더 들어옵니다! 내렸습니다!"

"영상 찍어요!"

"예!"

공터를 찍고 있는 드론이 차에서 내린 사람을 촬영한다.

늦은 밤, 불빛이 거의 없어 겨우 식별만 가능한 얼굴.

"안면 인식으로 확인해 봐!"

"……일치하는 놈이 없습니다!"

국정원에서 넘어온 명단의 그 누구와도 얼굴이 일치하지 않는다.

-이 간나 새끼들이?

'북한 사투리?'

종혁이 핸드폰을 든다.

"예, 차장님. 최종혁입니다. 지금 사진 하나 보내 드릴 텐데, 누군지 확인 좀 부탁드리겠습니다. 북한에서 넘어온 놈 같습니다."

종혁은 얼른 보내라고 수신호를 보냈고, 잠시 후 차장이 전화를 걸어왔다.

―허. 그놈이 거기에 나타났다고?

"누군지 아십니까?"

―알지. 이름은 림유성, 계급은 대좌. 정찰총국에 소속된 놈이야.

'대좌?'

한국으로 치면 대령이다.

종혁이 다시 림유성의 얼굴을 본다.

기껏해야 삼십대 중반 정보로 보이는 외견.

'그만큼 유능한 놈이란 뜻이겠지.'

"……이놈이 군납 업체 간첩들의 관리자인가 보군요."

―그래. 그런 것 같네. 뭔가 더 파악되면 공유해 줘.

"네, 알겠습니다."

종혁이 통화를 끊자, 모두는 다시 입을 꾹 다물며 간첩들의 대화에 귀를 기울였다.

* * *

감히 당의 지령이 없었는데도 한자리에 모인 전사들을 노려보던 림유성은, 임무를 실패한 전사들의 처우를 결정하기 위해 급히 남파된 그는 살기 위한 그들의 다급한 변명에 눈을 가늘게 떴다.

"흠. 그러니까 그대로만 진행되면 아무런 일이 없단 말이디?"

"그, 그렇습니다!"

"남조선 보안원들이 알아채지 않갔어?"

"알아챘다고 해도 시체를 찾을 수 없다면 아무런 문제가 없을 겁니다."

"흐음……."

서로를 몰라야 함에도 이렇게 한자리에 모인 놈들이기에 단매에 쳐 죽여야 하지만, 본래의 임무를 계속 수행할 수 있다면 그것이 우선이었다.

'일단 상황부터 원상태로 돌린 후에 처벌해도 되갔디.'

속으로 눈을 번뜩인 그는 고개를 끄덕였다.

"알갔다. 하지만 연막 정도는 필요할 것 같구나야."

"여, 연막 말입니까? 어떤 연막을……."

"기건 때가 되면 다 알게 될 기야. 각자 자리로 돌아가 내 연락을 기다려라. 공화국이 대업을 이룰 그날을 위하여."

"고, 공화국이 대업을 이룰 그날을 위하여!"

후다닥!

간첩들이 다급히 공장을 빠져나가자 림유성도 따라나서며 담배를 문다.

부르릉!

빠르게 창고, 아니 안가를 빠져나가는 차량들.

찰칵! 치이익!

"후우. 버러지 새끼들."

아무래도 자본주의의 맛에 흠뻑 젖어 든 것 같다. 그러니 감히 이렇게 모인 것일 터였다.

그는 핸드폰을 들었다.

"림유성 대좌입네다."

상관에게 전화를 건 림유성이 오늘 보고 들은 모든 것을 보고한다.

-뒤에 누가 있는 거 아니갔어?

"길케 보이진 않습네다. 만약 그랬다면 남파된 저 버러지들이 먼저 알았겠디요."

간첩들은 이걸 경쟁 업체들이 마지막 발악을, 생애 모든 걸 건 도박을 한 것으로 여기고 있었다.

-기게 통한 거구나.

"제대로 먹혔습네다. 정당히 겨룬다면 다시 입찰을 따낼 수 없을 겁네다."

-……연막은 또 무슨 말이네?

순간 림유성의 눈이 빛난다.

"남조선에는 노조라는 배가 부르다 못해 터진 아새끼들이 있디요. 노조에 침투한 전사들을 움직여 아새끼들을 시위를 하게끔 할까 합네다."

-아, 노조 알디. 그래, 그 아새끼들이 움직이면 모든 시선이 그쪽으로 쏠리겠구나야.

"기림 몇 놈 죽어 나간다고 해도 주목하는 놈이 없갔디요."

-알갔다. 대좌가 알아서 하라.

"공화국을 위하여."

-공화국을 위하여. 얼른 몸 피해라. 벌 소리가 크다.

비이이이이이잉!

"이크. 알갔습네다.

'뭔 벌 소리가 이렇게 크네?'

아무래도 장수말벌인 것 같다.

몸을 움츠린 그는 얼른 타고 온 차로 달려갔고, 종혁과 국정원은 헛웃음을 터트렸다.

"이게…….

-이게…….

"이렇게 연결이 되네?"

-허허허.

노조에 숨어 있는 간첩들을 칠 명분 하나가 생겨 버렸다.

"월척이네."

군납 식품업체들뿐만 아니라 노조에 스며든 간첩들까지 움직일 권한을 가진 놈이다.

노조 간첩을 움직일 권한까지 가진 놈인지, 노조 간첩의 관리자와 연결이 된 놈인지는 아직 확인되지 않은 상태지만, 뭐든 거의 전설의 물고기라 불리는 돗돔급 월척이었다.

"뭐하는 놈인데?"

노조의 간첩을 족칠 단서를 얻었단 말에 다급히 달려온 오택수가 묻자, 종혁이 국정원 대북 파트 차장이 알려준 림유성의 출신에 대해 말한다.

"정찰총국 척살조 출신이랍니다."

"척살조?"

북한에 해를 끼치거나 도주한 이들을 찾아 죽이는 정찰총국의 척살조. 그 누구보다 충성심과 능력이 요구되는 곳이다.

"광신도란 소리네."

"단순 광신도가 아니라 아비가 호위사령부의 고위 간부, 장성입니다. 백두혈통 및 평양의 경비를 맡고 있는 그 호위사령부요."

북한에선 엘리트 중 엘리트라고 볼 수 있었다.

그 말에 오택수가 눈을 빛낸다.

"그만큼 아는 것도 많겠네?"

"그렇죠."

그렇기에 림유성은 국정원에서 마킹이 들어갈 거다.

고개를 끄덕인 오택수가 돌연 눈빛을 가라앉힌다.

"그나저나 노조를 움직여 시위를 벌인다라……."

빠득!

"씨발 새끼가 한국을 홍어좆으로 보고 있네."

지금 당장이라도 달려가 주둥이를 찢어 버리고 싶다.

"흠. 그런데 이게 가능할까?"

걸핏하면 노조들의 시위나 파업이 일어나기에 아무 때나 시위를 할 수 있을 듯하지만, 실상은 그렇지가 않기 때문이다.

노조원들이 납득할 만한 사안이 있어야 결집을 하고, 행진을 할 수 있는 것이다.

그 말에 종혁이 피식 웃는다.

"다른 때라면 좀 달랐을지 모르겠지만, 올해는 가능해요."

"응? ……아, 대선!"

다른 형사들도 무릎을 친다.

다음 대통령이 어떤 성향의 인물이냐에 따라 달라지는 노동자들의 처우.

노동자들을 위한 노동조합, 노조 입장에서는 친노동자 정권이 들어서기를 바라고, 그를 위한 액션을 취하는 것이 당연한 일이었다.

"……빌어먹을! 주철아! 간첩들 감시 나간 팀원들 귀 활짝 열어 놓으라고 하고, 모든 언론사 채널도 체크하라고 해! 하나도 놓치면 안 돼!"

"예, 부본부장님!"

종혁은 빠르게 해야 할 일을 지시하는 오택수를 일견하며 핸드폰을 들었다.

'사고사, 자살이라…….'

"예, 박 사장님. 해외 출장 한번 가 보실 생각 없으십니까?"

'니들이 원하는 기회, 내가 만들어 줄게.'

종혁의 입가에 비릿한 미소가 걸리기 시작했다.

* * *

민노총, 기습 시위! 가두 행진 시작!
더 이상은 못살겠다! 노동자의 권리를 보호해 달라!
친기업 정책을 고수하는 정부! 물러가라!

햇볕이 점점 따가워지기 시작하는 6월 말, 빨간 띠를 머리에 맨 사람들이 거리로 뛰쳐나왔다.

드르르륵!
비행기가 뜨고 내리는 인천공항을 K-Army Food의 박 사장이 가로지른다.

어디든 오래 있진 않을 생각인지 그리 크지 않은 캐리어.

그 옆엔 그의 딸이 불퉁한 표정으로 따르고 있다.

"이 바쁜 시기에 갑자기 웬 출장이야. 아니, 그 전에 왜 아빠가 가야 하는 건데. 삼촌도 있잖아."

군납 입찰에 성공을 한 이후, 군뿐만 아니라 민간에서도 주문이 쏟아지면서 여전히 공장을 하루 종일 가동해야 하는 K-Army Food.

그 어느 때보다 중요한 시기이니만큼 문제가 발생하지 않도록 사장이 자리를 지키고 있어야 맞았다.

"삼촌이 뭐여? 회사가 놀이터여?"

"알았어, 알았어. 아무튼 이런 일은 원래 최 이사님 담당이잖아."

건빵의 주재료인 밀가루 등을 수출하는 현지 업체와의

소통을 담당하고 있는 최 이사. 오랜 시간 울트라식품에서 함께한, 박 사장의 딸이 삼촌이라고 부를 만큼 가족 같은 인물이었다.

"그 양반 도가니 아퍼. 혈압도 높고."

아니다. 물론 이젠 나이가 들어 몸이 성치 않긴 하지만, 아직은 정정하다.

그럼에도 자신이 직접 해외 현지 업체로 출장을 가는 건, 종혁에게 전해 들은 이야기 때문이다.

'이 사장이 날 노린다니……'

처음엔 아무리 화가 난다 해도 이민성이 그런 짓을 벌일까 믿기지 않았지만, 종혁의 정체에 대해 모두 듣게 된 후에는 믿을 수밖에 없었다.

그래서 해외로 향하는 것이다.

자신이 국내에 남아 있다가는, 그 곁에 있는 소중한 딸, 회사 식구들도 다칠 수 있으니 말이다.

"뭐? 많이 안 좋아지셨어?"

깜짝 놀라는 딸의 모습에 박 사장이 애써 푸근히 웃는다.

"그 나이 되믄 하루하루 몸이 녹슬어."

"……그러면 최 이사님은? 설마 그만두시는 거야?"

"무슨 소리여. 최 이사는 새로 계약을 맺은 국내 업체를 맡을 거여."

이는 꾸며 내는 말이 아니라 사실이다.

기존보다 무려 두 배 이상 상승한 건빵의 쌀 함유량.

기존의 공급받던 곳만으로는 양을 모두 맞출 수 없는 터라 한 곳과 더 계약을 맺었다.

종혁의 소개로 새로이 계약을 맺은 업체.

물론 계약을 맺기 전에 여러모로 살펴보긴 했지만, 건빵에 들어가는 중요 재료이니만큼 지속적으로 신경을 기울여야만 했다.

그리고 그것을 믿고 맡길 만한 안목을 갖춘 인물은 최 이사밖에 없었다.

"이씨! 그걸 먼저 말해 줬어야지!"

"한두 번 겪어 봐?"

"한두 번이 아니니까 그렇지!"

"그날이여?"

"아빠!"

둘은 투덕거리며 출국 게이트로 향했다.

"이제 가. 나 애 아녀."

이민성이 자신을 노리는 걸 알고 있는데, 딸을 데려갈 순 없었다. 딸은 가만히 바라보는 박 사장의 시선에 한숨을 내쉬었다.

"알았어요. 조심히 다녀와요."

"너도 조심히 가."

박 사장은 손을 흔들며 멀어지는 딸을 보다 돌아섰고, 그런 박 사장의 뒤를 귀를 쫑긋 세운 한주대동식품의 사장이 쫓는다.

그의 눈이 가늘어진다.

"어, 이 사장. 날 잡아도 될 것 같아. 바로 넘어와. 뭐……."
순간 낮아지는 그의 눈빛.
"기회가 생겼으니 바로 낚아채야지. 때가 됐잖아?"
지금 대한민국을 뒤집은 민노총의 시위.
이게 림유성이 말한 기회였다.
어떻게 민노총을 움직였는지는 모른다. 그저 그곳에도 동지가 있을 거란 것만 눈치챘을 뿐이다.
한주대동식품의 사장은 입이 잔혹하게 비틀어졌다.

* * *

호주의 멜버른 국제공항.
공항을 나선 박 사장이 숨을 깊게 들이마신다.
너무도 오랜만에 온 멜버른.
"옛날엔 참 많이 왔는디……."
더 맛있는 건빵을 만들겠다는 일념하에 건빵의 주재료인 밀가루를, 싸고 질 좋은 밀가루를 찾기 위해 해외를 돌아다녔던 그.
최 이사를 영입하며 현지 업체와의 소통을 맡기기 전까지는 참 많이 들렀었다.
그로부터 상당한 시간이 흘렀건만, 멜버른 국제공항 주변의 풍경은 그때와 별로 달라진 게 없는 것 같다.
"택시?"
슬그머니 다가와 호객 행위를 하는 택시 드라이버의 모

습도 옛 향수를 자극한다.

"됐슈. NO, NO!"

'추억은 추억이고, 바가지는 바가지제.'

싸게 해 준다는 말에 혹해서 따라갔다가는 어떤 바가지를 씌울지 모른다.

단호하게 고개를 저으며 택시 기사를 뿌리친 그는 택시 승강장으로 향했다.

"그런데 이 양반은 어디 있댜."

'이 사장이 쫓아왔을까?'

지이잉!

"응?"

갑자기 울리는 핸드폰을 확인한 그는 눈을 가늘게 뜨며 택시를 잡아탔다.

"어서 오세요!"

'동양인이네.'

"여기로 갑시다."

박 사장은 종혁이 예약했다는 숙소의 주소를 내밀었고, 택시기사는 깜짝 놀랐다.

"오, 여기 좋죠! 지어진 지 얼마 되지 않아서 호평이 자자한 곳입니다. 알겠습니다! 그럼 바로 출발하겠습니다!"

텐션이 높은 택시기사의 모습에 약간 귀찮아질 것 같다는 예감이 든 그는 얼른 핸드폰을 들어 딸에게 전화를 걸었다.

"어, 나여. 도착혔어. 그려. 오늘도 파이팅이여."

통화를 종료한 그는 옆에 둔 서류 가방을 열어 현지 업체에 대한 정보를 다시금 확인했고, 택시기사는 백미러로 그런 그를 보며 입술을 달싹이다가 결국 열어젖힌다.
"저…… 혹시 한국인이세요?"
"잉? 한국인이었슈?"
 괴물이 뒤를 쫓는 것처럼 초조하고 불안하지만, 먼 타지에서 한국인을 만났다는 것에 박 사장은 잠시 위험을 잊고 말았다.

"도착했습니다! 크, 진짜 크다. 커!"
"그러게. 부담을 이렇게 처먹으면 배 터지는디."
"예?"
"아녀. 수고혔어."
"예. 형님도 좋은 결과 있기를 바랍니다!"
"동생도 안전운전 혀."
부르릉!
 떠나는 택시를 빤히 바라보던 박 사장이 몸을 돌려 호텔 안 프런트로 향한다.
"예약이 돼 있을 겁니다."
 박 사장은 여권을 내밀었고, 확인을 한 프런트 직원이 잠시 손을 떤다.
"스위트룸을 예약하셨네요. 잠시만 기다리시면 곧 안내인이 도착할 겁니다."
'……진짜 배 터지겠네.'

비행기 표도 모자라 스위트룸까지 예약해 준 종혁.

'왜 이런 걸 준비했디야. 차라리…….'

"미스터 박? 스위트룸까지 안내해 드릴 캐빈입니다."

"아, 예."

"짐은 제게 주시죠."

박 사장에게서 짐을 넘겨받은 안내인은 벨보이에게 짐을 넘겼고, 그들은 곧 호텔의 최상층으로 향했다.

삐리릭!

카드키를 대자 열리는 도어락.

그 순간이었다.

"박 사장님?"

"잉?"

자신을 부르는 소리에 몸을 돌린 박 사장은 한숨을 푹 내쉬었다.

한편 몇 시간 뒤 호텔의 입구가 훤히 보이는 어느 카페.

한주대동식품의 사장이 한숨을 내쉬며 미지근해진 커피를 내려놓는다.

벌써 6잔째인 커피. 입안이 텁텁하다 못해 속에서 쓴물이 올라온다.

"옛날엔 하루 20잔도 거뜬했는데……."

이젠 나이가 든 거다. 매일매일 아직도 젊다며 애써 자위하지만, 어쩔 수 없는 노화.

덧없이 지나가 버린 청춘에 한숨을 내쉴 때였다.

드륵!

"왔어?"

모자를 깊게 눌러쓴 채 맞은편 의자에 앉는 이민성의 모습에 한주대동식품의 사장이 반갑게 맞이한다.

드디어 쓴 속을 달랠 따뜻한 음식을 먹을 수 있게 됐다.

"박 사장은?"

"저기 호텔. 어떻게 왔어?"

"어떻게 오긴 비행기 타고 왔지."

이민성이 중국 여권을 내민다.

원활한 간첩 활동을 위해 지급되는 물품 중 하나인 위조 여권.

"이야. 그거 오랜만이네."

"나도 겨우 찾았어."

몇 년 전 갱신하고 구석에 처박아 뒀던 거라 집안을 모두 뒤져야 했다.

"응? 뭐야, 주 사장은 위조 여권 안 썼어?"

"난 정식으로 출장계 내고 왔지."

어차피 박 사장의 실종과 자신을 연관시킬 순 없을 테니 그냥 본인의 여권을 썼다.

"한국 경찰을 너무 호락호락하게 보는 거 아니야?"

"괜찮아. 호주를 경유해 영국으로 가는 비행기를 예약했으니까. 또 호주에도 천일염이 있으니 거길 돌아봤다고 하면 알리바이도 문제없지."

골뱅이를 염지하기 위해 필요한 천일염. 한국 천일염은 쓴맛이 강해서 다른 천일염을 찾으러 돌아다닌다고 하면 경찰도 별다른 의심을 할 수 없을 거다.

"그렇다면 다행이긴 한데……."

정말 괜찮겠냐, 너 때문에 계획을 망치는 거 아니냐는 이민성의 시선에 주 사장이 얼굴을 구긴다.

"그렇게 알리바이 신경 쓸 거였으면 이 사장이 직접 오면 안 되지. 나처럼 말이야. 안 그래?"

맞다. 확실한 알리바이를 위해서라면 이민성이 한국에 남아 여기저기 돌아다녀야 했다.

"큼."

코웃음을 친 주 사장이 돌연 음흉히 웃는다.

"그렇게 직접 죽이고 싶었어?"

"……그걸 말이라고 해?"

박 사장만 아니었다면 입찰에 실패할 일도 없었고, 관리자가 내려올 일도 없었다. 전쟁이 터질 때까지, 아니 죽는 그날까지 이민성으로서 살 수 있었다.

한국에서 살기에 알 수 있는 남한과 공화국의 관계. 두 나라는 결코 서로를 향해 전진을 하지 못한다.

그게 이민성이 내린 판단이다.

박 사장은 그런 자신의 평온을, 행복한 일상을 깨트린 거다.

당연히 자신의 손으로 끝을 봐야 했다.

'그리고 널 어떻게 믿고?'

박 사장에게 빼낼 정보가 어디 보통 정보인가.

그 정보를 가지고 남몰래 건빵 업체를 차리고도 남을 인물이 주 사장이었다.

주 사장을 일견한 이민성은 호텔을 가만히 응시했다.

빠득!

'모두 네가 자초한 일이야, 박 사장.'

그의 눈이 흉흉하게 빛나기 시작했다.

* * *

다음 날 이른 새벽, 호텔 입구가 보이는 곳에 차를 대고 있던 이민성이 호텔을 나서는 박 사장을 발견하곤 이를 악문다.

선글라스를 낀 채 여유롭게 걷는 모습에 이민성의 속이 뒤집어진다.

'그래, 넌 승자라는 거지?'

하루하루 피가 말라가는 자신과 달리 느긋하게 움직이는 박 사장.

삐릭!

-박 사장, 렌트카 업체로 들어가는데? 보고 있어?

"보고 있어."

잠시 후 렌트카 업체에서 박 사장이 탄 차량이 빠져나온다.

부르릉!

'SUV?'

생각해 보니 박 사장이 타고 다니는 차가 SUV긴 했다.

"나온다. 따라가자."

-확인.

무전기를 내린 이민성과 주 사장을 태운 두 대의 차량이 박 사장이 빌린 렌트카를 쫓았다.

박 사장을 태운 차는 멜버른을 벗어나 인근의 작은 도시 멜턴의 어느 커다란 창고 앞에, 그 뒤로도 여러 개의 커다란 창고가 있는 회사 앞에 멈춰 섰다.

'여기군.'

황금빛으로 물든 밀 다발이 커다랗게 그려진 회사.

저곳이 박 사장과 계약한 현지 업체 같다.

K-Army Food를 감시하는 흥신소 직원이 알아낸, 그 말도 안 되는 가격으로 납품을 해 주는 호주의 곡물 회사가 말이다.

'체크.'

입이 함지박만 하게 찢어진 이민성은 회사 이름을 적곤 박 사장이 다시 나올 때까지 가만히 기다렸다.

그렇게 얼마나 기다렸을까.

해가 저물어 갈 때가 되자 박 사장이 환한 미소를 지으며 곡물 회사를 빠져나온다.

"개새끼."

대체 안에서 뭘 했기에 이렇게 늦게까지 있었던 것일까.

 차 안에 있느라 허리가 부서질 뻔한 이민성이 이를 악물며 박 사장의 뒤를 쫓는다.

 도심을 벗어나자 다시금 눈앞에 펼쳐지는 한적한 도로.

 수풀과 나무밖에 없는, 차량도 잘 지나지 않는 도로.

 그 순간 이민성의 눈이 빛난다.

 "뒤를 막아!"

 -확인!

 부우우웅! 끼이익!

 앞으로 치고 나가 SUV 앞을 가로막은 이민성은 놀라 자신을 보는 박 사장의 모습에 비릿하게 웃으며 차에서 내렸다.

 터벅터벅! 똑똑!

 창문을 살짝 내린 박 사장이 멍하니 이민성을 본다.

 "이…… 사장?"

 의아해하며 쳐다보는 그 눈빛에, 놀람이 가시지 않는 그 눈빛에 이민성의 가슴이 떨리기 시작한다.

 "오랜만이네?"

 "이게 뭔 일이데…… 이 사장이 여긴 웬일인 겨?"

 곡물 회사에서 말을 많이 한 듯 목소리가 약간 허스키해진 박 사장.

 이민성의 입가에 잔혹한 미소가 맺힌다.

"뭔 일은 뭔 일이야. 지금 상황을 보고도 모르겠어?"

"……납치여? 뭐 비법이라도 알아내려고? 내가 말할 거라고 생각혀?"

이민성은 갑작스러운 상황에도 너무나도 침착한 박 사장의 모습에 미간을 찌푸렸다.

"……끝까지 열받게 하네. 어디 입 다물 수 있으면 다물어 봐. 다음은 네 딸이 될 테니까."

"그려?"

'응?'

왜인지 너무도 태연한 모습.

"그렇답니다, 본부장님."

"어? 목소리가……."

오싹!

덜컹!

"어우. 답답해 숨지는 줄 알았네."

이민성과 주 사장은 SUV의 트렁크를 열고 나오는 거한, 종혁의 모습에 눈을 부릅떴다.

"어후. 저도 답답해 죽는 줄 알았습니다."

뜨드득!

"컥?!"

박 사장의 살이 벗겨진다.

아니, 살이 벗겨지는 게 아니다. 정교하게 만들어진 특수 분장이었다.

이윽고 드러난 낯선 얼굴. 그리고 말없이 뒷좌석에서

내려 몸을 푸는 또 다른 사내.

"너, 너흰 누구야!"

"누구겠냐?"

"경찰……?"

"빙고."

씩 웃은 종혁이 여전히 정신을 차리지 못하는 이민성을 향해 발을 내딛는다.

"이민성 씨, 호창식품에 대해 기억하셔?"

움찔!

기억한다. 기억할 수밖에 없다.

건빵 군납의 후발 주자였던 동해식품이 입찰을 따내기 위해선 기존의 입찰 업체를 무너트려야 했으니까.

아니, 죽여야 했으니까.

'하, 하지만 그건…….'

실족사로 종결됐다.

"거기 주 사장님도 두성식품이랑 오천푸드, 기억하죠?"

각기 자살과 실종으로 갑자기 사장이 부재하게 되며 무너진 회사들.

주 사장의 낯빛이 하얗게 질리자 종혁과 형사들의 미소가 더욱 짙어진다.

"이제 우리가 왜 여기에 있는지 알겠지?"

"이런 쌍……!"

"잡아!"

다급히 몸을 돌려 각자의 차로 달려가는 이민성과 주

사장.

얼굴을 구긴 종혁이 땅을 박차며 이민성의 뒷덜미를 향해 손을 뻗는 순간이었다.

스악!

다급히 거두는 종혁의 손이 있던 자리로 그어지는 한 줄기의 은빛 궤적.

몸을 돌린 이민성이 도리어 종혁을 향해 달려들며 칼을 휘두른다.

"죽어!"

눈에 살의와 다급함이 가득해진 이민성은 곧바로 종혁의 목을 향해 칼을 그었고, 그 순간 종혁의 시간이 느려진다.

"지랄."

목을 향해 긋다가 내려찍고, 그리고 다시 찔러 오는 느릿한 칼질.

놈들 회사의 그것과 비교하면 한없이 느리고 녹이 슨 칼질.

반 발자국 물러난 종혁이 몸을 비틀며 주먹을 올려 쳤나.

"뒈져, 이 새끼야."

쩌어어억!

"아우우, 씨발. 다 늙은 새끼 칼질이 뭐 이리 매서워? 썩어도 준치라는 건가?"

"큭큭. 다쳤냐?"

"닥치세요."

미친개들의 합동 사냥에 그대로 물어뜯겨 바닥을 기는 주 사장.

종혁이 팔에 칼이 꽂힌 형사에게 다가가 그 칼끝을 톡 친다.

"악! 본부장님!"

"이딴 놈들한테 칼질이나 당하고……. 잘하는 짓입니다."

"끄으응."

"더 이상 만지지 말고 바로 병원으로 가세요."

"끄으. 아, 그런데 차는……?"

"……차를 멜버른에 가져다 놓은 이후에요."

"에이, 염병."

형사들이 정신을 잃은 이민성과 주 사장의 손에 수갑을 채우는 것을 본 종혁은 핸드폰을 들었다.

"납니다. 그쪽은 어떻게 됐습니까?"

-이쪽도 곧 출발하는 것 같습니다.

해외로, 국내로.

기꺼이 종혁이 판 함정의 미끼가 되어 준 다른 식품업체 사장을 노리는 간첩들.

-그쪽은 어떻게 됐습니까?

"이쪽은 마무리됐습니다. 그러면 들키지 마시고, 다치지 마시고 한국에서 무사히 봅시다."

─충성.

* * *

구우우우우!

"끄으으."

꿈틀거리던 이민성이 힘겹게 몸을 일으킨다.

'어, 어떻게 된 거지?'

한적한 도로에서 박 사장의 차를 가로막은 것은 기억이 난다.

그런데 그 이후 어떻게 됐는지 떠올리려고만 하면 머릿속이 뿌옇게 되며 두통이 치밀었다.

마치 자신의 뇌가 기억을 떠올리는 걸 거부하는 것처럼.

"어? 여긴?"

'비행기?'

뭔가 구조가 많이 이상하지만, 분명 비행기 안이다.

"일어났어?"

다급히 고개를 돌린 이민성은 커다란 1인용 소파에 앉아 책을 읽고 있던 종혁을 발견하곤 눈을 부릅떴다.

"헉?!"

종혁의 얼굴을 보자마자 떠오르는 기억.

"이런 씨……."

철컥!

"큭!"

반사적으로 물러나려다 양 손목을 구속한 수갑 때문에 고꾸라진 이민성.

"어차피 도망쳐 봐야 비행기 안이에요. 헛힘 쓰지 말고 앞으로 와서 앉아요."

입술을 깨문 이민성이 눈을 이리저리 돌리며 비행기 안을 살핀다.

"안 와? 안 오면 내가 가고. 근데 이거 알아 둬라. 내가 이 의자에서 엉덩이 떼는 순간 넌 뒤지는 거야."

눈빛이 스산해진 종혁이 책을 내려놓으며 몸을 일으키자 이민성이 이를 악물며 버틴다.

자신을 한 방에 기절시켰던 무지막지한 괴력이 무섭긴 하다.

하지만 저놈은 경찰이다.

"어디 내 몸에 손대 봐! 폭행으로 고소……."

쩍!

순간 얼굴에 무언가 부딪치는 것 같더니 끊겨 버리는 정신.

하지만 그것도 잠시다.

"악! 아아악!"

머리가 뽑히는 끔찍한 고통에 정신을 되찾은 이민성이 끌려가지 않기 위해 몸부림을 친다.

그에 머리채를 잡은 손을 들어 올린 종혁.

"끄아아악!"

뻐어억!

"커윽?!?"

순간 배가 터지는 듯한 아득한 고통.

하지만 그 한 방이 끝이 아니다.

뻑! 뻑뻑뻑뻑!

"아아악!"

종혁은 몸을 한껏 웅크린 이민성의 머리채를 잡고 아까의 그 소파로 향했다.

"앉아."

"……."

"하, 이 새끼."

종혁은 반항적인 눈으로 쳐다보는 그를 향해 손을 들었고, 이민성은 이를 악물었다.

"변호사 불러!"

"여기가 비행기 안인데 변호사가 있을 리 있나."

"그, 그럼 한국에 도착할 때까지 말을 안 할 거야! 무, 묵비권! 그래, 묵비권!"

"아, 예. 묵비권까지 행사하시겠다고요. 뭐 그러시든가요. 알았으니까 당신은 거기 서서 묵비권 행사하세요. 난 내가 하고 싶은 말을 할 테니까."

종혁이 이민성을 보며 옆에 놔둔 가방을 들어 테이블 위에 올린다.

덜그럭! 지이익!

"이거 기억나시죠?"

삽이나 곡괭이, 낫, 톱 따위가 들어 있는 가방.

누가 봐도 누군가를 죽이고 토막 내 묻어 버리기 위한 도구들이다.

"흥!"

"그래, 당신은 그냥 구입한 거라고 하겠지. 맘대로 해. 맘대로 지껄여 봐. 어차피 한국에 도착하면 북한으로 송환될 테니까."

쿵!

"……어?"

"왜? 우리가 너 간첩인 거 모를 줄 알았어, 김철성 씨?"

쿠우우웅!

머리를 후려치는 충격에 이민성은 입을 떡 벌렸다.

분명 얻어맞지 않았는데도 눈앞이 아득해진다.

'내, 내가 간첩인 걸 알고 있다고? 나, 나에 대해 알고 있다고?'

말도 안 된다. 말이 돼서도 안 된다.

그는 필사적으로 웃음을 터트렸다.

"무, 무슨 말인지 모르겠네! 기, 김철성이 누구지?! 이봐요, 형사님. 지금 날……."

"림유성이 내려왔다며?"

쿵!

"민노총에 파고든 간첩들을 움직여 시위를 벌이고."

쿵!

"어디 민노총뿐이겠어. 이번 시위가 끝나면 또 다른 시위, 그거 끝나면 또 다른 시위. 전국 노조들에 다 숨어 있잖아, 너희들."

쿠웅!

"이야. 이거면 거의 내란죄 아니냐?"

"무슨 말인지 모르겠다고! 괜히 엄한 사람 잡지 말고!"

콰앙!

테이블을 내려친 종혁의 얼굴에서 표정이 사라진다.

"북으로 송환돼서 추위와 배고픔에 고생하다 뒤질래, 아니면 납치 및 살인미수, 살인죄로 평생 따뜻한 한국 교도소에서 살래?"

콰직!

이민성의 몸 안에서 무언가 박살 난다.

그것은 허울만 남은 충성이란 껍데기였다.

종혁은 두 눈이 풍랑을 만난 듯 흔들리는 그를 보며 담배를 물었다.

찰칵! 치이익!

"야. 우리 경찰이 왜 그동안 너희가 간첩인 줄 알면서도 바로 안 잡은 줄 알아?"

일망타진을 하기 위해서다.

국정원에서 파악한 수천 명의 간첩을 모두 일망타진하기 위해서.

"니들 버러지 간첩 새끼들을 이 나라에서 모조리 몰아내고, 보다 안전한 대한민국을 만들기 위해서. 그러니 잘 생각해."

툭!

종혁이 테이블 위에 이민성의 중국 여권과 핸드폰들을 던진다.

"한국에 도착하는 순간 이것들부터 쑤시고 들어갈 테니까. 아, 참고로 우리 경찰이 너흴 주목하기 시작한 건 입찰 시작 전이고, 이 작전은 국정원도 함께하는 작전이야."

'빌어먹을······.'

외통수다.

테이블에 놓인 두 개의 핸드폰 중 하나는 개인 핸드폰이고, 나머지 하나는 다른 동지들과 연락하기 위해 따로 개통한 대포폰이다.

대포폰의 잠금이 풀리는 순간 자신은 끝이었다.

"······내가 뭘 하면 되겠습니까?"

됐다.

종혁은 입술을 비틀었다.

* * *

"당신을 향한 나의 사랑은!"

해가 저물다 못해 인적마저 드물어진 어두운 거리.

얼굴이 발갛게 달아오른 오십대 남성이 비틀거리며 저 멀리 호텔로 향한다.

새로이 계약을 맺은 거래처 관리를 위해 먼 영국까지

날아온 그.

노래를 부르다 갑자기 멈춰 선 그가 몸을 비틀며 허공을 향해 엄지를 치켜든다.

"좋아! 완전 좋아- 요!"

골뱅이 상태가 너무 좋고, 어획량도 좋고, 납품가도 당분간 올리지 않겠다는 확답까지 받았다.

그것도 모자라 그런 감사한 사람들과 코가 비뚤어질 정도로 술을 마셨다.

그런데 술을 너무 많이 마셔서일까. 숙소에서 한잔 더 하기 위해 근처 편의점에서 술을 사 오던 중년인이 결국 취기를 이기지 못하고 털썩 주저앉는다.

"어푸후."

땅바닥을 향해 퍼지는 뜨거운 술 냄새.

갑자기 그의 몸이 들썩인다.

"흐흐흐. 한주대동식품 씨발 새끼들…… 주 사장, 이 개새끼야! 너도 이젠 끝이야! 알아?! 내가 씨발…… 그동안 어뜨케 살았는데…… 흐으윽!"

입찰에 두 번이나 실패한 뒤 한주대동식품의 주 사장을 찾아가 제발 숨통만 틔어 달라고 무릎 꿇고 빌었다.

하지만 들은 척도 안 했던 그. 망하면 공장이나 싸게 넘기라는 비수만 박았다.

그때 세상이 무너져 내렸다.

거래처는 모두 등을 돌렸고, 공작 직원들도 모두 떠나 버렸다.

어찌어찌 공장은 지킬 수 있었지만, 그래 봤자 뭐 하겠는가.

미련을 버리지 못한 채 멈춰 버린 기계에 기름칠하고, 술만 마시던 지옥 같던 나날들.

가족마저 버티지 못한 채 떠나 버린 와중에 종혁이라는 구원이 손을 내밀었고, 이렇게 복수에 성공할 수 있었다.

"감사합니다, 투자자님! 정말 감사합니다!"

전화도 걸리지 않은 핸드폰을 귀에 대고 우렁차게 외치던 그가 번뜩 고개를 든다.

"그래, 술 마셔야지! 이런 날이니까 마셔야지!"

그가 웃음을 흘리며 몸을 일으키는 순간이었다.

부우우웅! 끼이익!

"으잉?"

갑자기 달려와 옆에 선 승합차 한 대.

껌뻑이는 그의 눈에 승합차의 뒷문이 열리는 게 비친다.

그때, 거리의 양옆에서 또 다른 굉음들이 울린다.

부아아아앙! 끼이이이익!

마치 승합차를 포위하듯 거리의 양쪽을 막아선 차량들.

탁! 탁탁!

차량들에서 내린 동양인, 아니 특수본의 형사들이 중년인을 납치하려는 간첩들을 향해, 주 사장 대신 중년인을 납치해 정보를 빼내고 죽이려던 그들을 향해 흉기를 쥔 팔을 들어 올린다.

"여, 사장님들!"
거리에 울리는 한국어.
"……씨발! 튀어!"
"잡아! 죽여!"
"와아아아아!"
중년인은 코앞에서 펼쳐지는 활극에 눈을 껌뻑였다.

* * *

지이잉! 지이잉!
"으음."
쓰레기통 속을 가득 채운 빈 맥주캔 탓에 술 냄새가 가득한 호텔.
몸을 뒤척이다 얼굴을 찌푸린 림유성이 맹렬하게 울리는 핸드폰을 찾아 귀에 가져간다.
"뉘기야……."
-이보라우! 정신 못 차리네?
"……소장 동지?"
-그래! 내야! 니 지금 뭐하는 거이네!
"죄, 죄송합네다!"
다급히 몸을 일으킨 그가 의아해하며 핸드폰을 본다.
고작해야 아침 8시.
'이 아침부터 소장 동지가 왜…….'
림유성이 다시 핸드폰을 귀에 가져간다.

"정신 차렸습네다. 무슨 일이십네까."

-무슨 일? 지금 무슨 일이라고 했네?! 너 거기서 무슨 짓을 하고 돌아다니는 거야!

"무, 무슨 말씀이신지……."

-날래 남조선 뉴스를 확인해 보라!

왜인지 모르겠지만, 굉장히 화가 난 상사의 목소리에 그는 다급히 핸드폰으로 포털 사이트에 접속했다.

그리고…….

군납 건빵 제조 업체 동해식품 사장 이 모 씨, 납치 살해 공모!

이 모 씨, K-Army Food의 사장을 납치 살해하려 해!

한주대동식품 사장과 범행을 공모한 사실 드러나!

충격! 영국에서 한주대동식품의 경쟁 업체 대표 납치당할 뻔하다!

쿵!

"이런 미친……!"

림유성의 눈이 부릅떠졌다.

* * *

경찰! 다른 군납 식품업체 대표들 검거!

군납 입찰에 실패한 식품입체 대표들의 진혹한 모의!

대포폰을 활용한 치밀한 계획!

서로가 서로의 알리바이였다!

아무도 몰랐을 계획 납치 살인! 이번에도 경찰이 해냈다!

부우웅! 빵빵!

저 멀리 희미하게 자동차 소리가 울리는 인천의 어느 모텔.

이민성과 주 사장이 검거됐단 소식에 다급히 숙소를 옮긴 림유성이 방금 전 경찰 쪽 정보원을 통해 알아낸 정보를 상사에게 보고한다.

"아무래도 이민성, 아니 김철성이들이 손전화를 뺏긴 것 같습네다."

-이······!

수화기 너머에서 욕이 쏟아진다.

-후우. 도대체 어떻게 된 기야? 연어들의 정체가 발각된 기야?

"기렇게 보이진 않습네다."

만약 이민성들이 남파 간첩임이 들통났다면 곧바로 국정원이 움직였을 텐데, 그런 기미는 보이지 않았다. 계속 바깥을 확인하는 지금까지도 말이다.

"그리고 남조선에서도 항의를 안 했잖습네까."

-······기건 길티.

핫라인을 비롯해 여러 라인을 통해 공식, 비공식적으로

항의를 해 왔을 거다.

걱정이 가시자 다시금 분노가 치밀었다.

-이 버러지 같은 간나 새끼들!

이놈들이 허투루 움직이는 바람에 그동안 공화국에서 쏟아부은 막대한 돈과 시간, 인력이 한순간에 공중분해 되어 버렸다.

그것을 떠올리면 도무지 감정을 주체할 수가 없었다.

-후우. 차후로도 연어들의 입이 열릴 걱정은 없갔디?

"걱정하지 않으셔도 될 겁네다. 절대 남조선 국군에 잠입한 연어들에게까지 불똥이 튀지 않을 겁네다."

병신처럼 증거를 남겨 싹 다 잡혀가긴 했지만, 다른 연어들의 정체를 불 정도로 멍청하진 않을 거다.

공화국엔 아직도 그들의 가족이 남아 있고, 혹여 간첩임이 밝혀진다면 그대로 제거될 것임을 알고 있을 테니 말이다.

-알았다. 기래도 혹시 모르니 상황을 지켜보다가 조용해지면 노조 쪽을 지원하라.

"기래도 되겠습네까?"

어찌 됐든 자신은 임무에 실패했다. 다시 공화국으로 복귀해 처분을 기다려야 할 처지였다.

-이왕 노조를 움직였으니 이참에 공화국의 발을 핥을 놈을 대선 후보로 만들라는 게 당의 명령이다.

"위대한 공화국을 위하여! 만세!"

-적화통일을 하는…… 뭐이야?

-소, 소장 동지!
-이런 미친……! 림유성이!
"예! 소장 동지!"
-지금 당장 뉴스를 확인하라!
"예, 예!"

내부자 폭로! 납치에 성공했다면 식품 군납은 다시 그들의 것!
군대 내에 뿌리내린 카르텔?
내부자의 기자회견! 곧 생방송으로 진행!

오싹!
"이건 또 뭐이야-!"
림유성은 다급히 기사를 클릭했다.

* * *

웅성웅성!
문밖에서 흘러드는 소란에 방위사업청 운영지원과 과장, 아니 과장이었던 유철호가 다리를 떤다.
"큭!"
심장을 찍어 누르는 초조함에 결국 얼굴을 구기며 종혁을 보는 유철호.
"저, 정말……."

"정말이라고요. 정말로 감형을 해 준다니까요? 못 믿겠어요?"

종혁이 옆에 서 있는 정균진을 봤다.

정장을 입고 안경을 써서 인상이 완전히 달라진 정균진.

"아버님. 유 과장이 믿지 못하는 것 같습니다."

"쯧. 나 본부의 차장, 정균진 대장이야."

"……추, 충성-!"

육군의 정균진 대장. 대한민국 군국의 장교 중 그 이름을 모를 사람이 누가 있을까.

"군사 법정이 아닌 민간 법정에 서게 해 주는 게 최 본부장과 자네 사이의 거래였지? 그렇게 해 주지."

"가, 감사합니다!"

"더 이상 자네 목소리를 듣는 건 곤욕일 것 같군. 잠시 나 좀 보지."

종혁이 몸을 돌리는 정균진을 따라 대기실의 한구석으로 향한다.

"저놈이 뭐라고 씨불인다고 해도 전군 감사는 무리일 거야."

아마 이번 일과 연관된 장교와 장성들을 조사하는 데도 한세월이 걸릴 거다. 그럼 나머지는 꼬리를 자르고 관련 자료를 모두 소각할 거다.

종혁은 코웃음을 쳤다.

"그동안 모아 놓으신 것 있잖습니까."

육군 내의 비리들. 훗날 합동참모본부에 갔을 때 터트려 버리기 위해 모아 놓았을 비리들.

아마 해군, 공군의 비리들도 다수 가지고 있을 것이고, 정균진과 뜻을 함께하는 사람도 많을 거다.

움찔!

"지금이 그때입니다."

"……그런 것 같군."

'이미 다 준비했을 거면서 의뭉 떠시기는…….'

큰 결단을 내려 줘서 고맙다는 듯 고개를 숙인 종혁이 유철호에게 다가간다.

"많이 기다리셨죠?"

유철호가 떨리는 눈으로 종혁을 본다.

'저, 정 대장님을 아버님이라고 부르다니…….'

"이제 믿겠습니까?"

꿀꺽!

"……정말 10년인 겁니다."

"대신 항소 없기. 그러면 8년 후 특사로 가석방. 오케이?"

사법 거래. 정말 죽어도 싫지만 어쩔 수 없는 거래였다.

"오, 오케이."

"쯧. 그럼 다시 리허설 시작합시다."

"예. 방위사업청 내에는 저를 비롯해 많은 수의 군인들이 군납 업체에게 뇌물을 받고 있고……."

군납 업체의 대표들은 또 개별적으로 육해공 삼군의 군

인들에게도 뇌물을 주고 있다.

"그래서 이번에 입찰한 업체들에 이상이 생기면 곧바로……."

"그 자리를 차지할 수 있다. 그래서 그들이 그런 짓을 저지른 것 같다."

"그 어떤 의혹이 있어도 뇌물과 향락을 제공받은 군인들이, 장성들과 각 입찰 선정 구역의 군인들이 뒤를 봐줄 것이기 때문이다……. 장성들과 각 입찰 선정 구역 내 군부대의 군인들이 봐줄 것이다, 이 부분을 강조하면 되는 거죠?"

"브라보."

최고다.

'여기에 그동안 고생한 업체 사장님들이 양심 선언을 한다면?'

누가 뇌물을 요구하더라, 그런 익명의 양심 선언.

그것까지 합쳐진다면 충분히 전군에 대한 감사를 진행할 수 있을 터였다.

종혁은 유철호의 양어깨를 꽉 잡았다.

"으윽!"

"우리 괜히 잔꾀 부리지 맙시다. 당신 윗줄, 그 윗줄에게 뇌물 처먹은 놈, 뇌물을 처받은 놈 모두 당신 못 구해요. 오히려 죽였으면 죽였지."

꿀꺽!

"며, 명심하겠습니다."

똑똑똑!

"시간 됐습니다, 본부장님."

"예, 알겠습니다. 그럼 가시죠, 유철호 과장님."

"예, 예!"

종혁은 풀어 뒀던 경찰 정복의 단추를 채우고, 경찰모를 쓰며 단상으로 향했다.

그러자 잠시 멈춘 기자회견장의 시간.

"……최, 최종혁이다!"

"와, 씨! 또 저 친구야?!"

"뭐해! 빨리 찍어!"

촤라라라라라라라락!

눈을 터트릴 듯 쏟아지는 플래시 세례.

인상을 찌푸리며 단상에 선 종혁이 마이크를 향해 입을 연다.

"평소 같았으면 농담이라도 하면서 분위기를 환기시켰겠지만, 생방송이니만큼 농담 타임은 생략하도록 하죠."

"하하하."

"안녕하십니까, 국민 여러분. 군납 비리를 밝혀내기 위해 비밀리에 조직됐던 군납 비리 사건 특별수사대책본부의 본부장인 최종혁 경무관입니다."

촤라라라라!

'자, 그럼 난 다음 단계로 넘어갈 테니까 너흰 마음껏 방심해라.'

림유성도, 노조에 숨어든 간첩도.

모두.

종혁의 입가에 미소가 맺혔다.

* * *

"……이거였군."

최종혁이 갑자기 수많은 형사와 함께 자취를 감춘 이유가.

인터넷으로 기사를 확인한 사장이 어이없다는 듯 웃고, 조현상 전무도 같은 의미의 표정을 짓는다.

"다행이라면 다행이긴 한데……."

종혁이 자신들을 쫓는 게 아니라서 다행이다.

하지만 문제가 있다.

"예. 이 사건 어디까지 뻗어 나갈지 모릅니다."

대한민국 군국 곳곳에도 사원들을 침투시켜 놓은 회사.

이번 일로 인해 국군 전체가 뒤집어진다면, 자칫 가만히 있던 자신들까지 피해를 볼 수 있었다.

"자료부터 폐기하라고 해야겠군."

늦긴 했지만, 그래도 최대한 폐기해야 손해를 덜 볼 수 있다.

"알았어. 나가 봐."

"예."

고개를 숙이며 몸을 돌린 조현상은 눈을 가늘게 떴다.

'왜일까.'

이번 사건, 왜인지 숨어 있는 뭔가가 더 있는 것 같다는 느낌이 든다.

"뭐, 됐나."

자신과 관계가 없으면 된 거다.

조현상은 무심히 복도를 걸었다.

* * *

모든 것은 진실이었다!

국방부 장관 분노! 전군 감찰 지시!

장성, 장교, 부사관 가릴 것 없다. 깡그리 조사하라!

분노한 국방부 장관! 경찰에 손을 내밀다!

더 이상 봐주기는 없다! 군경 합동 감찰단 조직!

군 반발! 군납 비리 역시 군대 내의 일이다!

민노총의 시위에 대한 여론이 인터넷에서 사라져 버렸다.

강원도 화천의 어느 부대.

대위 계급장을 단 한 사내가 초조한 얼굴로 빠르게 복도를 걷는다.

"어, 김 사장! 내가 요새 좀 자주 얻어먹었지? 에이, 얻어먹은 건 얻어먹은 거지!"

"충성!"

 복도에서 마주치는 병사들이 경례를 해 옴에도 보이지 않는 건지 오직 중대장실만 보고 걷는 그.

 병사들의 표정이 일그러진다.

 '와! 저 새끼도 똥줄이 다 타네.'

 '많이 해 처먹었다는 게 정말인 것 같지 말입니다.'

 '어? 저기 3소대장이다. 오, 씨. 얼굴이 완전 죽었는데?'

 평소 행실이 좋지 않아 인기가 없던 장교들이 꼬리에 불붙은 망아지처럼 이리저리 날뛰며 돌아다니자 병사들의 얼굴엔 웃음꽃이 피었고, 이런 모습은 대대장실도 펼쳐지고 있었다.

 "아직까지 정리 안 하고 뭐한 거야! 빨리하란 말이야!"

 전화를 끊은 대대장이 덜덜 떨리는 손으로 담배를 문다.

 '드, 들키진 않겠지? 안 돼! 들켰다간……!'

 벌컥!

 "대, 대대장님!"

 노크도 없이 갑자기 문을 열고 들어오는 군인에 대대장의 얼굴이 하얗게 질렸다.

* * *

 부르릉!

"정지! 어떤 용무로…… 헉! 추, 충성! 근무 중 이상 무!"
"문 열어."
"아, 알겠습니다! 야! 빨리 바리케이드 치워!"

위병소에서 튀어나온 병사들이 재빨리 바리케이드를 치우자 차량들이 부대 안으로 들어간다.

끽! 끼긱! 탁!

"이야. 내가 여길 다시 오네."

선글라스를 벗으며 혀를 내두르는 종혁.

차에서 내린 군복 입은 소령이 다가오며 눈살을 찌푸린다.

"경찰 본부장님께선 합참이나 육군본부에 가시는 게 낫지 않습니까?"

"아, 저번에 이 대대에서 신세를 진 일이 있어서 말입니다."

M-컴퍼니가 처음 시작된 수색대대. 재우가 있었던 그 수색대대다.

그래서 한번 와 보고 싶었다.

'좋은 신세는 아니었나 보군.'

"그럼 들어가시…… 쯧. 충성."

"어, 어! 그래! 충성!"

감찰단이 도착했단 소식에 대대 건물에서 다급히 뛰쳐나오는 대대장과 그 휘하 간부들.

소령이 선글라스 속 눈을 빛내며 입을 연다.

"저희가 무슨 일 때문에 왔는지는 다들 아실 겁니다."

"하, 하하. 오느라 수고했어. 잠시 내 방에서 커피라도 한잔할까?"

다가와 악수를 청한 대대장이 소령의 어깨를 꽉 잡고, 그에 소령이 난처한 표정을 짓는 순간이었다.

"임문식 중령님?"

"……누구?"

"경찰 특수본의 본부장 최종혁 경무관입니다. 반갑습니다."

"아이고. 경찰분들도 함께 오셨군요. 자, 자. 경찰분들도 안으로 들어……."

종혁은 웃으며 대대장의 손을 잡는다.

그리고…….

철컥!

"무, 무슨?! 이, 이게 무슨 짓입니까!"

"처조카와 6촌 조카 통장으로 많은 돈이 오간 정황이 있으시더군요, 중령님?"

쿵!

대대장의 얼굴이 하얗게 질린다.

"오해, 오해야! 이거 풀지 못해?! 지금 경찰 따위가 대한민국의 최전방을 수호하는 대한민국 육군의 중령을 이렇게 모함해도 되는 거야? 어?!"

"예. 그거야 차차 밝혀질 일이고요."

'임문식 중령.'

휘하 군인들과 인근 위수 지역 상인들에게 돈과 향락을

제공받는 등 혐의가 참 많은 양반이다.

그중 가장 큰 혐의는 바로 이적 행위.

'이 수색대대의 구조 등 모든 걸 간첩에게 넘겼지.'

간첩 침투 및 북진의 상황에서 제일 선봉에 서야 하는 수색대대의 모든 것을 간첩에게 발설한 거다.

즉, 이놈 역시 간첩이었다.

"놔! 놓으라고!"

종혁은 발버둥 치는 그의 뺨을 후려쳤다.

쩌어억!

"컥?!"

"한 번만 더 반항하면 공무집행방해죄도 추가시킨다, 씹새끼야."

종혁은 얼어붙어 있는 대대 간부들을 일견하며 감찰팀 소령을 봤다.

"뭐해요. 쟤들 체포 안 합니까? 쟤들도 혐의 있잖아요."

"감찰단!"

"충성!"

"어, 어?"

"자, 잠시만! 난 무고해!"

"놔! 너 내가 누군지 알아!? 너 계급이 뭐야!"

순식간에 난장판이 되는 대대 건물 앞.

종혁은 급발진해 버린 상황에 얼이 빠진 형사들을 봤다.

"박 형사."

"……예, 본부장님!"

"현 시간부로 대대 입구를 봉쇄하고, 행정반? 방송반? 거기 가서 명단에 나와 있는 간부들을 부르세요."

"충성!"

종혁은 핸드폰을 들었다.

"예, 아버님. 이쪽부터 바로 보내 주시면 될 것 같습니다."

이제 모든 직위가 해제되어 더 이상의 국방 수호를 하지 못할 대대장을 대체할 인물을.

훗날을 위해 정균진 대장이 봐 둔 인물을.

정말 군인다운 군인을.

통화를 종료한 종혁은 망연자실하는 대대장을 향해 활짝 웃어 줬다.

"대대장실 커피는 맛있습니까?"

* * *

전방 모든 군부대에 들이닥친 군경 합동 감찰단!

GOP도 간다!

군납 비리, 어디까지 뻗어가나!

군, 대대적인 인사 개혁 감행!

누명 등 억울하게 예편, 좌천된 장교들 속속 복귀!

복귀 장교들, 군 부조리를 모두 뿌리 뽑겠다 소감 밝혀!

군경 합동 감찰본부 본부장, 정균진 대장. 국방 수호에 구멍은 없다 발언!

예비군 소집! 어허! 북한, 가만히 있어!

−죄송합니다. 몸조심하십시오, 동지.

"……."

군부대 내에 침투해 있던 연어들이 하나둘씩 잡혀간다.

군납 비리에서 시작된 태풍이 결국 대한민국의 모든 군부대를 휩쓸어 버리고 말았다.

쾅!

통화를 종료한 림유성이 주먹을 내려친다.

"……언제부터 준비한 거지?"

분명 급하게 진행된 일이다.

그럼에도 마치 군은 다 알고 있었다는 듯 연어들뿐만 아니라, 비리를 저지른 군인들을 무자비하게 잡아들이다 못해 좌천된 인사들을 속속 원래 있던 자리로 복귀시키고 있다.

그로 인해 있을 뻔했던 지휘관의 공백은 사라졌다.

이건 이미 오래전부터 기획된 일임이 분명했다.

"정균진……."

'와, 이리 늦는 거이야?'

현재 활동이 가능한 군대 내 정보원에게서 연락이 오질 않는다.

"쯧."

뭐라도 해 보기 위해 컴퓨터 앞에 앉은 림유성이 포털 사이트에 접속한다.

"응?"

정균진이란 이름을 검색하려던 그의 눈을 사로잡은 하나의 칼럼.

군납 업체 대표 납치 및 살인 미수 사건, 타이밍이 너무 공교롭지 않았나.

"흡?!"
다급히 기사에 접속한 림유성이 이마를 잡는다.
-와, 기자가 소설을 썼네.
-기레기야. 지금은 군대에 대해 써야지.
-이 정도면 신춘문예 당선일 듯!

분명 남들이 봤을 땐 음모론이다.
하지만 이것은 진실이었다.
한숨을 푹 내쉰 림유성은 핸드폰을 들었다.
-나야! 지금 상황이 어케 돼 가고 있네! 정균진 이 간나 새끼!
"……정균진에 대해 아십네까?"
-와, 모르갔어!
제1야전군사령관이었던, 전쟁이 터지면 가장 먼저 제거해야 될 인물 중 한 명인 정균진 대장.

정찰총국에서 요주의로 감시하는 인물이다.

'그러면 빨리 말해 줬어야디!'

림유성이 얼굴을 구긴다.

-갑자기 육군본부로 갔다고 해서 안심하고 있었더니…….

모두 이를 위해서인 것 같다.

그 말에 림유성이 눈을 빛낸다.

"소장 동지도 정균진이 오랫동안 이 일을 준비한 것 같습네까?"

-길티 않으면 이렇게 딱딱 들어맞갔어?

"당의 반응은 어떻습네까?"

전선이 흔들리고 있다. 분명 공화국에 있어선 기회였다.

-어카긴!

공화국도 당황하고 있는 중이라 어떤 대처를 하지 못하고 있다.

"연어들을 살려야 하디 않갔습네까?"

미사일을 쏘든, 군사 분계선에서 도발을 하든 감찰을 이어 가지 못하게 해야 한다.

좌천됐던 이들이 속속 복귀하고 있지만, 부대를 장악하지 못한 상태니 부대를 비롯해 국경이 혼란스러워질 거다.

그래서 이번 감찰을 유야무야 넘겨야 한다.

-나라고 말해 보지 않았겠네?!

하지만 거부당했다. 지금 자칫 어떤 액션을 취했다가는

정말 전쟁이 벌어질 수 있기 때문이다.

현재 감찰 대상인 한국 국군들도 이 사태를 벗어날 건수만 노리고 있을 테니 말이다.

-장군님께서 살아 계셨더라면 그럴 수 있었겠디. 하디만……

공화국의 새로운 지도자에겐 아직도 적들이 많다. 지금 전쟁이 터졌다간 내부에서 쿠데타가 일어날 수도 있었다.

쾅!

"이러다간 정말 다 죽습네다!"

-닥치라! 수령 동지께서 살아 계셔야 우리 공화국도 사는 기야! 기래서 어케 되어 가고 있는 기란 말이야!

"……방금 전 동부 쪽 연어들을 관리하던 이에게서 연락이 끊겼습네다!"

동부 전선에 심어 둔 모든 연어가 잡혀갔단 소리다.

"남조선 군경이 작정하고 파고 있습네다!"

군경 감찰단이 차명 계좌를 비롯해 컴퓨터, 노트북, 핸드폰, 집, 차명으로 된 집 등 모든 걸 뒤지고 있다.

그로 인해 뇌물과 향락을 받아먹은 이들뿐만 아니라 군 기밀을 유출한 이들까지 모두 잡혀가고 있었다.

그리고 그들 중에 연어들이 있었다.

즉, 언제 간첩 신분이 탄로 날지 모르는 상황이었다.

-……이, 이 총살을 시켜도 시원치 않을 간나 새끼들이-!

"소장 동지."

—으아아아!

수십 년 동안 공들인 것이 허무히 날아가 버렸다.

제정신일 수가 없었다.

"소장 동지!"

—……말하라!

"아무래도 전 공화국으로 다시 복귀를 해야 할 것 같습네다!"

—지금 이 상황에서…… 무슨 일이야? 일이 생긴 거이네?

상사의 목소리가 심각해지자 림유성이 방금 본 음모론에 대해 설명한다.

—남조선 아새끼들은 대가리로도 똥을 싸나 보구나!

지금은 그저 음모론, 의혹이다.

하지만 어떤 사람의 입장에선 꽤 구미가 당기는 말이기도 했다. 이를테면 민노총의 갑작스런 시위로 인해 기분이 상한 대통령이라든지, 아니면 민노총이 싫은 대선 후보라든지.

그들이 저 음모론을 읽는 순간 어떤 끔찍한 일이 발생할지 모른다.

"아직 조회수는 많지 않디만……."

—후우. 알았다. 제거하고 복귀하라.

"죄송합네다."

이민성 등을 제대로 관리했다면 이런 일은 발생하지 않

앉을 터. 고개를 들 수가 없었다.

―문책은 각오해야 할 끼야.

"현 시간부터 복귀를 할 때까지 연락이 닿지 않을 겁네다. 너무 걱정하지 마시라요."

―공화국의 은혜를 있디 말라.

"위대한 공화국을 위하여."

―만세.

이를 악문 림유성이 짐을 정리하기 시작했다.

* * *

툭!

"빙고."

찾았다.

국정원과 순영이 준 간첩 명단. 간첩의 첩보 활동을 입증할 증거가.

한 뭉텅이의 서류를 꽉 쥔 종혁은 몸을 일으켰다.

"현석아!"

"예, 본부장님!"

"아버님께 연락드려. 합참에서 보자고!"

"……예!"

몇 시간 뒤 서울, 대한민국 합동참모본부.

드르르르륵!

종혁이 노끈으로 꽉 묶은 서류로 산을 쌓은 트레이를 끌며 대회의실 안으로 들어간다.

 그러자 그를 가장 먼저 반기는 뿌연 담배 연기와 군 장성들의 살벌한 시선들.

 종혁이 씩 웃으며 조오현 경찰청장을 향해 경례를 한다.

 "충성. 경무관 최종혁."

 "먼저 인사드릴 분이 있잖아."

 "아, 충성. 만나 뵙게 되어 영광입니다. 처음 뵙겠습니다. 최종혁 경무관입니다, 장관님."

 "그래요. 이진관입니다. 최 경무관에 대한 말은 많이 들었는데, 젊은 분께서 날 알지는 모르겠군요."

 '모를 리가요.'

 이진관 국방부 장관.

 회귀 전, 국방부 장관에 취임을 하자마자 북한의 연평도 도발에 강력하게 대응을 했던 인물.

 '대중들에겐 참 군인으로 각인된 인물이지만…….'

 털면 먼지가 꽤 나오는 인물이기도 하다.

 '그게 또 박명후 대통령과 관련이 된 거라…… 쯧.'

 "연평도 포격 때 화끈하셨던 대응은 아직도 제 가슴을 울리고 있습니다."

 "하하하. 그렇습니까?"

 "최 본부장."

 "아."

연어는 고향으로 거슬러 올라가지 못한다 〈223〉

정균진 대장이 더 이상의 잡담을 하지 말라는 듯 말리자 고개를 끄덕인 종혁이 눈빛을 가라앉힌다.
 "대장님, 여기 계신 분들 모두 믿을 수 있습니까?"
 쾅!
 "이봐! 지금 그 말 무슨 뜻이야!"
 "해군…… 참모총장님이시군요. 최종혁입니다."
 "지금 너 따위 소개를 듣자고 이렇게 모인 줄 알아?!"
 종혁이 자칫 대한민국 국군 전체를 뒤흔들 거대한 스캔들을, 지금의 감찰은 아무것도 아닌 끔찍한 스캔들을 발견했다는 발언에 이렇게 모인 거다.
 "그런데 뭐?!"
 "목소리 낮추십시오. 반드시 필요한 절차입니다."
 "뭐라고?"
 "평소 입이 가볍단 소리를 듣진 않으십니까, 해군참모총장님?"
 "이 자식이-!"
 "공군참모총장님, 합참의장님은 어떠십니까."
 쾅!
 지목을 당한 군인들마저 벌떡 일어나자 이진관 국방부장관이 담배를 문다.
 찰칵! 치이익!
 "적당히 하지."
 "솔직히 전 이곳이 아니라 거짓말 탐지기 앞에서 제가 발견한 것에 대해 브리핑을 하고 싶은 심정입니다."

여기 있는 사람 전원을 믿지 못하겠다는 말에 사람들의 얼굴이 빨갛게 달아오르는 순간이었다.

벌컥!

갑자기 문이 열리며 소장 계급의 군인이 난입하자 사람들의 눈이 빛난다. 새파랗게 어린놈에게 당한 치욕을 풀 상대를 찾은 거다.

하지만 그의 입에서 나온 말에 모두는 얼어붙을 수밖에 없었다.

"대, 대통령님께서 지금 막 정문을 지나셨다고 하십니다!"

"뭣?!"

모두가 종혁을 쳐다봤고, 종혁은 눈빛을 가라앉혔다.

'왔군.'

이미 모든 것을 알고 보조를 맞춰 줄 배우가.

자신의 말에 힘을 실어 줄 사람이.

스륵!

문이 열리며 박명후 대통령이 들어오자 모두 차렷을 한다.

"경례!"

"충성!"

"모두 반갑습니다. 하지만 한가롭게 인사를 나눌 상황은 아닌 것 같으니 바로 본론으로 넘어갑시다."

사람들의 시선이 다시 종혁에게 모이자 종혁이 트레이

를 끌며 박명후에게로 향한다.

그에 박명후와 정균진이 눈을 빛낸다.

이번 수사가 간첩에 대한 것임을 알고 있지만, 일망타진을 위해 다른 사람들에겐 말하지 않은 그들.

박명후가 서류의 탑들을 보며 눈살을 찌푸린다.

"너무 이른 거 아닙니까?"

'역시 그럴 줄 알았지.'

박명후는 처음부터 간첩을 비밀리에 잡아들일 생각이 없었다.

"어쩔 수가 없습니다. 이건 함구할 수가 없습니다. 함구하려고 할수록 말이 새어 나갈 겁니다."

마음 같아선 끝까지 비밀로 하고 싶다.

그러나 그것이 불가능하단 건 종혁도 알고 있다. 사람의 입을 완벽히 막는다는 건 불가능하고, 결국 어디선가는 말이 새어 나가게 되어 있으니까.

그렇기에 모든 상황을 통제하에 둬야 할 필요가 있는데, 그러기 위해선 이 자리에 모인 이들의 도움이 필요했다.

그런 종혁의 말에 박명후의 표정이 심각해진다.

"음……."

"……?"

뜻 모를 두 사람의 대화에 의아해하는 사람들.

박명후는 어쩔 수 없다는 듯 고개를 끄덕인다.

"알겠습니다."

"감사합니다."

몸을 돌린 종혁이 서류의 탑 위에 손을 올리며 사람들을 응시한다.

"북한으로 유출된 군사 기밀 목록입니다."

쿵!

"……어?"

"이해하지 못하시는 것 같으니 다시 한번 말씀드리겠습니다. 이 나라 대한민국의 군사 기밀 다수가 북한으로 넘어간 것이 확인됐습니다."

콰앙!

뒤통수를 터트리는 충격에 모두가 벌떡 일어나고, 종혁이 그들을 향해 쐐기를 박는다.

"예. 군에 간첩이 있습니다. 그것도 아주 많이."

사람들은 입을 떡 벌렸다.

하지만 그것도 잠시.

"이, 이 자식이! 너 지금 뭐라고 했어? 간첩?!"

회의실에 폭탄이 떨어진 듯 어수선해진다.

노회한 군인들의 살의가 종혁에게 집중된다.

그럼에도 아랑곳하지 않은, 태연히 받아넘긴 종혁이 서류의 탑을 하나씩 그들의 앞에 내려놓는다.

"믿지 못하시겠다면 직접 확인해 보시죠."

"……아니라면 책임을 져야 할 거야."

"맞다면 옷을 벗으시겠습니까?"

종혁을 죽일 듯 노려본 이진관 국방부 장관이 앞에 놓

인 서류의 탑을 묶은 노끈을 풀어 헤치며 서류를 살핀다.

그에 삼군의 수장들도 이를 악물며 앞에 놓인 서류를 살핀다.

그리고…….

"이, 이게?"

"말도 안 돼!"

"이건 모함이야!"

너무 충격적인 사실에 애써 부정을 하는 그들.

종혁이 코웃음을 친다.

"제가 왜 모함을 합니까? 군대가 경찰과 무슨 상관이 있어서요."

"군대에서 발생하는 범죄에 개입하기 위해서겠지!"

해군참모총장의 말에 종혁이 입술을 비튼다.

"지금도 경찰은 마음만 먹으면 군부대 안으로 들어갈 수 있습니다."

"뭐야?!"

"그렇게 해 드릴까요? 제대한 장병들을 모두 찾아다니며 부조리와 범죄에 대한 증거를 수집해 드릴까요?"

"……."

"후우. 손바닥으로 하늘을 가리십시오. 모든 죄가 명명백백하게 드러난 상황인데 왜 부정을 하십니까."

"그, 그건……!"

'당신의 알량한 목숨을 포기할 수 없기 때문이지.'

이것이 사실이라면, 여기에 있는 군인들 모두 옷을 벗

고 군사 법정에 서야 한다.

군인에게, 지휘관에게 있어 휘하에서 벌어지는 범죄에 대해 모르는 것은 죄. 그것이 군사 기밀 유출이라는 죄라면 단순히 옷을 벗는 수준으로 끝나지 않는다.

"그래서…… 어떡하겠다는 거지?"

종혁이 이진관을 본다.

"일단 감찰단 전원 저희 경찰이 통제하도록 하겠습니다."

"그건 불가능해."

"새어 나가면 장관님께서 책임을 지셔야 할 텐데도 말입니까?"

"그게 왜 내 책임이야! 만약 그런 일이 발생한다면……."

이진관이 정균진을 바라보려고 하자 종혁이 얼른 끊는다.

"대통령님 앞입니다. 책임감 없는 모습은 자중해 주시죠."

"너 이 자식…… 후. 좋아. 어떻게든 통제한다 치지."

하지만 그렇게 한다고 해도 분명 어디서든 말이 새어 나갈 거다.

"그렇게 되면 언론에서 떠들어 댈 테고, 이것이 공론화되어 버리면 국민들이 우리 군을 믿을 수 있겠나? 그리고 그렇게 되어 버리면 국가 수호에 구멍이……."

"어차피 북한은 움직이지 못합니다. 아시잖습니까?"

"으음."

이진관은 반박을 하고 싶었지만, 박명후가 차갑게 노려보고 있기에 입을 다물 수밖에 없었다.

종혁은 그런 박명후를 향해 입을 열었다.

"그리 오래 걸리진 않을 겁니다."

"……호오?"

"경찰은 무슨 방법이 있나 보군요?"

"아니요. 딱히 저희라고 감찰단 전체를 통제할 방법이 있는 건 아닙니다."

경찰들뿐이라면 모르되 군인들까지 함께하고 있다.

경찰과 성격이 비슷하면서도 완전히 다른 군인들. 이미 신원 확인이 된 그들이라지만, 그들이 무심결에 내뱉는 말들이 어떤 파급을 불러일으킬지 모른다.

"방법이 있다면 당분간 이것에 대해 아는 이들 전원 격리, 감금하는 것뿐입니다."

"최 경무관."

"딱 며칠입니다, 대통령님."

"음?"

"겨우 며칠입니다. 겨우 며칠만 입을 다물게 만들면 됩니다."

그건 여기 있는 사람들도 마찬가지다.

"……뭔가 있군요."

"예. 곧 저희에게 명분을 줄 놈이 움직일 겁니다."

"명분?"

"예. 명분."

군대 내에 간첩이 있다는 걸 대대적으로 밝히고 수사할 수 있는 명분.

그걸 이쪽에서 먼저 알아낸 것이 아니라는 명분.

노조의 간첩들까지 치고 들어갈 수 있는 명분.

그러면서 마르지 않는 화수분인 순영과 백도어를 감출 수 있는 명분.

"림유성이란 놈인데……."

그 순간이었다.

지이잉!

-림유성이 움직인다

"어이쿠."

종혁의 입이 주욱 찢어졌다.

"저희의 명분이 움직이고 있다는군요."

사람들의 눈이 동그랗게 떠졌다.

* * *

부우웅! 빵빵!

서울의 어느 작은 건물 앞.

림유성이 고개를 들어 어딘가를 바라본다.

'여기란 말이디.'

그 음모론 칼럼을 쓴 기자가 일하는 신문사가.

지이잉! 지이잉!

림유성은 갑자기 울리는 핸드폰을 보며 눈을 빛냈다.
"여보시라요?"
-아, 혹시 탈북하신 리호성 씨 되십니까?
"뉘기요?"
-메일 보고 연락드렸습니다! 오늘 제가 올린 칼럼 때문에 제보할 게 있으시다고요!
"우정현 씨?"
-예! 제가 우정현입니다! 언제 시간 괜찮으십니까? 제가 계신 곳으로 찾아뵙겠습니다!
"음, 그러면 내 쪽으로 오시오. 인천입니다."
우정현과 약속을 잡은 림유성은 통화를 종료한 뒤 택시를 잡아타 인천으로 향했다.

해가 완전히 저문 저녁, 인천의 한 카페 앞.
탁!
"으아! 늦었다!"
그와 동시에 인근 골목에서 모습을 드러낸 림유성이 눈을 빛낸다.
'저 아새끼인가?'
지이잉! 지이잉!
다시 울리는 전화.
"예."
-어디세요? 지금 카페에 도착했는데요!
'맞구나.'

카페 입구에 서서 두리번거리는 사내. 그 음모론 칼럼을 쓴 기자가 분명했다.

림유성이 속으로 입술을 비틀며 다가섰다.

"우정현 씨?"

"아! 안녕하세요, 리호성 씨. 반갑습니다."

"먼저 와서 살펴보니 여긴 눈이 너무 많소. 일단 자리부터 옮깁시다. 따라오시오."

"아, 예!"

은밀히 작업을 하기 위해 폐건물을 알아봐 놓았던 림유성. 그는 우정현 이끌고 한 폐건물로 향했다.

　　　　　　　＊　＊　＊

저벅저벅!

귓가에 울리는 발소리에 림유성이 미소를 지으며 인허가 문제로 짓다가 공사를 그만둔 폐건물을 바라본다.

주변에 보이는 거라곤 불이 꺼진 공장뿐, 사람의 인기척이 전혀 느껴지지 않았다.

"이리 오시오."

림유성은 공사장의 외벽, 일부가 떨어져 나간 건지 사람 한 명은 충분히 지나갈 수 있는 빈 공간으로 우정현을 안내했다.

"와, 이런 곳이면 확실히 마음놓고 이야기할 수 있겠네요!"

인근의 가로등 불빛만이 희미하게 어둠을 밝히는 주차장에 감탄한 우정현이 주변을 두리번거리며 앞서 나간다.

그렇게 불빛 한 점 없는 공간으로 우정현이 들어선 순간, 림유성은 천천히 들고 온 가방에서 망치를 꺼내 들었다.

그리고 그대로 우정현의 뒤통수를 향해 내려쳤다.

부왁! 퍽!

'어?'

주춤 물러난 림유성이 놀란 눈으로 사내를 본다.

옆구리에 남은 둔탁한 고통. 분명 뒤통수를 후려치려고 했는데, 순간 사내가 옆으로 피하더니 옆구리를 발로 찼다.

"……너 뭐이야?"

"뭐겠어? 예, 지금 들어오시면 됩니다."

'함정!'

스르릉!

그들이 들어왔던 개구멍 쪽에서 철판이 흔들리는 소리가 나며 그림자들이 꿈틀거리고, 저 멀리 자물쇠로 잠겨 있어야 할 입구가 열리며 차량이 들어온다.

그러자 림유성을 향해 활짝 웃으며 고개를 살짝 숙이는 사내, 우정현.

"반갑습니다, 림유성 대좌. 국정원입니다."

"……이 간나 새끼들!"

뭐가 어떻게 된 상황인지 모른다. 하지만 해야 할 일은 알고 있다.

림유성이 우정현을 향해 달려든다.

하지만 그건 페이크.

부왁!

"으악!"

우전현이 다급히 자세를 취한 순간 망치를 집어 던진 림유성이 몸을 돌려 뛰어가며 품에 손을 집어넣는다.

그러며 그림자들, 아니 드디어 시야에 또렷이 잡히기 시작한 국정원 요원들을 향해 품에서 꺼낸 칼을 휘두른다.

"뒤지라우!"

가장 가까이 있는 요원의 목을 베어 가는 칼.

'소장 동지가 국정원을 조심하라 했지만, 어차피 니들은 내 밥이야!'

14년 전 작전 중 마주쳤던 국정원 정예 요원들을, 정예 요원임에도 한없이 느렸던 요원들을 떠올린 림유성은 미소를 지으며 더 자인하게 칼을 그었다.

피하든 막아서든 이놈은 무조건 죽는다.

퍽!

'어?'

눈앞에 불똥이 튀며 물러난 림유성.

"나서지 마! 이 새낀 내 거야!"

그렇게 외친 삼십대 요원이 칼을 빼 들며 림유성을 향

해 달려든다.
 캉!
 너무 빨라 막을 수밖에 없는 칼질.
 '밀린다!'
 체구가 자신보다 작아 보이는데 밀린다.
 거의 반사적으로 막았던 림유성이 어깨를 노리는 칼에 낭패 어린 표정을 지으며 다급히 물러선다.
 그러나 칼은 매섭게 그를 쫓아왔고, 림유성은 다급히 칼을 들어 막는다.
 하지만 그 앞에서 급격히 궤도를 바꾸더니 허벅지를 찍는 국정원 요원의 칼.
 퍽!
 "크흡!"
 "걸렸어!"
 퍽퍽퍽퍽!
 몸 여기저기에 박히는 뜨거운 쇠꼬챙이.
 '이 아새끼!'
 퍼억!
 "컥!"
 발목이 걷어차이며 땅바닥을 뒹군 림유성이 온몸을 뒤흔드는 고통에 얼굴을 일그러트리며 불신 가득한 눈으로 국정원 요원을 바라본다.
 "아, 씨. 드디어 나도 써먹네. 우리가 씨발 최 교관 밑에서 어떻게 굴렀는지 당신은 모를 겁니다, 이 개새끼야."

놀라울 거다. 분명 예전과 완전히 달라졌을 테니 말이다.

"하, 하."

끝났다. 잡히고 말았다.

'내가…… 현장에서 물러난 지 오래됐구나.'

이제야 보인다. 정장 속에 감춰진 근육들이, 먹는 것마저 목숨을 걸고 단련했던 자신과 질이 다른 근육들이.

"뭐 하나만 묻자."

대체 어디서부터 국정원의 손바닥 위에서 놀아난 걸까.

"당신이 입국한 순간부터."

"그러네……?"

국정원 요원이 걷어차 저 멀리 떨어진 칼을 힐끔 본 림유성이 품속에 손을 넣었다 뺀다.

그런 그의 손에 들린 하나의 만년필.

"어? 씨, 씨발!"

"공화국 만세."

뚜껑을 제거한 그는 만년필 촉을 그대로 자신의 목에 박았다.

퍼억!

림유성은 눈을 부릅뜨며 달려오는 국정원 요원들과 만년필을 힘으로 빼내는 요원을 보며 미소를 지었다.

'내가 죽어도 적화통일의 대업을 이루시길. 먼저 지옥에 가 있겠습네다, 아바디, 오마니.'

목에서부터 온몸으로 퍼지는 뜨거운 기운에 림유성은 눈을 감았다.

* * *

삐이! 삐이!
병실 안, 종혁이 사지가 결박되어 누워 있는 림유성을 보며 눈을 가늘게 뜬다.
"내가 분명 뭐 빠지게 단련시켜 줬던 걸로 기억하는데…… 요새 국정원은 좀 널널해졌나 봅니다?"
"하, 하하. 갑자기 자살을 하는 사람을 어떻게 막나, 최 경무관."
"칼질로 잡았다면서요."
그랬다면 서로 간의 간격이라고 해 봤자 겨우 2미터 미만이다.
그 말에 대북파트 차장이 림유성을 제압한 요원을 죽일 듯 노려봤다가 이내 어색하게 웃는다.
"그, 그래도 살렸잖아."
북한 요원들이 쓰는 암살 및 자살용 독에 대해 꿰뚫고 있지 않았다면 정말 엄청난 망신을 당할 뻔했다.
"……뭐 됐습니다. 딱히 생사가 중요한 건 아니니까요."
"응?"
종혁은 병상 옆에 놓인 의자에 앉아 입을 열었다.

"딱히 생사는 중요하지 않아요."

어차피 중요한 건 명분이다.

"네 덕분에 대한민국 국군에 파고든 간첩들의 관리자들을, 노조를 관리하는 관리자들을 알게 됐다고만 하면 되거든."

움찔!

"정말 딱 그 정도의 명분만 필요하거든."

그럴 뿐인데 이놈의 생사가 뭐 그리 중요할까. 어차피 숨겨 놓으면 되는 것인데 말이다.

종혁은 결박된 그의 손을 꼭 잡았다.

"그대로 뒈졌으면 참 좋았을 텐데, 이리 살아났으니 앞으로 당신이 어떻게 될지 알려 드리겠습니다. 앞으로 당신은 공기 맑고 풍경이 좋은 곳에서 국정원의 보호를 받으며 수명이 다해 죽을 때까지 살게 될 겁니다."

국정원 외의 사람들과는 격리된 채.

움찔!

"고맙습니다, 림유성 씨. 덕분에 이 나라 이 땅에 스며든 너희 간첩 새끼들을 모두 잡아낼 수 있을 것 같다. 차장님. 간첩이 몇 명이라고요?"

"최 경무관에게 넘긴 목록에서 약간의 플러스알파?"

"예, 뭐 그러시겠죠. 거참, 말한다고 누가 잡아먹는 것도 아니고."

"훼방은 놓을 거잖아."

국정원 입장에서는 훼방이지만, 종혁으로서는 정당한

수사일 거다.

"에라이."

혀를 찬 종혁은 몸을 일으켰다.

"현석아."

"예, 본부장님."

"교도소 리모델링 끝났다고 하냐?"

수천 명의 간첩을 모두 격리시킨 후 관리, 취조하기 위해선 상당히 크기의 공간이 필요했는데, 때마침 새 청사로 이전하며 어떻게 활용할지 용도가 정해지지 않은 옛 교도소가 있었다.

"자, 잠시만예! 아, 예! 준비됐다고 합니더! 10분 전에 연락 왔심더!"

"그래. 간첩들 거기로 다 옮기라고 해. 그리고 댓글 부대에 연락해서 이놈이 발작하게 만든 기사 실시간 검색어에 올리라고 하고. 한…… 5일 후부터."

그쯤은 되어야 국군을 향해 쏟아지는 국민들의 관심이 좀 줄어들며 새로운 자극거리를 찾게 될 거다.

"예!"

종혁은 차장을 봤다.

"어떡하시겠습니까? 시간도 많이 늦었으니 술이나 한잔하시죠?"

"어우. 그럴까? 맛있는 거 먹나?"

"요 앞에서 뼈다귀해장국 팔더라고요."

"뼈다귀 좋지! 아, 너희들도 같이 가서 먹자. 어차피 쟤는 아가리까지 막아 놔서 뭘 하질 못하잖아."

"……소주 일 병 가능합니까?"

"뒤질래?"

스르르륵! 탁!

모두가 빠져나가며 다시 침묵에 빠져든 병실.

림유성의 눈이 스르륵 떠진다.

들썩들썩!

사지에 힘을 줘 봤지만, 흔들리는 느낌조차 없는 구속구. 머리까지 구속되어 고개조차 돌릴 수 없음에, 림유성이 입에 물린 재갈을 악물며 천장을 노려본다.

'우린…….'

처음부터 놀아난 거다. 그저 국정원이 깔아 놓은 판에서 병신처럼 움직인 것뿐이다.

그렇기에 이해가 되지 않는다.

'대체…… 어떻게 안 거지?'

남조선으로 파견된 연어들을.

공화국에서도 그 존재 자체가 지워진 이들을.

'아니, 이미 알고 있었다면 왜 지금까지 보고만 있었던 거지? 왜 하필 지금이지?'

그는 이 모든 게 이해되지 않아 혼란스러웠다.

한편 림유성이 입원한 VIP 병실 밖.

병실 안 CCTV와 연동된 노트북을 보던 종혁이 피식 웃는다.

"그래, 열심히 고민해 봐라."

어차피 답은 나오지 않을 테니까.

"축하드립니다. 마르지 않는 화수분을 얻으셨네요."

앞으로 국정원이 간첩들을 잡아들일 때, 림유성이 명분이 되어 줄 것이다.

"어후. 그것도 한두 번이야. 35호실 새끼들 여차하면 싹 다 복귀하라는 지령을 내릴걸?"

"그럼 그때 깡그리 잡아 버리면 되는 거죠."

이런 이유도 있어서 국정원이 명단을 다 넘기지 않는 거다. 여차할 때 간첩들의 동향을 알아차리기 위해서 말이다.

"……하, 진짜 옛날에 어떻게든 국정원에 입사시켰어야 했는데."

"그때도 국정원은 안 갔을 겁니다."

"에이."

"크크. 가시죠."

"최 경무관이 사는 거지?"

"차장님이 연장자인데요?"

"에헤이. 공무원 월급이 얼마나 된다고. 아, 그런데 연어들에 대한 건 언제 오픈할 거야?"

"최대한 늦게 해야죠. 그래야 북쪽도 갈피를 잡지 못할 테니까요. 뭐, VIP 생각은 좀 다르실 테지만요."

"노조?"

그들은 후련하게 웃으며 병원을 빠져나갔다.

혹시 모를 상황을 대비한 요원 몇 명을 놔둔 채.

* * *

군경 감찰본부! 전직 해군 대장 및 장성 6명 검거!
예편했다고 죄가 사라지는 건 아니다!
6.25 때 수통! 아직도 쓰여? 침낭 무게는 얼마?
그동안 집행한 군 예산 다 어디로 갔나!
군인인가! 아귀인가! 모자란 유치장!
우린 대체 누굴 믿어야 하는가!
 내 자식은 추위와 배고픔에 떠는데, 지휘관은 와인을 즐긴다!
 군대에 자식을 맡긴 부모들, 피눈물 흘린다!
 군경 감찰 본부! 인력 충원 요청! 잠시 숨 고르기 시작!

"이런 개씨부랄 것들!"
전국민주노동조합총연맹, 통칭 민노총의 건물.
인터넷으로 기사를 보던 오십대 남성이 얼굴을 구긴다.
"씨발. 이런 지랄을 하면서 안심하고 보내라고?!"
"에이, 씨발! 군대가 다 그렇지."
"에휴. 내 새끼는 잘 지내나 모르겠네."
곳곳에서 터져 나오는 부모들의 한숨.
담배를 문 오십대 남성이 사무실을 둘러본다.
띠리링! 띠리링!

"예, 민노총입니다! 아, 시위요. 언제 다시 하냐고요? 그게…….”

"부장님! 대현노조 측입니다! 자신들은 언제 시작하면 되냐는데요!”

"이쪽으로 돌려!”

"재현 씨! 한노총 전화 오면 나한테 돌려요!”

"예!”

군 전체로 번진 비리 게이트로 인해 대한민국이 시끄러운데도 여전히 시끄러운 민노총.

오십대 남성의 얼굴이 다시 구겨진다.

"에이, 씨벌. 이놈의 군 비리는 왜 터져서 지랄인지…….”

대통령 선거가 열리는 해다.

그들 노조에게 있어선 자신의 뜻을 관철시킬 수 있는 대목.

그래서 기세 좋게 기습 시위를 벌이다 못해 광화문 광장을 점거했는데, 갑자기 터진 군 비리 게이트로 모든 관심이 그쪽으로 쏠리면서 결국 시위도 흐지부지되어 버리고 말았다.

"하나만 해라, 하나만.”

"그건 그거고, 이건 이거지. 왜 왔어?”

"뭐겠어? 담배.”

"아.”

고개를 끄덕인 오십대 남성은 또래의 남성과 함께 옥상으로 향했다.

담배를 피우려는 사람들이 곳곳에서 무리를 이루고 있는 옥상. 구석진 자리로 간 둘이 난간에 팔을 걸치며 담배를 문다.

그러다 슬쩍 주위를 살피더니 입을 여는 그.

"어떻게 될 것 같아?"

"……어떻게 되긴. 군경이 숨 고르기를 하면서 열이 좀 가라앉았잖아."

"시위를 계속할 거라고?"

"대선이잖아. 못 말려."

굴러 버린 바퀴다. 군 비리 게이트라는 암초를 만나 잠시 휘청거리긴 하지만, 국민들의 관심이 수그러들면 다시 구르기 시작할 거다.

이제 겨우 6월. 선거까지 앞으로 6개월은 더 남아 있었다.

"위에서 온 지령도 그렇고."

움찔!

오십대 사내의 말에 또래의 사람, 아니 간첩이 다시 주위를 둘러보며 눈빛을 가라앉힌다.

"위원 동지, 아니 관리자 동지는? 말 없어?"

"일단은 대기. 두 달 정도 지켜볼 생각인가 봐. 대신 그때 한노총도 함께할 것 같다더라."

민노총과 함께 한국 노동계의 양대 거두인 한국노동조합총연맹.

"8월이면 한창 더울 때인데…… 쯧."

"쿨 토시랑 얼음물로 버텨 봐야지."
"에휴."
"다 피웠으면 내려가자. 할 일이 없다고 해도 사무실은 지키고……."
"씨발—!"
갑자기 터진 욕설에 옥상에 있던 사람들의 시선이 한쪽으로 몰린다.
핸드폰을 뚫어져라 노려보고 있는 한 사내.
"왜? 왜 그러는데?"
"이, 인터넷! 인터넷 좀 확인해 봐!"
'인터넷?'
왜인지 범상치 않은 느낌에 얼른 핸드폰을 켠 두 간첩이 그대로 얼어붙는다.

민노총의 기습 시위, 배후가 있었다?
군에서 민노총 간부에게 자금이 흘러간 정황 포착!
수상한 자금의 흐름! 첫 시작은 동해식품 대표였다?

"어?"
서로를 본 둘의 얼굴이 파랗게 질리는 순간이었다.
"겨, 경찰이다—!"
그들은 다급히 난간 밖을 바라봤다.
저 멀리서 경찰 버스들이 달려오고 있었다.

＊　＊　＊

"허헛!"
복도를 걷는 오택수가 헛웃음을 터트린다.
"왜 그래요?"
"아니, 다시 생각해도 웃겨서."
국정원에서 넘겨준 명단을 토대로 현재 대한민국의 모든 노조를 조사 중인 오택수.
그런데 정말 명단 속 인물들에게서 뒤가 구린 정황들이 발견됐다.
"그 많은 놈들이 전부 간첩이라니. 도무지 믿기지 않는다."
"노조라는 집단이 간첩 새끼들이 숨어 있기 제격이긴 하잖아요."
약자이기에 서로 더 똘똘 뭉치며, 약자라는 프레임에 숨어 있는 탓에 쉽사리 건드리기 어려운 집단인 노조.
"염병할 새끼들."
"우리는 오늘 그 지랄염병의 고리를 끊어야 하고요. 그러니……."
탁!
"전체 차렷!"
본청을 쩌렁쩌렁 울리는 외침.
종혁이 본청의 주차장을 넘어 도로까지 점거한 검은 옷의 물결을 보며 입술을 비튼다.

"제대로 합시다."
종혁의 눈이 흉흉하게 빛나기 시작했다.

* * *

"와아아아아!"
민노총의 건물을 본 종혁이 눈빛을 가라앉힌다.
기사를 본 건지, 달려오는 경찰 버스를 본 건지 건물 입구로 몰려나오다 못해 도로까지 점거한 민노총의 사람들.
"휘유. 저게 몇 명이야? 못해도 천 명은 넘겠는데?"
"그러게요."
혀를 찬 종혁이 무전기를 든다.
"전원 하차."
"전원 하차-!"
치이익! 우르르르!
"내려, 이 새끼들아! 내려!"
"빨리빨리 움직여!"
버스에서 쏟아져 나와 도로에 스크럼을 짜고, 민노총 건물을 감싸며 포위하는 수천 명의 전경.
그에 이를 악문 붉은 띠의 민노총 사람들이 목소리를 높인다.
"경찰은 물러가라!"
"물러가라! 물러가라!"
"여기는 왜 왔냐!"

"왜 왔냐! 왜 왔냐!"

주위가 떠나가라 외치는 민노총의 사람들.

"쌍놈의 새끼들이 연장을 들었네."

각목과 배트 등 저들이 노동자인지 깡패인지 모르겠다.

마스크를 쓴 특수본의 형사들과 함께 내린 종혁이 담배를 문다.

"담배 피우려고? 괜찮겠어?"

옆으로 다가온 오택수가 이쪽을 향해 달려오는 기자들과 생방송 카메라들을 가리키자 종혁이 피식 웃는다.

"내가 이러는 거 한두 번도 아니고."

찰칵! 치이익!

"얼굴이나 제대로 가려요."

지금부터 혹시 모를 상황에 의해 발생할 일로 인한 모든 원망은 자신에게로 집중되어야 한다.

그것이 관리자로서의 존재 의의.

종혁이 확성기를 들며 앞으로 나선다.

"안녕하십니까, 노조원 여러분!"

종혁은 자신을 향해 플래시 세례를 터뜨리는 방송국과 신문사 기자들을 무시한 채, 자신을 죽일 듯 노려보는 민주노총 노조원들을 향해 확성기를 들고 소리쳤다.

"이렇게 환영해 주셔서 감사합니다. 군납 비리 특별수사대책본부의 본부장 최종혁 경무관입니다."

"우우우우우!"

"꺼져!"

"정권의 개-!"

"하하. 저희가 많이 싫으신가 보네요. 그럼 간단히 용건만 말하겠습니다. 여러분들 가운데 250여 명에게서 비리 혐의가 적발됐습니다."

민노총의 노조원 중에서만 250여 명이다. 정말 웃음만 나온다.

쿵!

노조원들 사이에서 술렁임이 발생한다.

"여기 그분들에 대한 체포 영장이 있습니다. 법원에서 정식으로 발부된 영장입니다."

"거, 거짓말하지 마-!"

"그래! 노조를 탄압하려는 정부의 수작인 걸 모를 것 같아?!"

"와아아아아아!"

"박명후 정권은 더 이상의 노조 탄압을 관두고 물러가라!"

"물러가라! 물러가라!"

탕! 탕탕!

연장으로 바닥을 두드리며 더 크게 위협을 하는 그들.

종혁이 한숨을 내쉬며 확성기를 든다.

"민노총 노조원 여러분, 지금 여러분들의 행동은 경찰의 적법한 공무 집행을 방해하는 행위입니다. 또한 적법한 절차에 따르지 않은 옥외 집회 또한 불법······."

"물러가라고, 이 새끼야!"

후웅!

허공을 날아 그를 향해 날아오는 유리병 하나.

"최 경무관!"

챙강! 화르르르!

바닥에 부딪치며 깨진 유리병이 도로 위에 화염을 쏟아내고, 종혁은 바로 자신의 발치 앞까지 달려온 그 화염을 빤히 바라봤다.

그 순간 도리어 멈칫하는 민노총의 노조원들. 최후의 보루였던 화염병을 누가 지시도 없이 던진 탓이었다.

하지만 이미 벌어진 일. 이제 와서 뒤로 물러설 수도 없었다.

"……우와아아아!"

"다치기 싫으면 물러나!"

"물러가라! 물러가라!"

물러설 수 없기에, 250여 명이나 되는 동료가 잡혀가는 걸 볼 수 없기에 목소리를 높이는 그들.

종혁이 어이없다는 듯 웃는다.

"선을…… 넘었네?"

각목이나 배트는 휘두르지 않고 들고만 있다면 봐줄 수 있다. 단순히 더 많은 이들의 이목을 끌기 위한 도구로써만 활용된다면 말이다.

그러나 순식간에 사람의 목숨을 빼앗을 수도 있는 화염병까지 사용한 순간, 이들은 살인미수범이나 다름없었다.

용서할 수 없는 선을 넘은 것이다.

"노조, 이 개씹새끼들아."

오싹!

도로를 울리는 끔찍한 폭언에 노조들의 입이 잠시 다물어진다.

종혁은 그들을 싸늘한 눈빛으로 훑으며 말을 이었다.

"……후우. 다시 한번 경고합니다. 적법한 공무를 집행 중이오니 모두 무기를 버리고 해산하십시오."

웅성웅성!

"이, 이거 심상치 않은데요?"

"씨발. 그래 봤자 어차피 저 새끼들은 우리 어떻게 못 해요! 카메라가 저렇게 많은데!"

"맞아요! 우우우! 꺼져라!"

"꺼져라ㅡ!"

"경찰은 탄압을 멈추고 물러나라!"

잠시 흔들렸다가 카메라를 보곤 용기를 얻는 그들.

종혁의 눈빛이 차갑게 가라앉는다.

"민노총 노조원들은 지금 당장 무기를 버리고 길을 열어, 경찰의 적법한 공무 집행을 방해하지 마십시오."

"우우우우우!"

"마지막 경고입니다. 민노총 노조원분들께선 지금 당장 무기를 내려놓고 해산하십시오."

부우웅! 챙그랑ㅡ!

다시금 아스팔트 바닥에 번지는 불길.

종혁의 입술이 비틀어진다.

"좋아. 경고 끝. 이제부터 경찰이 왜 경찰인지 알려 줄게. 특수본."

"예!"

종혁의 부름에 화답하는 경찰의 미친개들.

화염병 두 방에 목줄을 벗어 던질 준비를 하는 미친개들.

"눈앞에 있는 놈들은 이 나라 노동자들을 대변하는 이들이 아니라, 국가의 적법한 공무 집행을 방해하는 범죄자들입니다. 현 시간부로 저들을 국가에 반기를 든 테러범이자 깡패 새끼들보다 더 악랄한 범죄자로 규정, 공무집행방해 및 경관살인미수, 방조, 특수폭행미수에 대한 혐의로 전원 체포합니다. 생사 불문이며, 모든 책임은 제가 집니다."

쿠웅!

"전원 삼단봉 들어."

"삼단봉 들어-!"

촤라라락!

살벌하게 펴지는 삼단봉들.

"전경들."

"……."

"전경-!"

삐이이이이!

"예, 예!"

"전경."
"예-!"
"방패 버려."
"방패 버려-!"
종혁이 넥타이를 풀어 헤치며 마지막 선고를 한다.
"싹 다 죽여."
"충서엉!"
"우와아아아아아!"
"어? 어어?"
경찰이 이렇게 빨리 달려들 거라, 아니 이렇게 강경 진압으로 나설 거라 생각 못한 노조원들이 이내 얼굴을 구긴다.
"씨, 씨발! 막아-!"
"우리도 죽여-!"
"우와아아아아아!"
경찰들을 향해 달려드는 노조원들.
누구보다 먼저 땅을 박찬 종혁이 자신을 향해 날아오는 화염병을 피하며 놀라 눈을 뜨는 노조원을 향해 주먹을 뻗었다.
그동안 어떤 면에선 깡패보다 더한 짓을 했던, 또 지금도 하는 놈들.
종혁은 손속에 사정을 버렸다.
꽈아앙!
"우와아아아!"

콰직! 꽈앙!

"아악!"

"꺄아악!"

대가리가 깨진다. 관자놀이가 박살 나고, 어깨가 박살 난다.

발길질이 사타구니를 부수고, 몽둥이가 쏟아진다.

그동안 민노총 등 노조원들에게, 시위 세력들에게 당한 전경들이 분노와 설움의 눈물을 흘리며 몽둥이로 후려친다.

이전과는 완전히 다른, 경찰도 완전히 궁지에 몰렸을 때나 나오던 것보다 더한 강경 진압에 민노총의 사람들이 하얗게 질린다.

"사, 살려……!"

"뒈져."

콰직!

사방에서 터지는 피. 고통과 발악의 외침.

"죽어어-!"

빠악!

"으악!"

"김 형사-! 야, 이 개새끼야!"

뻐어억!

"아아악!"

"물러나! 물러나!"

"모두 건물로 들어가-!"

그동안과 다른 경찰들의 압도적인 폭력에 기겁하며 뒤로 물러나는 그들.

종혁이 성큼 다가가 그들 중 한 명의 머리채를 낚아챈다.

"꺅! 꺄아악!"

반항을 하며 손톱으로 종혁의 얼굴을 긋는 여성.

쩌어억!

싸대기 한방에 반항을 멈추게 된 여성을 뒤로 집어 던진 종혁이 더 급히 물러나는 노조들을 느릿하게 쫓아간다.

그 뒤를 형사들이 따르고, 전경들도 따른다.

하지만 그것도 잠시.

부악! 콰장창! 콰장창!

"윽?!"

"우왁!"

민노총 건물 입구를 뻘겋게 물들이는 불길.

다급히 물러난 종혁의 고개가 위로 들려진다.

"들어와! 들어와 봐―!"

옥상 위에서, 그리고 건물 유리창을 연 채 화염병을 손에 쥔 사람들.

종혁이 무전기를 든다.

"본부장입니다. 테러범들의 반항이 거셉니다. 출동하세요."

―수신!

투두두두두두두!

저 멀리서 들리는 헬기 소리.

이윽고 경찰 헬기가 저 멀리서 나타나고 도로에서도 SWAT의 전술 차량이 맹렬하게 달려온다.

그러자 다시 종혁에게 쥐어지는 확성기.

삐이이!

"마지막으로 경고합니다. 지금이라도 반항을 그만두시고 항복하신다면 정상 참작을 해 드리겠습니다."

"좆까아-!"

"본부장님!"

다급히 종혁의 머리 위를 가리는 방패.

그와 동시에 날아온 화염병을 깨트린 방패 위로 화염을 미끄러진다.

콰과과과광!

"괜찮으십니까!"

"아, 고마워요."

종혁은 잡아서 되돌려주려고 했다는 속내는 감춘 채 감사를 표했다.

"종혁아."

"왜요."

"VIP다. 너 연락 안 된다더라."

"잉? 그럴 리가 없을…… 아, 박살 났네."

주머니에 손을 넣었던 종혁이 입맛을 다시며 오택수가 넘겨주는 핸드폰을 든다.

-최 경무관, 괜찮습니까!

"전 괜찮습니다. 대통령님은 괜찮으시겠습니까?"

현재도 과잉 진압이다 뭐다 해서 말이 많을 텐데, 앞으로 벌어질 상황은 박명후 대통령의 정치 인생에 치명적인 비수, 아니 탄핵을 불러올 수도 있다.

어쩌면 이 일로 인해 법정에 설 수도 있다.

-……최 경무관이 그렇게 만들지 않을 거잖습니까.

"절 너무 믿으시는 거 아닙니까?"

-믿습니다, 최 경무관.

"끙. 나중에 곱창에 소주 한잔하시죠."

-하하핫! 다치지 마십시오.

통화를 종료하는 순간이었다.

"최 경무관!"

다급히 이쪽을 향해 달려오는 SWAT의 대장과 대원들.

"훅훅! 늦어서 미안! 지금 우리 대원들 곧 옥상에 도착한다는데, 어떡할까?

"사전에 말씀 드린 대로 옥상은 한 번 경고 후 바로 발포하세요."

쿵!

"그리고 저 창문들에 엄호 사격 부탁드립니다."

"……오케이!"

SWAT의 대장은 다급히 지시를 내렸고, 이내 SWAT 대원들이 민노총 건물의 창문을 향해 소총을 들어 올린다.

그리고 옥상에서 호버링을 하는 헬기에서 들려오는 경

고 소리.

"형사들도 전원 연장 꺼냅니다."

"……충성."

특수본의 형사들이 품에서 권총을 빼 들며 약실에서 공포탄을 제거하고, 종혁이 다시 확성기를 든다.

"모두 조준했으면 발포."

콰과과과과과과광!

모든 총구가 불을 뿜었다.

* * *

콰장창!

"꺄악!"

"이 미친 새끼들! 진짜로 쐈어-!"

"누구야! 누가 괜찮을 거라고 했어!"

"저 미친 새끼는 대체 누구야-!"

대체 누구기에 이런 미친 짓을 태연하게 저지르는 걸까.

이건 군부독재 시절로 회귀하는 거다. 그 지독했던 시기를 떠올린 그들은 치를 떨 수밖에 없었다.

"위, 위원장님! 겨, 경찰들이 권총을 앞세우며 로비로 들어오고 있습니다!"

"막아-!"

막아야 한다. 어떻게든 막아야 했다.

그래야 자신들이 살 수 있었다.

* * *

"으아아아아!"
꽝!
"크아아아악!"
피가 뿜어지는 허벅지를 붙잡고 바닥을 뒹구는 아무개.
빈 탄피를 제거한 종혁이 약실에 새 총알을 집어넣으며 2층 복도 끝으로 밀려난 사람들을 본다.
철컥!
"또 들어와 봐."
'빌어먹을.'
다르다. 지금까지와는 완전히 다르다.
"으으으!"
"겨, 경찰이 이래도 되는 거야?!"
"어. 너희 같은 범죄자한테는 이래도 돼."
"야, 이 개자식아! 우리가 왜 범죄자야!"
"정당하게 공무 집행을 하는 경찰을 흉기로 막아섰잖아."

합법적으로 이루어지는 시위라면, 경찰은 시위자들을 보호하기 위해 시위에 함께한다.

그러나 반대로 폭행, 손괴, 방화를 아무렇지도 않게도 일삼는 무력 시위라면, 그건 그저 범죄자들의 범법 행위에 불과했다.

"지금의 너희처럼. 심지어 지금 시위를 하던 것도 아니잖아?"

영장까지 발부된 이들을 체포하기 위해 온 경찰의 공무집행을 흉기까지 들고 막아선 것에 불과했다.

"그런 너희를 범죄자라 부르지 않으면 누굴 범죄자라 불러야 하지?"

"으으으!"

"잔대가리 굴리지 말고. 빨리 끝내자. 가만히 있어라. 몸에 구멍 뚫린다."

종혁이 다가오자 겁에 질려 주춤주춤 물러나는 사람들.

그렇게 그들을 지나칠 때였다.

쑥!

"어?"

"흐흐. 죽어, 이 개새끼야!"

종혁은 허벅지를 파고든 유리 파편에 눈을 동그랗게 떴다.

"보, 본부장님!"

"그러게 왜 앞으로 나서세요!"

종혁이 다급히 달려오는 형사들을 말리며 아래를 내려다본다.

한 방 먹였다며 웃는, 방금 총을 맞은 사내.

종혁도 씩 웃는다.

"씨벌놈이 고맙게시리."

"뭐?"

쩌어억!

이상한 말에 멍해진 사내의 턱을 걷어찬 종혁이 권총을 다시 품속에 집어넣는다.

"본부장님?"

"다들 권총 집어넣습니다. 어휴. 이러다간 정말 죽는 사람 나오겠네요."

"예?"

몸을 돌린 종혁은 담배를 찾는 척 왼쪽 가슴팍을 두드렸고, 그걸 본 형사들이 눈을 빛낸다.

바디캠. 현재 상황을 모두 녹화하고 있는 바디캠.

"어이구, 그래야죠. 어디 저희 형사들 목숨이 중요하겠습니까!"

"예, 예. 저것들도 저희가 지켜야 할 시민인데, 그래야죠. 에라이. 씨버럴 파리 목숨."

"씨벌. 오늘 몸에서 피 좀 뽑겠네."

혼잣말임에도 누군가 들으라는 듯 부자연스럽게 크게 외치는 형사들.

누군가는 무전기를 들고 다급히 외친다.

"여기는 3팀! 본부장님 다치셨다! 다시 전파한다!"

"허접하게 다치신 양반은 여기 계쇼잉. 뭐혀! 싸게싸게 대굴빡 깨 불자고! 후딱 끝내고 소주 한잔혀야제!"

"소주는 무슨! 오늘 날밤 새게 생겼구만!"

"자, 드가자!"

"이야아아아-!"
"씨, 씨발! 막아-!"

* * *

콰장창!
"아악!"
"으아악!"
아래에서부터 비명 소리와 깨지는 소리가 울린다.
밀려난 사람들이 계속해서 위로 올라온다.
"도, 도망치셔야 합니다, 위원장님!"
'어디로?'
아래에선 경찰들이 올라오고, 위에선 총탄이 쏟아졌다. SWAT 특수경찰들이 옥상을 점거하고 올라오는 이들을 무력으로 제압하고 있다.
그렇다고 창문으로 뛰어내리자니 주위에 쿠션이 되어 줄 것이 하나도 없다.
위원장과 최고 간부들은 이를 악물었고, 이윽고 그들이 있는 층에서도 비명과 깨지는 소리가 울리기 시작했다.
"크악!"
"아아악!"
"뒤, 뒤로!"
"오지 마! 더 이상 자리 없어!"
콰아앙!

"으악!"

"꺄아악!"

방 안에 빽빽하게 들어찬 사람들이 귀를 막으며 주저앉던 그때, 밖에서 종혁의 목소리가 들려온다.

"괜한 사람들까지 다치게 하지 말고, 어차피 교도소 갈 거 몸 성히 갑시다-!"

"위, 위원장님! 이제 어떡하죠?"

"……다들 비켜!"

겨우 한 시간 만에 천 명이 넘는 동료들이 거의 다 사로잡혔다.

'그놈의 총만 아니었다면!'

다른 지방에 있는 민노총 노조원들과 한노총, 전국대학교연합인 전대협 등에서 지원이 올 때까지 버틸 수 있었을 거다.

하지만 어떻게 할 틈도 없이 너무도 무자비하고 순식간에 치고 들어왔다. 지금까지의 경찰들과는 너무도 다른 놈들이었다.

"안 됩니다, 위원장님!"

"흑! 위원장님!"

그렇게 눈물을 흘리는 사람들을 헤치며 앞으로 나아간 위원장과 최고 간부들은 눈을 크게 떴다.

몇몇 노조원들이 휘두른 날붙이에 몸 여기저기 자상을 새긴 채 숨을 몰아쉬는 종혁과 형사들.

찰칵! 치이익!

"어이구. 드디어 대가리들이 나오셨네."
'낯익은 얼굴들이 여기 있네.'
머릿속에 처박아 놓은 간첩들의 얼굴들.
담배 연기를 길게 내뿜은 종혁이 싱긋 웃는다.
"우리 얼굴 참 보기 힘들다, 그쵸?"
"이 개새끼들…… 국민들이 너흴 용서할 것 같아?!"
이건 무조건 과잉 진압, 아니 국민을 향한 정부의 탄압이다.
군부독재 시절로의 회귀다.
"군부독재가 끝난 지 이제 겨우 20년이야! 올해면 임기가 끝인 박명후가 들고 일어난 민심을 감당할 수 있을 것 같아?!"
"오. 이 와중에도 다른 사람 걱정이십니까? 오지랖이 참 넓으시네요!"
"너 이 새끼……!"
"예, 예. 한명선 위원장님 되시죠? 당신을 일단 공무집행방해, 특수폭행, 살인미수의 혐의와 불법시위 지시, 뇌물 수수, 범죄 지시, 재물손괴, 탈세, 업무상 배임 및 횡령 등등 시발 존나게 많다. 아무튼 등등의 혐의로 체포합니다."
쿵!
"뭐, 뭐?"
종혁은 뇌물 수수 등의 혐의에 깜짝 놀라는 그들을 보며 씩 웃었다.

연어는 고향으로 거슬러 올라가지 못한다 〈265〉

"이야, 어떻게 뚜렷한 직장 하나 없는 양반들의 연봉이 억대들이실까? 또 법인카드 한도는 왜 그렇게 높으시고? 당신도, 그리고 여기 계신 분들도 모두."

"무, 무슨……!"

종혁은 기겁하는 위원장의 귀에 입술을 가져갔다.

"이게 오늘부터 너희에게 씌워질 프레임이야, 이 개새끼들아. 어디 이게 밝혀지고도 같은 노동자들이, 국민들이 너희를 옹호하나 보자고."

섬뜩!

"이, 이런 미친 새끼가……!"

철컥!

"자, 그럼 나머지 죄명은 차차 밝혀 봅시다. 당신은 묵비권을 행사할 수 있고, 변호사를 선임할 수 있으며, 불리한 진술을 거부할 수 있습니다. 그리고 이번 체포가 부당하다 생각될 시 정식으로 법원에 체포구속적부심사를 요청할 수 있습니다. 아셨죠?"

"놔! 놔아!"

빠아악!

"냄새나는 아가리 싸물어, 새끼야."

"크아아악!"

종혁은 피와 이빨이 터져 나오는 입을 잡고 무너지는 위원장의 머리채를 잡으며 몸을 돌렸고, 형사들이 사납게 웃으며 최고 간부들을 향해 달려들었다.

"으악!"

"놔!"
"안 돼-!"

* * *

"예! 지금은 총소리가 나지 않는데, 경찰이 총을 꺼내 든 것 맞다니까요!"
"거 비켜 주세요! 지금 국민들의 알 권리를 막는 겁니까!"
"배고프죠? 자 이것 좀 먹을래요?"
웅성웅성!
전경들이 막아선 민노총의 건물 입구, 몰려든 기자들은 총소리가 끊긴 대신 비명과 뭔가 박살 나는 소리만 가득한 건물 내부를 보며 안절부절못한다.
"와, 최종혁 이 미친 새끼. 진짜로 쏴 버리네."
"이 새끼가 그 새끼죠? 경찰 개혁의 참모."
어느 순간부터 공권력이 향상되기 시작한 경찰.
또 어느 순간부터 강하게 반항하는 범죄자에게는 발포를 하기 시작한 경찰.
그 개혁안들을 살피다 보면 언제나 발의자로 최종혁이란 이름이 있다.
"진짜 난놈은 난놈이지. 안 그렇습니까, 박 부장님?"
"씨발. 대체 몇 년째 부장이라고 불리고 있는지."
담배를 깊게 빤 박영일이 핸드폰을 보며 눈빛을 가라앉

한다.

'거의 국민 쌍놈이네.'

여론이 노조의 편을 들어 주고 있다.

속 시원하다며 응원한다는 댓글도 있지만, 군부독재의 재림이라고, 종혁을 처벌해야 한다고 미친 듯 발광하는 사람들이 대다수다.

"VIP가 허락하지 않고는 불가능한 일인 것 같은데…… 어떻게 생각하십니까, 박 부장님?"

"VIP가 기업의 편을 들어 노조를 없애려 하는 거 아니냐, 이 말이지? 말은 되는데, 글쎄……."

"어? 회의적이십니까?"

"응. 내가 아는 최종혁이란 경찰은 범죄에 대한 합당한 증거가 없다면 VIP, 아니 VIP 할애비가 나서서 뭔 지랄을 해도 나서지 않을 놈이거든. 차라리 경찰을 관뒀으면 관뒀지."

"예?"

"박종명 전 경찰청장을 제 손으로 날려 버린 거 벌써 잊었어?"

움찔!

"하, 하지만 지금은 경무관이잖습니까."

이번 일만 확실히 마무리되면 치안감으로 특별 진급을 할 수 있을 거다. 그만큼 파괴력이 큰 사건이다.

그 말에 박영일은 코웃음을 쳤다.

"최종혁 그 친구, 가만히 사고만 안 치고 있어도 몇 년 안에 치안감 진급 확정인 경찰이야. 조용히 있기만 해도 이미 진급 확정인데, 너 같으면 조금 더 빨리 가자고 불구덩이 뛰어들겠냐?"

국민의 대다수가 노동자이며, 노동자의 가족이다.

즉, 노조는 전 국민을 등에 업고 있는 집단이나 다름없었다.

그런 노조를 건드린다는 것은 엄청난 역풍을 감수하지 않고서는 불가능한 일이었다.

"기다려 봐. 분명 뭐라도 들고 나올 테니까. 우리가 납득할 만한 뭔가를."

장담한다. 종혁이 나선 이상, 오늘부로 노조에 대한 이미지는 바뀌게 될 거다.

"아니라면요? 박 부장님, 최종혁을 참 많이 옹호……."

"씨발. 내가 경찰이냐? 만약 그런 것도 없이 친 거라면 나도 못 참지."

권력과 능력에 취해 증거도 없이 일을 벌인 거라면, VIP의 무리한 요구를 자신의 안위를 위해 받아들여 이런 일을 벌인 거라면 기자의 펜이 얼마나 무서운지 알게 될 거다.

"흐음……."

"나, 나온다!"

박영일에게 집중을 하고 있던 기자들도 다급히 입구로 몰려간다.

그리고 하얗게 질린다.

"끄으으."
"앰뷸런스! 앰뷸런스 불러!"
"구조대원-!"

 피투성이가 되어 끌려 나오는 노조원들, 그리고 마찬가지로 온몸에 자상을 새긴 채 피를 흘리며 동료의 부축을 받아 나오는 형사와 전경들.

 그 참혹한 모습에, 옛날의 향수를 불러일으키는 모습에 기자들이 어쩔 줄 몰라 한다.

"최종혁 본부장이다!"

 촤라라라라라!

"본부장님! 여길 봐주십시오!"
"성과는 있습니까, 본부장님!"
"지금 과도한 진압이라며 말이 많습니다! 범죄 사실은 입증됐습니까!"

 종혁을 잡아먹을 듯 달려드는 기자들과 그런 기자들을 막기 위해 사력을 다하는 전경들.

 뭔가를 잔뜩 든 종혁은 그런 전경들의 어깨를 툭툭 치며 앞으로 나선다.

"거 사람 치료는 하게 해 주지. 인간적으로 너무하시네. 집에 계시는 부모님께서 이 모습들을 보고 쓰러지실지도 모르는데……."

 농담을 던졌지만, 기자들은 아무런 반응이 없다.

 평소와는 많이 다른 반응.

 종혁은 피식 웃으며 손에 든 서류의 탑을 두드린다.

"위원장실에서 발견된 장부와 지출 내역입니다. 일단…… 민노총 위원장인 한명선 이 양반이 1년에 연봉을 포함해 가용할 수 있는 액수가 8억이 넘더군요."

기자들이 뜬금없는 말에 눈살을 찌푸리지만, 종혁의 미소는 짙어진다.

'이제부터 시작이다, 이 개새끼들아.'

"누군 자동차 살 돈도 없어서 그 새벽녘 만원 버스와 지하철을 타고 다니는데, 누군 고급 외제차에 비서까지 데리고 다닙니다."

'어? 잠깐, 이거?'

종혁은 슬슬 표정이 변화하는 기자들을 표정에 입술을 비틀었다.

"그런데 그것도 모자라 뇌물을 받고 직업을 알선하거나 시위에 노조원들을 보낸 정황도 포착됐습니다."

쿠웅!

"그, 그 말이 사실입니까!"

"경찰이 꾸며 내는 일 아닙니까!"

노조 편에 서서 기사를 쓰던 신문사의 기자들이 크게 반발하며 외치자 종혁이 코웃음을 친다.

"여기 다 있습니다. 여러분께서 원하신다면 모든 자료를 오픈하겠습니다. 아니, 그냥 저희를 따라 같이 움직이시고, 같이 확인하시죠."

쿠우웅!

"지, 진심입니까!"

여태껏 단 한 번도 없었던 일에 기자들의 눈이 돌아간다.

"못 믿겠다면서요. 그런데 경찰의 손을 한 번 거친 자료를 믿을 수 있겠습니까?"

꿀꺽!

너무 당당하다.

그렇기에 노조 편인 기자들이 주춤거리고, 다른 기자들의 눈이 뻘겋게 달아오른다.

그동안 성역이기에 단 한 번도 들춰 보지 못한 민노총의 민낯을 살필 수 있는 기회다.

종혁은 그런 그들을 보며 이를 악문다.

"이거 누가 이러라고 이들에게 돈과 권한을 준 겁니까? 민노총이라는 거 하루하루 벌어먹고 살기도 힘든 노동자들이 자신들을 대변해 목소리를 높여 달라고 조직한 단체 아닙니까?"

"으음."

종혁이 이마에서 흐르는 피를 닦으며 생방송 카메라를 노려본다.

"전국에 계시는 노동자 여러분, 그리고 민노총에 가입한 노동자 여러분. 여러분들이 내는 소중한 조합비가 저 돼지 새끼들의 배를 불리기 위해 쓰이고 있습니다. 이건 위원장 지갑에서 발견된 룸살롱 명함!"

쿵!

"이건 강남 헤어숍과 아르마니 멤버십 카드!"

쿠웅!

"이건 대현과 삼전의 블랙카드!"

쿠웅!

"이건 타고 다니는 외제차와 청담동 유명 아파트의 스마트 키!"

쿠우웅!

"보이십니까? 민노총 노동자 여러분들? 이 새끼들이 무슨 돈으로, 누구의 돈으로 이런 향락을 누리고 있었겠습니까! 민노총 여러분들! 이러고도 저희 경찰이 아무런 죄 없는 민노총 노조를 탄압하고, 과잉 진압을 한 거 같습니까?! 그렇다면 얼마든지 날 찾아와! 이런 증거 앞에서도 사리 분별도 못하는 개돼지 새끼들 따위는 무섭지 않으니까-!"

콰아앙!

개돼지. 도를 넘어선 폭언에 기자들의 낯빛이 다시 하얗게 질리는 순간이었다.

부르릉!

버스들 소리에 다급히 고개를 돌리는 기자들.

"하, 한노총이다!"

"전대협! 전대협 버스다!"

그들이 있는 삼거리 모든 진입로에서 버스들이 몰려와 멈춰 선다.

그러자 우르르 내리는 한노총 노조원들과 전대협의 대학생들.

"어? 어어어?"

"뭐, 뭐야 저거! 지금 뭐하는 거야?! 지금 달려들려는 거야?"

마치 이쪽을 향해 달려들 듯 오와 열을 맞춘 그들.

그에 기자들이 주춤거리며 물러서고, 낭패한 표정을 지은 경찰들과 전경들이 이를 악물며 뛰쳐나가 방패를 들고 총을 든 순간이었다.

-삐이이이이!

-다들 열 맞췄어?!

"예-!"

거리를 쩌렁쩌렁하게 울리는 외침.

그에 방패를 세운 경찰과 전경들이 몸에 힘을 주는 순간이었다.

-그럼…… 앉아-!

쿵!

종혁과 기자들은 도로를 틀어막더니 그대로 앉아 버리는 그들의 모습에 헛웃음을 터트렸다.

"하. 이 새끼들 봐라?"

이놈들이 귀여운 짓을 벌이고 있었다.

* * *

-타다다다당!

경찰의 민노총 본부 급습 소식에 다급히 그들을 지원하

기 위해 달려 나가던 한노총 노조원들이 TV와 핸드폰 화면 속에서 벌어지는 광경에 하얗게 질린다.

"미친 새끼들!"

경찰이 일반 시민을 향해 총을 쐈다.

"바, 발포 명령 내린 새끼가 누구야!"

"최종혁입니다!"

누군가의 설명에 한노총 노조원들이 입을 떡 벌린다.

본청의 불도저, 조폭들의 염라대왕, 최연소 경찰 고위 간부.

띠리링! 띠리링!

"예. 위원장입…… 예, 현 후보님!"

모두의 시선이 한노총 위원장에게 모인다.

현 후보라고 하면 현재 대선 후보 선발을 위한 당내 경선을 치르고 있는 야당의 현몽준 전 당대표, 그밖에 없었다.

"예?"

낯빛이 딱딱하게 굳은 그가 핸드폰을 스피커 모드로 돌린다.

-만약 지원을 나갈 거라면 조금만 더 지켜보라고 했습니다. 최종혁 경무관은 결코 윗선의 부당한 명령에 움직이는 사람이 아닙니다.

"……하지만 민노총은 저희의 동지입니다, 후보님."

-그러니까 동지의 허울 따윈 덮어 놓고, 국가에 맞서겠다는 겁니까?

"저희 노동자가, 국민이 곧 국가입니다. 저들 경찰과 대통령이 아닌 저희 국민이!"

-흠…… 그래요. 어디 해 보세요. 대신 앞으로 벌어질 일에 대해 우리 당의 도움을 바라선 안 될 겁니다.

"지금 정치인이 국민을 외면하겠다는 겁니까!"

-그러면 정치인에게 범죄를 저지르려는 이들을 옹호하라는 겁니까?

"국민을 위하는 길입니다!"

-끊겠습니다.

정말 끊겨 버린 전화에 한노총 위원장과 노조원들이 멍해진다.

하지만 그것도 잠시. 이내 그들의 표정이 흉흉해진다.

"이거…… 민심을 모아야겠네요."

한노총에 소속된 노조원들의 뜻을 모아 현몽준에게 경고를 해야 할 것 같다.

'대현중공업에서 파업이 일어나면 이 인간도 정신을 차리겠지!'

그리고 현몽준의 경선 출마를 규탄하는 시위를 이어 나가는 거다. 현몽준이 대선에 나가 당선되기라도 한다면, 노동자의 권익은 바닥에 떨어질 것이라며 말이다.

"어떡하시겠습니까, 위원장님?"

"일단…… 민노총 동지들부터 구하고 봅시다."

현몽준과 그를 지지하는 야당 의원들에 대한 경고는 그 뒤에 해도 된다.

"다들 잘 들으세요. 경찰이 지금까지와 많이 다른 양상을 보이고 있습니다."

공무 집행을 방해한다는 이유로 발포도 서슴지 않는 정권의 개들.

혹시 모를 불상사가 생길지도 몰랐다.

"그건 무섭지 않습니다!"

자신의 죽음으로 대한민국 노동자들의 처우를 개선할 수 있다면 얼마든지 한 몸 던질 수 있었다.

그런 열혈 노조원의 외침에 위원장이 속으로 혀를 찬다.

"누가 무섭다고 했습니까."

최소한 계란으로 바위를 치진 말자는 거다.

"어차피 우리들의 승리로 끝날 일, 괜히 다칠 필요 있습니까?"

전국 모든 노조의 수백만 동지들이 들고 일어설 때까지 일단은 평화적으로 가는 것이다.

"평화적으로요?"

"예. 경찰이 결코 무력 진압을 할 수 없는 방법, 가령 촛불 집회 같은 방법으로 말이죠. 그리고……."

이어진 위원장의 설명에 한노총 노조원들은 눈을 동그랗게 떴다.

* * *

"저기 경찰 버스입니다!"

"모두 정차하고 내려!"

끼이익! 치이익! 우르르!

"내려! 얼른 내려!"

"첫 줄부터 열 맞춰-!"

"촛불! 빨리 촛불부터 나눠 줘!"

삼거리 모든 도로를 점거하더니 촛불을 쥐기 시작한 그들.

대낮에 촛불이 밝혀지며 존재감이 드러나자 노조원들과 전대협 대학생들이 미소를 짓는다.

'어디 너희가 또 총을 발사할 수 있는지 보자!'

도로를 무단으로 점거한 불법 시위이긴 하나, 아무런 무장도 하지 않고 있는 비폭력 시위이기도 했다.

비무장인 시민에게 총구를 들이민다면, 그땐 경찰은 완전히 민심을 잃게 될 거다.

-경찰은 민노총 노조원들을 풀어 줘라! 풀어 줘라!

"풀어 줘라! 풀어 줘라-!"

그들은 목소리를 높였다.

"이 새끼들이 귀여운 짓거리를 하네."

"이야, 다음은 자기가 될까 봐 뭐 빠지게 달려온 꼴 봐라. 어떡할 거야?"

민노총이야 각목이나 배트뿐만 아니라 날붙이까지 휘둘렀으며, 심지어 화염병까지 던졌기에 무력 진압을 하더라도 명분이 충분했다.

하지만 저들처럼 불법 시위라고 한들 비무장 상태인 무방비한 이들에겐 똑같이 무력 진압을 할 순 없었다.

그런 박영일의 물음에 종혁이 음흉한 미소를 짓는다.

"어떡하긴요. 정공법으로 가야지."

"응? 정공법?"

손을 흔든 종혁이 한노총과 전대협의 노조원들을 향해 다가간다.

그에 눈을 빛낸 기자들이 다급히 따라나선다.

턱!

"부축하겠습니다, 본부장님."

"그래. 부탁할게."

다른 곳은 괜찮은데, 허벅지에 찔린 상처 때문에 걷는데 애로 사항이 좀 있다. 신경이나 근육이 많이 다치지 않은 것 같지만 일단은 조심해야 했다.

그렇게 머리에 응급 처치를 한 최재수의 부축을 받으며 한노총과 전대협의 노조원들 앞에 선 종혁이 들고 온 확성기를 든다.

"반갑습니다. 대한민국을 지탱해 주고 계시는 노동자 여러분. 그리고 이 나라의 미래가 돼 줄 전대협 여러분."

"우우우우우우우!"

"지금이 군부독재냐-!"

"정권의 개-!"

목소리가 얼마나 큰지 온몸이 떨린다.

그에 종혁의 입가에 미소가 그려진다.

"이걸 멍청하다고 해야 할지, 무식하다고 해야 할지……. 무슨 촛불만 들면 평화 시위인 줄 아나 보네. 미리 신고하지 않은 이상 불법 집회, 시위고, 당신들이 하고 있는 건 그저 불법 도로 점거라는 거 모릅니까?"

움찔!

"우우우우우우!"

혹여나 미친 척 무력 진압에 나설 수도 있다고 생각한 건지 한껏 긴장한 채 눈을 부라리는 그들.

그 모습에 종혁은 피식 웃으며 말을 이었다.

"뭐 해산을 명하고, 받아들이지 않을 경우엔 무력 진압을 해도 법적으로 문제는 없지만…….'

순간 종혁의 표정이 돌변한다.

"니들 여기 왜 있냐?"

종혁이 한심하다는 얼굴로 그들을 바라본다.

"본부 안 지키고 여기와도 되는 거야?"

쿵!

"뭐, 뭐?"

"그, 그게 무슨 소리야!"

머릿속에 떠오르는 최악의 상황에 그들이 당황해할 때, 종혁의 입가에 비릿하고도 환한 미소가 피어오른다.

"우리가 민노총에 불법적인 자금이 흘러든 증거를 확보했는데…… 그거 너희 한노총과 전대협에도 그 자금이 흘러 들어갔더라?"

쿠웅!

종혁이 핸드폰을 들어 스피커 모드로 바꾼다.

-예. 제2부본부장 김종두입니다, 본부장님.

"어디세요?"

-아, 음. 지금 한노총 본부 건물이 보입니다.

꽈앙!

"저, 저……!"

"영장 챙기셨죠? 진입하세요."

-충성!

통화를 종료한 종혁은 그들을 향해 푸근히 웃어 주었다.

"고맙다, 새끼들아."

덕분에 압수수색을 수월하게 진행할 수 있게 됐다.

술렁!

웅성웅성!

"뭐, 뭐야. 진짜야?"

"거, 거짓말이겠지! 일어서지 마! 다들 자리 지켜-!"

띠리리링! 띠리리링!

혼란해지는 분위기를 꿰뚫는 전화벨 소리.

"예! 위원장…… 예?"

입을 다문 한노총 고위 간부가 멍하니 종혁을 쳐다본다.

그 순간 전경들이 달려와 종혁의 앞에 방패를 세우고, 종혁은 그 방패 사이로 고개를 내밀어 입을 열었다.

"뭐해? 안 가? 니들 본진 지켜야지?"

"……야, 이 개새끼야-!"

눈이 돌아간 그들이 다급히 일어설 때였다.

꽈과과과과과광!

때마침 허공을 향해 울리는 발호음.

윙크를 하는 SWAT 대장을 향해 엄지를 치켜든 종혁이 확성기를 든다.

"더 이상 앞으로 다가올 시 무력으로 진압하겠습니다. 한노총과 전대협 학생들은 더 이상의 공무 집행을 방해하지 말고, 당장 해산하시길 바랍니다. 감사합니다. 지금까지 특수본 본부장 최종혁이었습니다."

-삐이이이!

"으아아아아아……!"

"안 돼! 가지 마!"

"놔! 저 새끼를 잡아야 명령을 철회할 수 있단 말이야!"

"안 돼! 지금은 아무것도 없다고-!"

평화적인 촛불 시위를 하기 위해 아무런 무기도 들고 오지 않은 그들.

종혁은 확성기를 근처 형사에게 넘기며 몸을 돌렸다.

그런 그에게 박영일이 다가섰다.

"정공법이라면서요, 본부장님."

"성동격서. 전술의 기본이잖아요."

"그건 정공법이 아니라 전술이잖아……."

'이 새끼야.'

생방송 카메라가 비추지 않았다면 했을 욕설.

그러나 표정이 훤히 드러나는 박영일의 모습에 키득키득 웃던 종혁은 고개를 모로 기울였다.

"그런데 왜 아직도 여기 계세요? 한노총 안 가세요?"

"……이런 씨발!"

"예, 편집장님! 지금 당장 한노총 본부 건물로 기자들 좀 파견해 주세요!"

"왜긴 왜야! 한노총과 전대협 본부 건물 모두 압수수색 들어갔으니까 그렇지! 얼른 튀어!"

종혁은 꼬리에 불붙은 망아지처럼 다급해지는 그들의 모습에 한숨을 내쉬었다.

"병원 가자. 아프다."

흥분이 가라앉기 시작해서 그런지 온몸이 비명을 지르고 있다.

"가 봤자 어차피 일해야 하잖아요."

"치료 안 하면 과다출혈이야."

"……청에서 지원은 언제 와요?"

"곧?"

구급차로 걸어간 그들은 곧 이 모양이 될 때까지 뭘 했냐는 구급대원의 잔소리를 들으며 병원으로 향했다.

* * *

한낮의 총격전! 노조를 향해 총을 발사한 경찰!
도를 넘어선 경찰의 과잉 진압! 가족이 죽는다!

군부독재 시절로의 회귀인가!
경찰을 향해 흉기를 휘두르는 노조들!
피투성이가 된 경찰들! 노조인가, 깡패인가!
귀족 노조? 민노총 위원장 연봉 3억!
누구의 피와 땀으로 이들은 배불렀는가!
특수본, 한노총과 전대협 본부 압수수색.
군납 비리, 대체 어디까지 번져 가는가!

북한의 정찰총국의 제5국장실.
쿵쿵쿵!
"들어오라."
컴퓨터 앞에 앉은 노인의 허락에 문이 열리며 림유성과 연락을 하던 소장이 들어온다.
"공화국의 위대한 대업을 위하여!"
"거기 앉으라."
소장에게 소파를 권한 5국장이 몸을 일으켜 그의 맞은편에 앉는다.
찰칵! 치이익!
"어케 된 거네."
"아무래도 림유성이가 남조선 국정원에게 잡힌 것 같습네다."
"……림유성이가 공항을 통해 입국했을 때부터 감시당하고 있었단 거네?"
"아무래도 기런 것 같습네다."

그렇지 않다면 말이 되지 않는다. 군납을 하는 연어들과 한국군의 연어들은 노조 쪽에 돈을 보내지 않기 때문이다.

"기럼 이건……."

"남조선이 남파된 혁명전사들을 핑계로 노조 돼지 새끼들을 쓸어버리는 것 같습네다."

이것 말곤 답이 없다. 청와대 쪽 라인을 통해 알아봐도 그렇다.

"……림유성이가 내려가 누굴 만났네?"

"남조선 군부 쪽과 노조 쪽 관리자 동지들을 만났습네다."

그리고 국정원과 한국 경찰들은 인식 프로그램이라는 말도 안 되는 기술을 통해 관리자들이 누구와 연락을 했는지, 만났는지 알아냈을 거다.

이미 군납 비리에 대해 조사를 하고 있었을 한국 경찰.

그런 와중에 림유성이 나타나면서 국정원과 연계를 한 게 분명했다. 그래야 말이 된다.

"관리자 연어들 입은 믿을 만하네?"

"믿을 수 없습네다."

일단 입은 다물 거다. 하지만 국정원이 알아차리고 꼬드긴다면 전향을 할 수도 있다.

그만큼 공화국에서 떨어져 산 지 오래된 연어들. 그들의 충성을 믿을 수 없다.

치지직!

"후우우!"

마른 연기가 퍼지자 소장이 몸을 떨며 고개를 푹 숙이고, 5국장이 눈을 살벌하게 빛낸다.

"네가 사태를 키운 거구나."

"죄, 죄송합네다! 남조선 국정원이 림유성이까지 알고 있을 줄은 몰랐습네다!"

림유성을 남한으로 보내지만 않았어도 일이 이렇게까지 커지진 않았을 거다. 즉, 군부와 노조에 스며든 모든 연어를 죽인 건 눈앞 소장이라고 봐야 했다.

순간 5국장의 눈빛이 단호해진다.

"노조와 군부의 연어들은 포기한다."

"국장 동지!"

"기럼 어카겠네."

"차라리 관리자 동지들을 암살하는 거이……."

"국정원과 남조선 특수부대원들이 멍청이로 보이네?"

이미 관리자들 근처에 그들이 대기하고 있을 거다. 관리자를 암살하러 온 척살조를 잡기 위해.

"그냥 입 다물고 처벌을 받으라 하라."

잘하면 간첩이란 것이 들키지 않을 수 있다.

원래 서로가 서로를 아는 것이 금지된 연어들. 잡혀간 이들 중 얼마나 살 수 있을진 모르겠지만, 많은 수가 살 길 바랄 뿐이다.

그 말에 소장의 얼굴이 하얗게 질린다. 이런 식으로 결정이 나게 되면 정말 자신은 끝이기 때문이다.

"하, 하디만 군부는 총국장 동지의 재가가 있어야……."

"받으러 가야디."

"아직 살아남은 연어들이 있습네다!"

성실하게 군 생활을 하도록 명령을 내린 연어들이, 관리자들을 믿지 못해 그들 모르게 내려보내고 포섭한 다른 연어들이 있다.

그들 중 다수는 아직 구속되지 않은 상태다. 노조에도 그런 이들이 있다.

"……기래. 그치들이 있었디. 기럼 그치들만 놔두고 포기하라."

전쟁이 발발할 시 가장 중요한 역할을 해 줄 그들. 노조는 어쩔 수 없다고 해도, 군부는 절대 포기할 수가 없다.

"아, 알갔습네다!"

소장은 국장이 자신의 말을 들어 주자 환하게 웃었고, 국장은 속으로 한숨을 내쉬었다.

'지금 네가 산 것 같네?'

눈앞의 소장은 이제 살아도 산 게 아니게 될 거다. 훗날 큰일을 할 혁명진사들을 허무히 날려 버렸으니 말이다.

"기럼 이제 어카면 되겠습네까."

쿵!

테이블을 내려친 5국장의 눈빛이 돌변한다.

"복수를 해야디. 지금 파악된 남조선 간첩이 몇 명이네?"

"기, 기건 저희 5국 관할이 아니라……."

"쯧. 알았다. 나가 보라."

"공화국의 위대한 대업을 위하여!"

신경질적으로 손을 저은 5국장은 소장이 나가자 새 담배를 물었다.

"박명후…… 네가 머리 좀 썼구나. 이번엔 한 방 먹었다, 남조선."

꽤 치명적인 타격을 입었다.

하지만 다음엔 다를 거다.

그렇게 이를 가는 그는 몰랐다. 그들이 들키지 않았을 거라 여기는 군부, 노조의 간첩들 역시도 국정원이 감시하고 있다는 걸 말이다.

"예, 총국장 동지."

-남조선으로 내려보낸 연어들 때문이디? 올라오라.

"지금 올라가겠습네다."

그는 몇 모금 빨지 않은 담배를 끄며 일어섰다.

* * *

"아따따!"

종혁이 인상을 찌푸리며 의사를 노려본다.

"아픕니다만."

"다행히 신경에 이상은 없는 것 같군요."

"무서운 말인데요, 그거."

"환자분 같은 분께는 이런 말을 해도 됩니다."

사람은 결코 솜 인형이 아니다. 이렇게 꿰맨다고 단숨에 낫는 게 아니다. 자칫 잘못했다가는 먼 훗날까지 후유증에 시달릴 수도 있었다.

"환자분께서 근육이 많아서 다행이지, 아니었다면……."

심각한 장애를 입을 수도 있었다.

"그 정도는 다 조절…… 죄송합니다."

"……가급적 머리는 조심해 주십시오. 그럼 나가 보겠습니다."

"아, 함께 온 다른 동료 형사들 상태는 좀 어떻습니까?"

"모두 수술은 무사히 잘 끝냈습니다."

장애를 입은 사람도 없을 거다.

"감사합니다. 수고하셨습니다."

"……당분간은 휠체어로 움직이세요. 그럼."

고개를 숙인 의사가 병실을 빠져나가자, 종혁이 침대 옆에 놓인 휠체어에 올라탄다.

"읏차!"

스르륵! 스르륵!

휠체어를 밀며 병실을 빠져나가는 종혁.

엘리베이터로 향할 때 누군가 뒤에서 밀어 주자 고개를 돌린 종혁이 낯빛을 굳힌다.

"시연 씨……."

여자친구인 홍시연. 많이 놀란 듯 눈물이 그렁그렁한 그녀의 모습에 종혁의 마음도 무거워진다.

"어디 가는 길이세요?"

"잔소리할 사람을 피하러?"

홍시연의 눈매가 뾰족해진다.

"잘못한 건 알아요?"

"잘못한 건 없어요. 다만 걱정을 끼쳐서 미안할 뿐이죠."

'환자복 입길 잘했네.'

붕대를 봤다면 울었을지도 모른다.

종혁이 팔을 뒤로 넘겨 그녀의 손등을 쓰다듬자 홍시연의 표정이 살짝 누그러든다.

"그 말이 종혁 씨를 살렸어요. 많이 다쳤어요?"

"얼마 안 다쳤어요. 의사가 안정을 취하라고 해서 휠체어 타고 움직이는 거예요. 모레 퇴원해요. 그보다 일은요? 반차 쓴 거예요?"

"그럼 안 쓰겠어요?"

"오케이. 항복. 살려 주세요."

"칫! 진짜 어디 가는데요?"

"원래는 동료 형사들 상태 좀 보려고 했는데, 하늘공원으로 가죠."

"왜요. 가면 되죠."

"안 됩니다. 그 인간들 음흉하기 짝이 없는 인간들이에요."

분명 놀려 댈 거다.

"싫어요."

"시연 씨?"

"오늘은 내 맘대로 할 거야."
"어?"
홍시연은 종혁을 밀며 엘리베이터로 향했다.

"엇! 충성."
4인실 침대 위에 앉아 있던 형사가 경례를 하며 옆을 본다.
"여보, 인사드려. 이번 특수본의 본부장님이신 본청 외사국 부국장 최종혁 경무관님. 본부장님, 이쪽은 제 와이프입니다."
"어머! 안녕하세요!"
"하하. 안녕하십니까. 남편분을 무사히 데려오지 못해 죄송합니다. 최종혁입니다."
"호호!"
짜악!
"아악! 나 꿰맨 부위!"
"괜찮아요. 이 인간이 이런 꼴로 나타난 게 어디 하루 이틀 일이 아니니까요."
이미 형사 와이프로 살기로 했을 때부터 각오한 부분이다. 오늘도 이렇게 무사히 돌아온 게 그저 고마울 뿐이다.
"그런데 뒤에 계신 분은……."
"아, 제 여자친구입니다. 시연 씨, 인사하세요. 이쪽은 인천중부서 사이버수사과의 한종수 경사님."

"안녕하세요. 홍시연이에요."
"혹시 저 양반에게 돈이나 약점 같은 걸로 협박을 받고 있다면 언제든 이 번호로……."
짜아아악!
"아아악! 나 꿰맨 곳이라니까!"
종혁은 몸부림치는 형사의 모습에 더 때리라는 듯 웃어 줬고, 홍시연도 웃음을 터트렸다.
그러나 그녀의 눈빛은 방금 전 형사의 아내 이야기로 인해 꽤 복잡했다.

* * *

"괜찮아요?"
"힘들어요."
종혁의 덩치가 덩치다 보니 휠체어를 미는 게 좀 힘들었다.
그래도 꽤 유쾌한 시간이었다.
험악한 인상과 달리 꽤 재밌고, 능청맞았던 형사들.
"원래 형사님들은 다 그래요?"
"저 인간들이 특이한 거예요. 여차하면 상사도 들이받는 양반들이거든요."
"말도 안 돼……. 그렇게 안 보였는데요?"
"나중에 보면 깜짝 놀랄 겁니다. 아, 마지막으로 저기만 들르고 병실로 돌아가죠. 뭐 먹을래요?"

"음…… 떡볶이?"

"오케이. 받고 순대, 튀김. 콜?"

"콜!"

둘은 종혁의 VIP실 옆의 병실 문을 활짝 열었다.

스륵! 쾅!

"오택수 씨! 살아 계십……."

안의 풍경을 본 종혁이 흐뭇하게 웃으며 휠체어 바퀴를 잡는다.

"우린 나가죠, 시연 씨."

"네?"

"빨리."

"거기 아드님! 스탑."

움찔! 몸을 굳힌 종혁이 어색하게 웃는다.

"아하하. 엄마, 왔어?"

쿵!

'어, 엄마?'

순간 하얗게 질리는 홍시연의 얼굴.

"그래, 왔다."

다급히 옷매무새를 가다듬는 홍시연을 힐끔 보곤 눈을 빛내며 빠르게 다가온 고정숙이 종혁의 옆구리를 꼬집는다.

"……으아아아아악!"

"내가 다치라고 했어? 안 했어?"

"아, 아니 이번 건 그럴 만한 이유가…… 아아악!"

연어는 고향으로 거슬러 올라가지 못한다 〈293〉

종혁은 살려 달라며 고정숙의 손을 두드렸고, 콧방귀를 뀐 고정숙은 종혁의 몸을 위아래로 훑더니 고개를 끄덕였다.

"죽을 정도는 아닌가 보네."

"겨우 이 정도로는 안 죽지."

짜아악!

"……!"

찔린 허벅지를 맞은 종혁이 입을 떡 벌렸고, 고정숙은 뻣뻣하게 굳어 있는 홍시연을 향해 푸근히 웃어 주었다.

"좋은 자리에서 만나야 했는데 이런 곳에서 만나게 됐네요. 반가워요. 이 못난 놈의 엄마인 고정숙이라고 해요."

"아, 안녕하세요! 종혁 씨 여자친구인 홍시연이라고 합니다!"

"그동안 그렇게 안 보여 주더니 그럴 만한 이유가 있었네요. 나라도 이렇게 예쁜 여자친구라면 보여 주기 힘들 것 같아요."

"펴, 편하게 말씀해 주세요!"

"서로 편해지면 그렇게 할게요. 아직 식사 전이죠? 이리 와서 같이 먹어요."

"네? 네?"

"어?"

고정숙이 홍시연의 손목을 잡고만 움직이자 종혁이 멍해진다.

"엄마, 아들은?"

"나가. 너처럼 속만 썩이는 아들한테는 밥 없어."

"치사하게 이럴 겁니까?"

"우리 언니 최고다! 그래, 이참에 당신도 그냥 같이 나가."

"나도?! 난 왜!"

"왜? 진짜 왜?"

"끙."

아랫입술을 삐죽 내민 오택수는 테이블 위에 차려진 음식들을 서글픈 눈으로 바라보다 종혁에게로 향했고, 입만 뻐끔거리던 종혁은 매정한 축객령에 결국 어깨를 늘어트리며 병실을 나가는 수밖에 없었다.

그런 종혁의 모습에 홍시연의 눈이 사정없이 떨리기 시작했고, 고정숙은 그런 그녀를 소파로 안내했다.

"우리 저 칙칙한 사내놈들 빼고 우리 여자들끼리 먹어요. 괜찮죠?"

"아, 네!"

괜찮지 않아도 괜찮아야 하는 상황. 그녀는 속으로 울상을 지으며 고정숙이 이끄는 대로 따라갈 수밖에 없었다.

그때 옆에 앉은 고정숙이 그녀의 손등을 조심스레 감싸쥔다.

"어머님?"

"오늘 저놈 때문에 많이 놀랐죠?"

울컥!

왜인지 모르지만 고정숙의 따뜻한 눈을 보자 뜨거운 게 올라온다.

"어, 어머님은 괜찮으세요?"

"당연히 안 괜찮죠."

오늘도 무사히 들어올까. 병원에서 연락이 오는 건 아닐까.

매일매일 종혁이 출근을 할 때마다 가슴을 졸이고, 퇴근을 할 때마다 오늘은 다친 곳이 없는지 살핀다.

그렇게 매일 피가 마른다.

하지만 어쩌겠는가. 종혁이 경찰을 한다고 했을 때부터 각오했던 일이다.

"형사의 부모로 산다는 건 그런 거거든요."

"형사의 아내로 산다는 것도요."

'또 이 말이야.'

또 각오다.

"마, 말릴 생각은 안 해 보셨어요?"

여야 양당의 거물 정치인들과도, 김희건 회장과도 두터운 친분이 있는 종혁이다.

검사를 했어도, 판사를 했어도, 컨설턴트를 했어도 됐을 거다.

"많이 했죠. 하지만 결국 말리지 못했죠."

"네? 왜, 왜요?"

"그 눈을 보고 어떻게 말리겠어요."

이 세상에 단 한 명이라도 억울한 피해자가 없게 하겠다며, 경찰을 하고 싶다며 빛나던 눈.

그건 범인을 잡다 죽은 제 아빠를 똑 닮아 있었다.

"아……."

"그러니까 시연 씨도 앞으로 종혁이와 계속 관계를 이어 가려고 한다면 이 부분을 각오를 해야 할 거예요."

쿵!

"앞으로도…… 계속 이렇게 다치겠죠?"

"형사니까요."

단호한 말에 홍시연이 입술을 깨문다.

경찰은 관리자가 되면 현장에 잘 나가지 않는다는데, 어떻게든 현장으로 달려가는 종혁.

아마 앞으로도 그런 종혁을 볼 때마다 홀로 가슴을 졸이게 될 거다. 언젠가 견딜 수 없을지도 모른다.

'하지만…….'

그런 모습마저 좋아서 사랑하게 됐다.

아마 앞으로도 그럴 거다.

"왠지 짜증 나요."

자신만 이렇게 마음을 졸이는 것 같아서 짜증이 난다.

그 말에 고정숙과 오택수의 아내가 서로를 보며 푸근히 웃는다.

"시연 씨, 우리 여자들끼리 한잔할래요? 저 자기들밖에 모르는 남자들은 알아서 밥 먹으라고 하고?"

"……네!"

의기투합한 셋은 몸을 일으켰다.

* * *

찰칵! 치이익!
병원의 휴게 공간인 하늘공원 위로 담배 연기가 번진다.
"너무 걱정 마라. 내 와이프가 잘 다독여 줄 거야."
"압니다, 알아요. 내가 그것도 모를까요."
놀란 홍시연을 다독이기 위해 자신들을 내쫓은 것 정도는 알고 있다. 다만 걱정이 되는 건 '서로 너무 갑작스럽게 만났다는 것이다.
"왜? 어머님이 시연 씨 구박이라도 할까 봐?"
"엄마가요?"
그럴 리가. 그 부분은 딱히 걱정하지 않는다.
"뭐 그래도 그런 거 있잖아요."
"뭐?"
"……아, 몰라요."
머릿속에서 뭔가가 막 떠오르는데 막상 입으로 옮겨지지가 않는다.
"큭큭. 네가 연애가 처음이긴 한가 보다."
"에이."
종혁은 귀엽다는 듯 바라보는 오택수의 시선에 담배만 뻐끔뻐끔 피웠다.
"여 계셨습니꺼."

"잠은 다 잤어? 어머님이랑 현희는?"
"가시나, 행님 어머님하고 짝짜꿍하더니 그냥 가 뿌던데요? 울 어매랑 같이예."
"어이쿠. 여자 다섯 명이 의기투합했네. 어쩌냐. 네 여자친구 이제 형사를 어떻게 휘두르는지에 대한 노하우를 전수받을 텐데?"
"억?! 행수님 오셨습니꺼? 그런 거라면 말을 해야지예!"
"됐어, 인마. 다음에 좋은 자리에서 만나면 되지."
"와, 이 행님 말 섭하게 하는 거 봐라."
얼굴을 구긴 현석은 담배를 물었고, 셋은 잠시 조용히 담배를 피웠다.
"언제까지 있을래?"
오택수의 질문에 현석의 귀가 쫑긋 솟는다.
종혁이 부쩍 더워진 어둔 하늘을 보며 담배 연기를 길게 내뿜는다.
"한 일주일은 지켜봐야죠."
숙성을 시켜야 한다.
노조들이 다 튀어나올 때까지.
숨어 있는 간첩들이 사람들을 선동해 다 튀어나올 때까지.
"그래서 광화문 앞이 바글바글해질 때까지."
반반인 여론이 노조 측으로 기울 때까지 가만히 기다려줘야 한다. 대한민국 모두가 경찰을 욕할 때까지 기다려줘야 한다.

"그래야 뒤집는 맛이 있지 않겠어요?"

그리고 그래야 경찰의 공권력을 더 향상시킬 수 있고, 보다 나은 대한민국을 만들 수 있다.

종혁의 입꼬리가 뒤틀리자 오택수가 한숨을 내쉰다.

"일주일 동안 아주 쌍놈이 되겠구만."

"하루 이틀입니까? 좀만 참읍시다."

"에이, 씨부럴."

지이잉! 지이잉!

"응?"

발신자를 확인한 종혁이 눈빛을 가라앉히며 핸드폰을 귀에 가져간다.

"예, 차장님."

국정원 대북 파트 차장이다.

-정찰총국이 복수를 시작했어.

쿵!

"……빠르네요. 북에 파견된 요원들은 괜찮습니까?"

-이미 각오했던 일이잖아. 이번 일을 시작한 순간부터 꼬리가 잡혔다고 생각한 요원들을 모두 빼냈으니까 그 부분은 걱정하지 마.

덕분에 북한에 구축해 놓은 정보 라인 중 3분의 1이 무력화됐지만, 인명 손실이 발생하지 않은 것만으로도 다행이다.

"그렇다면 다행이긴 한데……."

그건 어디까지나 국정원의 생각이다.

북한이 파악하고 있는 북파 공작원의 숫자는 더 많을지도 모른다. 컴퓨터에도 기록하지 않고서 그들만 알고 있는 공작원이.

　-최 경무관.

　"예, 차장님."

　-선 넘지 마.

　"……죄송합니다."

　그런 죽음까지 각오하고 되는 게 바로 국정원 요원이다.

　비록 역사에 단 한 줄의 이름조차 남기지 못한다고 하더라도 대한민국의 안보를 위해서라면 얼마든지 목숨을 버릴 수 있는.

　그것이 그들 국정원의 자부심이고, 자긍심이다.

　이걸 걱정한다는 건 결국 그들의 명예롭고도 숭고한 죽음을 욕하는 것과 다름이 없었다.

　-아무튼 그러니까 이제 슬슬 마무리하자.

　쿵!

　"예. 그래야겠네요. 우리도 이제 마지막 스텝 밟겠습니다."

　이번 간첩 소탕 작전의 마지막 스텝을.

　종혁의 눈빛이 서늘하게 가라앉았다.

* * *

　부르릉!

민노총, 한노총, 전대협 등 이번에 검거된 사람들로 꽉 찬 호송차.

"……개새끼들."

누군가의 한 마디에 사람들의 눈에 불기둥이 솟는다.

"박명후, 이 개새끼!"

"아무리 우리 노조가 눈엣가시라지만 이런 식으로 공격을 해?!"

"하! 너희 잘못 건드렸어! 동지들이 가만히 있을 것 같아?!"

"옳소! 민주 투사들이여! 일어나라!"

"와아아아!"

쾅쾅!

"조용히 해!"

"때려 봐, 이 새끼야!"

"조용 못한다, 씹새끼야!"

그들이 죽일 듯 노려보자 안전을 위해 설치한 철창을 때렸던 호송관들이 어깨를 움츠린다.

한두 명이라면 모르겠지만, 호송차를 꽉 채운 이들 모두가 들고 일어나니 생명의 위협을 느낄 수밖에 없다.

"참아. 곧 도착이야."

"……빌어먹을."

결국 호송관들은 등을 돌리며 귀를 막을 수밖에 없었고, 그 모습에 승리했다고 여긴 그들은 더 크게 떠들며 박명후 대통령과 경찰을 욕하기 시작했다.

그렇게 얼마나 달렸을까.

어느새 외진 곳으로 접어든 그들의 눈에 새하얀 벽이 커다랗게 쳐진 교도소가 나타난다.

"뭐야. 서울구치소가 아니네?"

"우리 숫자가 너무 많아서 그런가?"

"하긴 한두 명이어야지…… 응?"

그그긍!

기괴한 소리를 내며 열리는 교도소 안으로 들어온 그들은 버스가 정차할 곳에 서 있는 검은 옷을 입은 교도관들의 모습에 의아해했다.

단순히 자신들을 안내하기 위해 온 거라고 치기엔 너무 많은 숫자.

거기다…….

"까마귀들이 왜……."

구치소, 교도소 내의 저승사자라 불리는 기동순찰팀, 일명 까마귀.

분란을 일으키는 재소자들을 무력으로 제압하는 이들이 줄지어 대기하고 있있다.

그들의 마음속에 왠지 모를 불안감이 싹틀 때, 버스가 정차하며 문이 열린다.

퓨수욱!

"수고하셨습니다."

"아주 개새끼들입니다."

이를 악문 호송관들이 나가자 기동순찰팀장이 엉거주

춤 앉아 있는 사람들을 둘러보곤 버스를 빠져나간다.
그리고 기동순찰팀을 바라본다.
"패."
"충성."
우르르르!
"어? 뭐, 뭐야?!"
"씨발! 아악! 아아아악!"
버스가 흔들리며 비명과 피가 터져 나오기 시작했다.

스으윽!
"똑바로 걸어, 이 새끼야!"
피투성이가 된 사람들이 절뚝이며 걷고, 걷지 못하는 사람들은 머리채가 잡혀 끌려온다.
그리고 감방 안으로 내동댕이쳐진다.
쿠당탕!
"헉! 동지!"
"김철수 씨!"
"이 개새끼들! 너흰 부모도 없냐!"
"내가 나가기만 해 봐! 니들 싹 다 모가지야! 알아?!"
먼저 수감되어 있던 이들이 울분을 토해 냈지만, 콧방귀도 뀌지 않은 채 사라지는 교도관.
그들은 이를 악물며 새로 들어온 동료를 부축한다.
"철수 씨, 괜찮습니까?"
"끄으으. 괘, 괜찮지 않습니다."

온몸이 부서지는 것 같다.

그렇기에 이해가 되지 않는다.

'대, 대체 왜?'

자신들은 형이 확정된 기결수도 아니고, 검사 얼굴조차 못 본 미결수다.

무죄추정의 원칙에 의거해 미결수에게는 이런 폭력을 함부로 행사할 수가 없는데, 교도관들은 그딴 것 따윈 상관없다는 듯 자신들을 무자비하게 패다 못해 치료도 해주지 않고 있다.

'언론이 무섭지 않은 건가? 거기다…….'

미결수도 죄수복을 입어야 한다. 그런데 안에 있는 사람들 대다수가 죄수복은커녕 피가 여기저기 말라붙은 평상복을 입고 있다.

왜인지 모를 불안감이 방금보다 더 크게 솟는 순간이었다.

-후! 후! 반갑습니다, 간첩 여러분들.

쿠웅!

그들은 눈을 부릅뜨며 스피커를 노려봤다.

* * *

부르릉!

새로이 리모델링이 된 교도소 안으로 고급 세단과 버스들이 들어선다.

그러자 다급히 달려와 세단의 문을 여는 기동순찰팀장.

그 안에서 종혁이 목발을 짚으며 내리자 기동순찰팀장이 경례를 한다.

"충성! 교위 한호열!"

"공사다망한 와중에도 국가의 부름에 응해 주셔서 감사합니다. 최종혁 경무관입니다."

저 간첩들을 원활하게 관리하기 위해 법무부에 요청하여 파견된 교도관들. 본래 하던 업무를 잠시 관두고 온 것이기에 약간의 미안함이 생길 수밖에 없다.

"아닙니다! 당연히 해야 할 일을 하러 왔을 뿐입니다!"

종혁은 우렁찬 그의 대답에 고개를 끄덕였다.

"죄수들 상태는 어떻습니까?"

"경찰의 요구에 의해 치료를 최소한으로 제한시키고 있지만……."

"아니요. 정신 상태요."

"예? 아! 요청하신 대로 중간중간 꼬투리를 잡아 팼으니 걱정하지 않으셔도 됩니다!"

이젠 몽둥이만 봐도 꼬리 말은 개처럼 반응할 거다.

"수고 많으셨습니다."

원하던 대답에 종혁과 특수본 형사들은 미소를 머금었다.

움찔!

그들의 흉악한 미소에 팀은 자신도 모르게 주춤거렸다.

"큼. 경무관님께서 어떤 말을 하셔도 예라는 대답밖에

못할 겁니다."

"훌륭합니다."

역시 교도소 내의 저승사자답다.

잘나가는 깡패나 무기수라고 해도 감히 고개를 쳐들 수 없는 기동순찰팀, CRPT(Correctional Rapid Patrol Team).

더욱이 이들은 청송이나 안양 등 험하기로 소문난 교도소에서 픽업해 온 이들이다. 사람 병신 만드는 데는 이들이 최고라고 봐도 무방했다.

"방송할 수 있는 곳으로 갑시다."

"예."

팀장은 그를 방송 시설로 안내했고, 종혁은 방송 준비가 되자 마이크를 잡았다.

"반갑습니다, 간첩 여러분. 군납 비리 특수본 본부에 오신 걸 환영합니다."

흠칫!

'가, 간첩? 특수본 보, 본부?'

의아해하는 팀장을 무시한 종혁이 말을 잇는다.

"저는 여러분들을 이곳에 끌고 온 군납 비리 사건 특수본…… 아니, 경국 합동 간첩 소탕 특별수사대책본부의 본부장, 최종혁 경무관입니다."

쿠웅!

순간 종혁의 입이 귀까지 찢어졌다.

"축하드립니다. 방금 전 여러분들의 고국이자 대한민

국의 주적인 북한, 조선민주주의인민공화국에서 여러분을 포기했습니다."

콰앙!

거대한 폭탄이 장내를 휩쓸었다.

　　　　＊　＊　＊

구치소, 아니 특수본 본부의 어느 감방 안.

철렁!

'드, 들켰다?'

심장이 발끝까지 내려앉은 민노총의 노조원이 방금 전 기동순찰팀에 끌려와 내팽개쳐진 민노총의 사무총장을 바라본다.

벽에 기대어 힘겹게 숨을 쉬다가 눈이 마주치자 슬그머니 시선을 피하는 그.

"과, 관리자 동지?"

흠칫!

깜짝 놀란 감방 안 사람들이 노조원을 봤다가 기겁하며 서로를 본다.

"서, 설마 당신도?"

"다, 당신도?"

쿠웅!

"이, 이런 미친!"

모든 걸 알아차린 그들의 얼굴이 새파랗게 죽는다.

자신들은 비리에 얽힌 일로, 공무 집행을 방해했다는 죄목으로 끌려온 게 아니었던 것이다.

간첩으로서 끌려온 거다. 이곳에 수감된 수천 명의 사람들 모두.

"미, 민노총 관리잖니까?! 저게 무슨 말입니까! 공화국에서 저희를 버렸다니요!"

"거, 거짓말이죠? 거짓말이라고 해! 씨발-!"

민노총의 사무총장을 향해 달려드는 그들.

그들뿐만이 아니다. 교도소 전체가 불신과 분노로 시끄러워진다.

"켁! 켁! 아, 아니야!"

멱살을 잡는 그들을 뿌리친 사무총장이 떨리는 눈으로 입을 연다.

"공화국이 너, 너흴 버린 게 아니야! 그, 그저…… 그저……!"

자신이 간첩임을 밝히지 말고 처벌을 받으라고 했을 뿐이다.

자신을 면회 온 변호사, 얼굴 한 번 못 본 동지기 그렇게 말했을 뿐이다.

"지랄하지 마-!"

"내가 그동안 어떻게 충성했는데!"

"그, 그럼 우리 오마니는? 내 동생은!"

"으아아아!"

그들이 달려드는 순간이었다.

벌컥! 우르르!

"헉?!"

"뭐, 뭐야!"

"조져."

안으로 들어온 기동순찰팀이 방망이를 뽑아 들며 그들을 향해 달려들었다.

퍼버버버버벅!

"으악! 아아악!"

교도소 전체에서 비명과 피가 터져 나왔다.

그리고 모두 발목과 팔목이 뒤로 결박되어 방바닥에 널브러졌다.

특수본 본부의 접견실.

이곳이 교도소의 역할을 할 당시, 따로 변호사 접견 신청을 하는 이들을 위해 마련된 공간에 앉은 종혁이 담배를 물다가 멈칫한다.

'의사가 피우지 말라고 했지…….'

어느새 벌써 32살이다.

슬슬 몸에 이상이 생기기 시작할 나이. 의사의 말을 들어서 나쁠 건 없었다.

다시 담배를 집어넣은 종혁이 귀를 자극하는 발소리에 접견실의 문을 본다.

똑똑똑!

"예, 들어오세요."

종혁이 허락이 떨어지자 문이 열리며 교도관과 함께 사무총장이 들어온다.

 "왔어요? 어이구, 많이 맞았나 보네. 안 아파요? 연고 줄까?"

 "……."

 "수고했어요. 밖에 시원한 거 있으니까 드시고 계세요."

 "하하. 예. 충성."

 교도관이 문을 닫고 나가자 종혁이 사무총장을 바라본다.

 "뭐해. 앉아."

 "……변호사 불러."

 "누구? 네게 접견 왔던 이창식 변호사? 아니, 리호섭 변호사라고 해야 하나?"

 움찔!

 "걱정 마. 걔 통해서 법조계 쪽 간첩들도 알아보고 있어. 그러니까……."

 쾅!

 "지랄하지 말고 앉아. 그 무릎을 찢어 버리기 전에."

 순간 종혁의 얼굴에서 사라지는 감정.

 심장이 서늘해진 사무총장이 이를 악물며 종혁의 앞에 앉는다.

 "자, 그럼 시작합시다. 이름?"

 "변호사……."

빠악!

"크악!"

"씨발아. 너희 민노총 간첩들 때문에 병신이 되고, 목숨을 잃은 의전경과 경찰이 몇 명인데 변호사 타령이야? 씨발놈이 말로 대해 주니까 영 감을 못 잡네."

몸을 일으킨 종혁이 사무총장의 이마를 맞고 바닥을 나뒹구는 재떨이를 다시 들곤 사무총장의 손을 잡는다.

"아, 안……!"

쾅!

손끝 바로 앞에서 테이블을 뚫고 반쯤 박힌 재떨이.

사무총장의 턱이 덜덜 떨린다.

"기록을 보니까 너 꼴에 민주화운동도 했더라?"

군부독재를 벗어나 사람답게 살기 위해 온 국민이 들고일어나고, 수많은 젊은 피를 흘려 가며 투쟁하다 결국 쟁취했던 민주주의.

하지만 이놈들의 목적은 달랐다. 오직 대한민국의 군사력 증강을 막기 위해 민주화운동을 했던 것이었다.

"그럼 그때 경찰서도 자주 들락거렸겠네? 어디 그때 그 추억을 다시 떠올리게 해 줘?"

얻어터지고, 물고문을 받고, 잠 못 자고.

"간첩 한두 명 병신 된다고, 아니 뒈져 나간다고 해도 국민들이 나한테 뭐라고 할 것 같아?"

북한은 여전히 대한민국의 주적.

오히려 잘했다고 박수를 쳐 줄 거다.

"말만 해. 얼마든지 그래 줄 테니까."

사무총장의 일그러진 눈을 본 종혁은 다시 자리로 돌아와 담배를 물었다.

찰칵! 치이익!

"이름."

"……이동성입니다."

"북한 이름도."

"리, 리동성입니다."

"나이는 쉰여섯 살이시고?"

"예, 예. 그렇습니다."

주소와 핸드폰 번호 등까지 물어본 종혁이 사무총장을 보며 푸근히 웃는다.

"그래요. 이렇게 협조해 주시니 얼마나 좋아. 아, 손목 아프죠?"

다시 몸을 일으킨 종혁이 움찔 몸을 굳히는 그의 수갑을 풀어 주며 냉장고에서 위스키와 은어회를 꺼내 온다.

툭!

"내 기조는 하나예요. 협조해 주면 천사, 비협조면 악마. 오케이? 당신 위해서 사 온 거니까 마음껏 들어요. 이곳을 나가서 진짜 교도소에 들어가면 못 먹을 음식들이잖아요."

그 말에 사무총장이 음식과 술을 바라본다.

맥이 탁 풀려 버린다.

"나에 대해…… 조사를 많이 했군요."

언제나 이맘때가 되면 구례로 내려가 은어회와 위스키를 즐기는 그. 여기에 참게탕과 은어조림까지 곁들이면 그해 여름은 다 보냈다고 봐야 했다.

"그럼 우리가 괜히 이동성 씨를 잡았을까 봐요? 솔직히 당신이 묵비권을 행사해도 돼요. 어차피 당신 명의 핸드폰, 대포폰, 계좌, 차명계좌, 당신 세컨 하우스 금고 속 내용물 등 모두 확보해 놓은 상태니까."

심지어 그가 북한과 교신을 주고받는 아지트, 허름한 PC방의 컴퓨터 기록까지 모두 확보해 놓은 상태다.

사무총장이 눈을 부릅뜬다.

"그럼 왜……?"

"당신에게 기회를 주려고."

종혁이 그의 잔에 술을 따라 준다.

"간첩죄 형량이 어떻게 되는지 아시죠?"

외환죄에 속하는 간첩죄.

최소 7년 이상의 징역, 만약 이동성이 북한에 중요 기밀이라도 넘겼다면 무조건 사형이다.

쿵!

"우리 선수끼리 떠보지 맙시다."

종혁이 하얗게 질리는 그의 입에 담배를 물려준다.

찰칵! 치이익!

"굳이 다른 간첩을 불지 않아도 돼. 그래, 동료를 팔아먹는 건데 입이 쉽게 열리진 않겠죠."

다른 거라도 상관없다.

"이를테면 민노총의 비리? 서류에도 기록되지 않는? 아니면 어느 때 시위를 한다든지?"

움찔!

사무총장은 욕심이 가득한 종혁의 눈빛에 아래를 내려다봤다.

매해 여름을 기다리게 만드는 별미지만, 더 이상 먹지 못할 거라 생각하자 더 각별해지는 은어회와 위스키.

이를 악문 그가 젓가락을 집어 든다.

'오!'

덥썩! 우물우물!

"씨발. 씨발……."

'난 대체 왜…….'

고향까지 뒤로한 채 헌신한 이들마저 외면하는 나라에 충성을 바친 것일까.

결국 그의 눈에 눈물이 글썽거리기 시작한다.

"후. 민노총 내에 연어로 의심되는 놈들이 있습니다. 그리고 전교조에도 동지가 있습니다."

"좋다, 좋아. 진국교직원노동조합을 말하는 서죠? 계속해요. 어이쿠. 초장을 안 가져왔네. 와사비도 드릴까?"

종혁의 입가에 환한 미소가 맺혔다.

* * *

부웅! 빵빵!

"아, 씨발! 또 막혀!"

항상 막히던 출근길이 평상시보다도 더 막히자 운전자가 화를 낸다.

그와 동시에 저 멀리서 들려오는 북소리.

쿵쿵! 쿵쿵!

뜻을 알 수 없는 큰 소리들이 희미하게 들려오고, 저 멀리 경찰이 수신호를 주며 차량들을 다른 방향으로 인도하고 있다.

또 시위다.

"아오, 저 개새끼들!"

노조. 그동안 좋게 봤다.

그도 한 명의 회사원이기에, 노조가 있으면 대우를 받기에 그들을 응원했었다.

시위에서 물대포가 쏘아지고 피가 터졌을 땐 경찰을 욕했었다.

하지만 저들은 자신의 그 애정과 응원을 배신했다.

"뭐, 연봉이 얼마? 그 돈 가지고 뭘 해? 왜 시위를 해? 씨발 새끼들…… 아, 예! 과장님!"

운전자는 신경질적으로 창문을 올렸다.

민노총 투사들이여! 일어서라!

민주주의는 어디로 간 건가! 경찰은 잡아간 동지들을 풀어 줘라!

건설노조 광화문으로 집결!

운송노조 총파업 실시! 광화문으로!

금속노조, 우리도 간다!

대현자동차 노조, 대기업이 대통령과 짜고 노조를 죽인다!

대현중공업 노조, 현몽준 경선 후보와 이야기하고 싶다!

삼전그룹! 우린 왜 노조가 없나!

경찰의 과잉 진압이 불러온 노조의 물결!

촛불을 들어라, 노동자들이여! 탄핵만이 답이다!

광화문 앞, 100만 명 집결!

너무 커서 들리지도 않는 저들의 외침.

"아오, 씨발!"

광화문에서 청와대로 향하는 모든 길목을 틀어막은 전경들 뒤, 경찰 관계자가 전경들의 머리를 두드린다.

"똑바로 앞을 보란 말이야!"

"긴장 안 해, 새끼야?!"

광화문 앞에 모인 인파가 무려 100만 명이다.

물론 이는 언론에서 부풀리기를 한 것이지만, 그래도 그 10분의 1 수준은 된다.

그런데 문제는 저들 모두가 시위의 프로들이라는 것이다.

맨손으로도 충분히 방패의 벽을 무너트리고, 이쪽에 사상자를 만들 수 있는 이들.

언제 달려 들어와 방패의 벽을 넘어 청와대로 향할지

모르는 이들.

그렇기에 결코 긴장의 끈을 놓을 수 없는 그들로서는 정말 죽을 맛이 아닐 수 없었다.

"씨발. 분명 얼마 전까지만 해도 저 새끼들을 욕했는데……."

노조 상부의 비리가 발각된 순간, 경찰의 과잉 진압은 힘을 얻었다.

하지만 그다음 날부터 붉은 띠를 맨 노조들이 광화문 앞을 점거하고, 대학생들이 앞장서고, 일주일이 훨씬 지난 오늘까지도 계속해서 노조원들이 올라오며 대통령 탄핵을 요구하자 언론이 슬그머니 물타기를 시작했다.

지금까지의 노조 시위와는 다른 양상.

결코 폭력적이지 않은 시위.

그렇다 보니 국민들도 헷갈리기 시작한 것이다.

그건 의전경들도 마찬가지였다.

"내 주위 사람들 모두 저 새끼들을 욕하는데…… 빌어먹을. 똑바로 하란 말이야! 저 새끼들이 주는 건 아무것도 받지 마!"

흔들리는 의전경들을 마음을 다잡게 하던 경찰 관계자들은 잠시 뒤로 물러나 한숨을 내쉬었다.

"빌어먹을. 언제까지 이래야 하는지 모르겠네."

차라리 달려들기라도 한다면 마음은 편할 거다.

그러나 언제 달려들지 모르기에 정말 미쳐 버릴 것 같다.

또 저놈들도 이쪽의 그런 반응을 노리며 한 번씩 전진을 하고 물러서기를 반복한다.

정말 치가 떨리는 상황이 아닐 수 없다.

"씨발! 차라리 패 버렸으면 속이라도 시원하겠네! 대체 어쩌자는 거야!"

"어쩌기는."

경찰이 잡아간 노조원들을 내놓든가, 아니면 대통령이 탄핵을 당하든가.

답은 그 둘 중 하나밖에 없다. 그렇지 않고는 이 사태는 결코 끝나지 않을 거다.

노조들이 완전히 작정을 했다.

"다른 선택지도 있죠."

"또 무슨 선택지가……."

자신들의 대화에 끼어든 이를 찾아 고개를 돌렸던 경찰 간부들이 눈을 부릅뜨며 자세를 바로 한다.

"추, 충성! 그, 근무 중 이상 무!"

"예. 수고하십니다."

"다들 수고하네."

특수본 형사들과 조오현 경찰청장과 함께 그들에게 다가온 종혁.

종혁은 경찰 간부들을 향해 핸드폰을 보여 줬다. 방금 막 따끈따끈한 기사들이 올라온 핸드폰을.

경찰! 민노총에서 간첩들 발견!

그동안 민노총 시위, 북한의 지령을 받은 간첩들의 수작이었다!

한노총에서만 간첩 183명 드러나!

쿵!

종혁은 얼어붙은 그들의 모습에 입술을 비틀며 광화문에 집결한 시위대를 가리켰다.

"간첩들입니다. 싹 다 조질 준비들 하세요."

"……충성-!"

"그럼 가시죠, 청장님."

"음."

마무리의 시작은 최고 대장이.

경찰 정복을 걸친 조오현이 흉흉한 미소를 지으며 앞장섰고, 그 뒤를 종혁과 특수본 형사들이 따랐다.

* * *

-경찰은!

"무고한 노조원들을 풀어 줘라!"

-군부독재로 회귀하는 거냐!

"회귀하는 거냐!"

십수만의 붉은 띠 물결이 빼곡하게 앉아 한마음이 되어 외치는 광화문 광장.

이렇게 집결한 지 벌써 일주일이 넘었음에도 여전히 성

큼 다가온 여름의 밤공기보다 뜨거운 열기를 뿜어 대며 목이 터져라 외친다.

커다란 스크린이 쳐진 무대 뒤, 저 멀리 청와대로 향하는 진입로를 막은 채 인의 장벽을 친 경찰들을 비웃는다.

그리고 결국 오늘도 울리는 민주노총가.

―침묵의 세상을 깨고! 당당한 역사의 주인으로!

"내일의 해방을 위해 오늘은 피에 젖은 깃발 올려라!"

십수만의 노동자들이 서로 어깨를 감싼 채 촛불을 켜고 투쟁의 노래를 부른다.

그렇게 다시 한번 뜨겁게 뭉치며 자신들의 뜻을 전달한다.

"후우!"

"어우, 힘들다. 수고했어요. 역시 대학생이라서 그런지 체력이 좋네!"

"하하! 아닙니다!"

"누구 물 없어?!"

"제가 가져올게요!"

"난 배고픈데…… 슬슬 밥 먹을 때 되지 않았나?"

"자자, 씹을 게 왔습니다!"

"오오!"

해가 완전히 저물어 어둠이 내려앉을 때, 광화문 앞에 모인 사람들도 잠시 편한 자세로 휴식을 취하며 계속 앉아 있느라 굳은 몸을 푼다.

"어우. 오늘은 몇 시까지 한다고 했지?"

"아까 듣기로 저녁 11시? 그때까지 한다고 하더라고. 9시쯤에 자원자 뽑아서 경찰 한번 골려 주고."

"아, 그래? 몸도 찌뿌둥한데 내가 나서 볼까?"

서로 낄낄대며 웃는 그들은 옆에 앉은 대학생을 보곤 피식 웃는다.

"그게 그렇게 재밌어?"

"아, 예."

"어휴. 난 그게 왜 재밌는지 모르겠더라. 보면 머리만 아프고."

"그러니까. 나도 내 자식이 집에서 저 스마트폰만 잡고 있는 거 보면 아주 골이 아프다니까. 차라리 그 시간에 집 밖으로 나가서 친구들을 만나는 게 훨씬 더 유익할 텐데 말이야."

"하하. 그 친구들이 다 이 안에 있어요."

S-톡으로 친구들과 대화를 하고, 미니룸에 사진을 올려 오늘 있었던 일을 공유하고, 낯선이들의 삶을 살피고.

"블로그나 카페 아시죠? 이런 걸로 낚시 좋아하는 사람과 대화도 하고, 모임도 구성하고 그래요."

"오! 그런 거였어?"

"크. 역시 삼전이 기술이 좋긴 하지. 씨벌놈이 노조만 만든다면 더 좋아할 텐데……. 학생, 혹시 취직을 하더라도 삼전 같은 곳은 가지 마. 알았지?"

"아하하. 응? 어?"

어색하게 웃으며 핸드폰을 힐끔 봤던 대학생이 이내 핸

드폰에 시선을 고정한다.
"이, 이거 뭐지?"
"뭔데? 왜 그래?"
"아저씨…… 민노총 조합원이시죠?"
"그렇지?"
"그럼 아저씨도 북한에서 지령을 받는 간첩이세요?"
"뭐?"
눈이 멍해진 전대협의 대학생은 대답 대신 핸드폰을 보여 줬다.

민노총, 간첩 268명 적발!
민노총 사무총장 이동성! 자신은 간첩이었다, 자수! 진짜 이름은 리동성?
그동안 북한의 지령을 받고 시위를 한 민노총과 한노총 등 노조들!
여기가 북한인가, 대한민국인가!

쿵!
"이, 이건 또 뭐야-!"
그들만 벌떡 일어나는 게 아니다.
웅성웅성.
십수만 인파들 사이사이에서 퍼지는 소란.
"가, 간첩?"
"주사파의 뜻을 잇는 게 아니라 지, 진짜 간첩이라고?"

북한의 주체사상을 지지하며 반미친북을 외치던 운동권의 계파 중 하나인 주체사상파.

"이, 이건 거짓말이야!"

 거짓말이다. 거짓말이어야 한다.

"그래! 이거 경찰이, 아니 박명후가 우릴 죽이려고 이러는 거라고!"

 그래야 한다. 그렇지 않으면 이 자리에 있는 자신들은 모두 간첩이 되어 버리고 만다.

'그, 그렇다면?'

 그들의 눈이 무대 뒤, 멀리 떨어져 있는 경찰들에게로 향한다.

"잠깐-! 바, 박명후가 대국민 발표를 한대!"

"……임시 위원장-!"

 사람들이 다급히 무대로 달려가기 시작했다.

"이게 어떻게 된 일입니까! 간첩이라니! 알고 있었던 일입니까?!"

"나, 나도 몰라요!"

 정말 어떻게 된 일인지 모른다. 자신도 당황스럽기 그지없다.

"아니 일단 뉴스부터 연결해요! 빨리! 얼른!"

"뭐해! 빨리 연결해!"

"예, 예!"

 담당자는 기기를 빠르게 만졌고, 이내 곧 무대의 스크린에 박명후 대통령이 나타난다.

정말 대국민 담화문 발표인 듯 단상 위에 선 그.

심각하게 굳어 있는 그의 얼굴에 십수만의 인파가 숨을 죽인다.

그리고 이내 곧 박명후가 그들을 향해 허리를 숙인다.

─안녕하십니까. 대한민국 대통령 박명후입니다.

촤라라라라라!

─오늘 하루도 대한민국의 정부를 믿고 열심히 살아가시는 국민 여러분에게 이런 소식을 전달하게 되어 정말 죄송합니다.

촤라라라라!

─오늘 경찰에서 도저히 믿기지 않을 소식이 전달됐습니다.

쿵!

─후…….

차마 이후의 말을 뱉을 수 없는지 박명후의 눈과 입술이 파르르 떨린다.

─이 대한민국에, 여러분들의 곁에 북한의 밀명을 받고 대한민국을 전복시키려는 간첩 세력이 있다는 사실이 확인되었습니다.

쿠웅!

'아, 아니야. 안 돼. 그러면 안 돼.'

─현재 검거된 간첩들의 숫자는 무려 3천여 명에 육박하며, 그중 다수가…… 후우. 그중 다수가 대한민국 수천만 노동자를 대변해 왔던 전국민주노동조합총연맹, 한국

노동조합총연맹, 전국대학생대표자협의회, 전국교직원노동조합 등 수많은 노조에서 활약해 왔음이 드러났습니다. 전국민주노동조합총연맹, 민노총에서 발각된 간첩은 사무총장 이동성을 비롯해……

"야, 이 개새끼야-!"

"차라리 그냥 죽여, 이 개새끼야!"

오직 노동자들의 인권과 처우 향상을 위해 일해 왔다 자부하는 그들은 믿을 수 없었다.

그동안 자신들이 해 왔던 모든 시위가 북한의 지령 때문이었다? 시위와 파업이, 노사 간의 협의가 노동자들을 위한 게 아니라 모두 한국에 혼란을 일으키기 위한 수작이었다?

결코 믿을 수도, 믿어서도 안 되는 이야기였다.

믿는 순간 그들 역시 간첩이 되는 것이기에.

결코 그럴 수 없는 그들이 벌떼처럼 들고 일어나는 순간이었다.

-경찰의 말에 의하면 아직도 간첩 세력을 모두 소탕한 게 아니며, 그들은 이 대한민국 곳곳에 숨어 암약하고 있다고 합니다. 지금 광화문 광장에도 이들이 숨어 선량한 시민들을 선동하고 있다고 합니다.

쿠우웅!

들어 올린 허리를 붙잡는 불안한 말.

박명후가 그들을 또렷이 노려본다.

-그러니 광화문에 계신 선량한 시민 여러분, 노동자

여러분. 지금 당장 시위를 해산하고 가족의 품으로 돌아가십시오. 결코 선동되어 테러에 가담하지 마십시오. 그렇지 아니할 시 대통령으로서 내 나라 국민들의 안전을 위해 어쩔 수 없이 계엄령을 발동할 수밖에 없음을 알려 드립니다.

콰앙!

"테, 테러? 계, 계엄령?"

막대하고도 거대한 충격이 그들을 휩쓴다.

모두가 말을 잃는다.

그때였다.

웨에에에에엥!

십수만 노조들의 시선이 무대 뒤 경차들을 향해, 정면 버스의 지붕 위에 올라서는 한 중년인을 향해 집중된다.

-이대로 말하면 되나?

-예. 말씀하시면 됩니다.

-큼. 대한민국 경찰청 경찰청장 조오현입니다. 광화문 광장을 점거한 시위 세력들에게 알립니다. 지금 당장 시위를 해산하고 원래의 자리로 돌아가시길 바랍니다. 이 경고는 오늘 저녁 20시까지 유효하며, 그 이상 시위를 이어 갈 시 테러 세력으로 규정하고 무력으로 제압할 수밖에 없음을 알려 드립니다. 이상입니다.

-수고하셨습니다.

최후통첩. 경찰마저 최후의 통첩을 날렸다.

"웃기지 마-!"

"이대로 있을 거야?!"

"그래! 가자고-!"

"우와아아아아!"

눈이 뒤집힌 십수만의 인파가 경찰들을 향해 달려드는 순간이었다.

꽈과과과과과광!

"으악!"

"꺄아악!"

허공을 찢는 소리에 기겁하며 멈춰 서는 인파.

종혁은 그런 그들을 보며 스피커와 연결된 마이크를 들었다.

-아! 아! 반갑습니다. 이번 군납 비리 특수본의 본부장 최종혁 경무관입니다. 현재 광장을 점거하다 못해 도로까지 점거한 시위 세력들에게 알립니다. 경찰청장님께서 방금 말씀하신 대로 금일 20시가 넘어간 이후에도 시위를 이어 갈 시 국가보안법 위반 등의 혐의로 모두 구속할 예정입니다.

여기에 모인 사람이 수십만이든, 수백만이든 상관없다.

간첩일 가능성이 있다면, 이 나라와 국민들에게 위해를 끼칠 가능성이 있다면 무조건 배제할 것이다.

-그러니까······.

종혁이 십수만의 인파를 무심히 둘러본다.

그리고 사형 선고를 내린다.

-거기서 한 발자국만 더 움직여 봐. 다 죽는다.

종혁이 흉흉한 미소를 지으며 셔츠를 찢었다.

　　　　　　＊　＊　＊

박명후 대통령! 너흰 노조가 아니다! 테러범이다!
수도방위사령부! 5대기 콜이 울렸다!
노조, 경찰을 공격했다면 정말 계엄령 발동됐다?!
광화문에서 울려 퍼진 총성!
버스 위로 올라가 노조를 향해 총을 겨눈 경찰들!
그동안 진정한 시위는 없었나!
7월 8일, 노조 암흑의 날! 민주주의가 무너졌다!
경찰, 각 노조 급습! 압수수색 시작!
종북 성향 신문사들 압수수색! 시민단체도 비껴갈 수 없다!
군납 비리, 아니 간첩 소탕 특수본! 경찰 천여 명 충원!
언론 노조! 정부가 언론을 탄압한다 성토!
전교조, 우린 간첩이 아니다 성명 발표!
혼돈에 빠지는 대한민국! 대선의 향방은?!

스르륵!
서울 외곽의 어느 한정식집.
차에서 내린 종혁이 주차장에 세워진 차량들을 발견하곤 얼른 안으로 걸음을 옮긴다.
탁!

"죄송합니다. 늦었습니다."

안내된 방 안으로 들어서자마자 고개를 숙이는 그.

그에 먼저 와 자리하고 있던 현몽준과 홍정필이 환하게 웃는다.

"아닙니다. 저희도 방금 전 왔습니다, 최 경무관. 몸은 좀 괜찮습니까?"

"지금 대한민국에서 가장 바쁜 사람인 걸 아는데 무슨. 어서 앉아요, 앉아."

맑게 웃으며 옆자리를 툭툭 두드리는 홍정필과 종혁의 몸 여기저기를 살피며 걱정스러운 표정을 짓는 현몽준.

종혁은 오늘도 개성이 뚜렷한 그들의 모습에 피식 웃는다.

"여야 대선, 경선 후보님들께서 이렇게 한자리에 모여 계신 걸 보면 기자들이 뭐라고 할까 궁금해지네요."

"그건 나도 궁금해집니다."

"하하핫!"

종혁은 빈자리에 앉았고, 현몽준과 홍정필 모두 술 주전자로 손을 뻗는다.

승자는 현몽준이었다.

"이번엔 정말 깜짝 놀랐습니다, 최 경무관."

왜 미리 귀띔이라도 해 주지 않았냐는 작은 원망에 종혁이 양팔을 들어 올리며 항복을 한다.

"죄송합니다. 간첩이 어디까지 숨어 있을지 모르기에 두 분께도 숨길 수밖에 없었습니다."

청와대에서도 박명후 대통령과 비서실장만 알고 있던 이번 소탕 작전.

커다란 고비를 넘겼다는 생각이 들자 목이 탄 종혁이 술을 들이켜고, 홍정필이 냉큼 술 주전자를 낚아채 따라 준다.

"정치 쪽은 어떻습니까?"

"……정치인들과 공무원들 사이에도 숨어 있다는 게 확인됐습니다."

"끄응."

오직 국민을 위해 일해야 하는 정치인과 공무원.

홍정필은 갑자기 타는 속에 술을 들이켰다.

그 순간이었다.

똑똑똑!

"손님이 도착하셨습니다."

문밖 종업원의 말에 그들은 몸을 일으켜 옷매무새를 바로잡았다.

그리고 이윽고 문이 열리며 박명후 대통령이 들어온다.

"으하핫! 최 경무관!"

여야 대선, 경선 후보들은 보이지도 않는지 종혁의 손을 꽉 잡은 박명후.

"정말 큰일을 해 줬습니다."

큰일도 보통 큰일을 해낸 게 아니다.

노조들뿐만 아니라 입법부, 사법부, 행정부, 국방부와 같은 온갖 정부기관에도 숨어 있던 간첩들.

연어는 고향으로 거슬러 올라가지 못한다 〈331〉

민노총에 숨어들었던 간첩들을 시작으로 이미 곳곳에 숨어 있는 간첩들을 체포 중이었다.

물론 국정원이 넘겨준 자료가 있었기에 시작할 수 있던 수사이기는 하나, 증거를 확보하고 잡음이 나오지 않도록 일을 마무리할 수 있었던 건 모두 종혁의 덕분이었다.

"어디 그뿐입니까?!"

"허흠. 저흰 보이시지 않나 봅니다, 대통령님."

"으하핫! 미안합니다. 그런데 솔직히 최 경무관에겐 이럴 수밖에 없지 않습니까."

두 사람은 맞다는 듯 고개를 끄덕였고, 박명후는 마치 열렬히 사랑하는 애인을 만난 듯한 눈으로 종혁을 바라봤다.

"다친 곳은 괜찮습니까? 후유증은 남지 않고요?"

"걱정해 주신 덕분에 많이 나았습니다. 뭐, 솔직히 일부러 당한 것이라서 많이 다치지는 않았습니다."

"예?"

순간 입을 떡 벌린 셋은 이내 웃음을 터트렸다.

"자자, 앉읍시다."

박명후가 자리에 앉자마자 종혁에게 술을 따른다.

"수고했습니다. 그리고 마무리도 잘 부탁드립니다."

"최선을 다하겠습니다."

그렇게 그들의 대화가 시작됐다.

"그럼 최 경무관은 특진을 못하는 겁니까?"

박명후와 홍정필, 현몽준의 낯빛이 굳어지자 종혁이 손사래를 친다.

"경무관으로 진급한 지 이제 겨우 1년도 안 됐습니다."

초대형이란 말도 부족한 사건을 해결하고 있지만, 형평성이 맞지 않다.

"하지만 그래선 현재 경찰이 내건 기치를 정면으로 위반하는 일 아닙니까."

실력우선주의. 사내 정치 따윈 상관없이 능력 있는 경찰이 먼저 진급을 한다. 종혁은 그런 실력우선주의의 아이콘이라고 할 수 있다.

"지금도 열심히 맡은 바 소임을 다하며 진급을 노리는 다른 경찰들이 실망을 할 수도 있습니다."

"그래서 일부러 고사한 겁니다."

진급 때문에 성급하게 일을 처리하지 말자고 이러는 것이다. 그로 인해 억울한 피해자가 발생할 수도 있으니 말이다.

"아."

"그래도 몇 년 안에 진급을 하게 될 테니 너무 걱정하지 않으셔도 됩니다."

이번 사건이 아니더라도 이미 치안감은 사실상 확정된 상태. 급할 게 없는 종혁으로서는 서두를 이유가 없었다.

"최소한 고위 간부가 되려면 이 정도는 해내야 한다. 저와 상부는 그런 풍조를 만들고 싶어서 이런 결정을 내린 것이니 너무 노여워하지 마십시오."

"흠. 그렇다면야……."

"아닙니다. 부족해요, 부족해. 그래선 최 경무관이 얻는 게 아무것도 없잖습니까."

박명후가 혀를 차자 홍정필이 눈을 빛낸다.

"그러면 이렇게 하시는 건 어떻습니까, 대통령님?"

"어떻게요?"

"어후. 전 정말 괜찮습니다. 잠시 화장실 좀 다녀오겠습니다."

다시 손을 저은 종혁은 얼른 몸을 일으켜 방을 빠져나갔다.

하지만 화장실을 가지 않고 식당 밖으로 나왔다.

찰칵! 치이익!

"후우우."

'왕이네.'

오늘 만들어진 술자리는 브리핑에 대한 성향이 짙다. 그렇게 브리핑이 끝난 이후엔 그저 친한 지인들끼리의 일상적인 대화였을 뿐이다.

그런데 홍정필 의원이 계속 박명후 대통령의 말에 맞장구를 쳐주고 있었다. 그런 성격이 아님을 알고 있는데도 말이다.

'박정애 의원 때문이겠지.'

현재 박명후가 은근히 밀어주고 있는 박정애 의원.

"이쪽도 한번 손을 봐야 하는데 말이야……."

"꽤 무시무시한 말을 하시는군요. 누가 최 경무관의 심기를 거스른 겁니까? 난 아니지요?"

"아, 나오셨습니까."

푸근히 웃은 현몽준이 담배를 물자 종혁이 불을 붙여 준다.

"오늘은 최 경무관답지 않게 사양을 하더군요."

"가끔은 이렇게 겸양을 해야 더 큰 걸 얻지 않습니까. 제게 뭘 주신다고 하시던가요?"

"……으하핫!"

그런 줄은 몰랐다는 듯 배꼽을 잡고 웃던 현몽준이 약간 씁쓸히 웃는다.

"경찰 예산을 증대하고, 경찰대와 중앙경찰학교 TO를 더 늘려 준다고 하더군요."

그 외에도 경찰과 연관된 예산을 크게 증대시키고 각 정부기관이 보다 더 경찰에 협조적일 수 있도록 조치를 취하겠다고 했다.

그렇게 쿵짝이 맞아 떠드는 박명후와 홍정필의 모습을 보니 찝찝해지는 건 어쩔 수 없었다.

종혁은 그런 그를 힐끔 보곤 입을 열었다.

"……노조는 자신들이 살기 위해서라도 자신들의 뜻과 함께해 줄 정치인을 찾을 겁니다."

움찔!

이런 조언을 해 줄지 몰라 놀랐던 현몽준이 종혁을 보며 푸근히 웃는다.

"알고 있습니다."

그 어떤 파도가 와도 노조는 결코 무너지지 않는다.
 대한민국의 수백만 노동자들의 이익과 권리를 위해 싸우겠다는 기치를 내건 이들이다. 노동자들 입장에선 이러나저러나 그들을 지지할 수밖에 없었다.
 "그래서 저도 타이밍을 보고 있는 중입니다."
 분명 지금쯤 다른 야당의 경선 후보들이 노조에게 접근하고 있을 거다.
 그러나 상관없다. 어차피 그들은 자신을 지지하게 될 테니 말이다.
 "그들의 뜻을 대변해 줄 사람이 저 말고 또 있겠습니까?"
 "아…… 죄송합니다. 제가 괜한 걱정을 했군요."
 무모한 자신감이 아니다.
 이미 현몽준은 그럴 수밖에 없는 판을 짜 놓고 있었던 것이다.
 '그 짧은 사이에……'
 정말 대단한 사람이었다.
 "그보다 드디어 완성했습니다."
 움찔!
 "서, 설마?"
 "예. 자율주행시스템을 탑재한 전기차의 시행 운전에 성공했습니다."
 아직은 주행을 보조하는 기능 수준에 불과하지만 말이다.

"와……."

잠시 멍해졌던 종혁의 얼굴이 일그러진다.

"축하드립니다!"

이건 진심이다.

아직 적자에서 벗어나지 못한 채 연구 개발에 매진 중인 미국의 전기차 회사보다 대한민국의 개발 속도가 더 앞서나간다는 거다.

이 말에 전율하지 않을 대한민국 국민은 없을 거다.

"뭐, 배터리 문제 등 넘어야 산이 많지만 이 정도면 기틀은 만들었다고 봐도 무방할 겁니다."

"공장은 언제, 어디에 세우실 생각이십니까?"

종혁은 얼마든 투자할 의향이 있었다.

"이거 봐요, 이거 봐. 내가 이렇게 작당모의를 하고 있을 거라고 했지요?"

"어흠. 이거 서운합니다. 최 경무관, 현 의원."

현몽준은 등 뒤에서 매의 눈으로 바라보는 박명후와 홍정필을 발견하곤 미소를 머금었다.

"자율주행시스템을 탑재한 전기차의 개발이 질 진행되고 있어, 그 이야기 좀 나누고 있었습니다."

쿵!

생각지도 못한 말에 잠시 얼어붙었던 박명후와 홍정필이 이내 환하게 웃는다.

"축하드립니다, 현 의원! 원래는 투자 형식으로 지분을 확보했다가 아예 인수한 그 회사를 말하는 것이죠?"

종혁이 얽힌 주가 조작 사건에 휘말렸던 그 회사.

현몽준이 구원의 손길을 내밀면서 주가 조작에 얽힌 수많은 개미를 살린 그 회사.

"내 임기가 끝나기 전에 상용화시킬 수 있겠습니까?"

"어림도 없습니다. 이건 제 겁니다, 대통령님."

"……허허. 그렇게 단호하게 끊어 낼 일이 아니에요. 밤바람이 아직 서늘합니다. 우리 일단 안으로 들어가서 차분히 이야기 나눠 봅시다."

박명은 현몽준의 어깨를 감싸며 안으로 이끌었고, 현몽준은 욕심도 많다며 헛웃음을 터트리곤 따라나섰다.

종혁은 그들의 뒤를 따라나서려다가 뒤를 돌아봤다.

"왜 그러십니까?"

종혁은 둘을 따라가지 않고 가만히 응시하는 홍정필의 모습에 의아해했고, 그는 피식 웃었다.

"섭섭해요, 최 경무관."

"뭘요?"

"아무튼 섭섭합니다. 이거 최 경무관이 사 주는 술을 한잔 마셔야 풀릴 것 같은데……."

종혁은 갑자기 귀여운 투정을 부리는 홍정필의 모습에 어쩔 수 없다는 듯 고개를 저었다.

"여름이니 은어 요리에 청주 어떠십니까?"

"난 이번 주 토요일에 시간 됩니다!"

"그럼 2차로 돼지갈빗집까지 수배해 보겠습니다."

"내가 이래서 최 경무관을 좋아해요! 자자, 어서 안으로 들어갑시다!"

'하여튼 다들 능구렁이라니까.'

분명 현몽준과 어떤 이야기를 나눴는지 대충 알아차렸으면서도 별다른 말 없이 넘어가는 홍정필 의원과 박명후 대통령.

종혁도 미소를 지으며 다시 한정식집 안으로 들어갔다.

* * *

경찰, 전교조에서도 간첩 발견!
경찰, 한국 통일교육연구회 급습!
정치인도 피해 가지 못했다! 여야, 믿는 도끼에 발등 찍혀!
없는 곳이 없는 간첩. 방공 업무는 대체 어디로?
숨기는 것은 없다! 경찰 모든 문건 공개!

부우웅! 빵빵빵!
인천의 한 건물 앞, 종혁이 하품을 하며 차에서 내린다.
"어후. 죽겠네."

벌써 몇 달째일까.

분명 여름이 오기 전 시작한 수사이건만 벌써 8월이다. 몸에 쌓인 피로도 피로인데, 이렇게 더울 때 휴가를 가지 못한다는 게 너무도 아쉽다.

"얼마나 남았다고?"

"아직 한참 남았지예."

회유된 간첩이 또 다른 간첩을 밀고하니 일이 끝날 생각을 하지 않는다.

솔직히 군대에서 발생한 군 비리도 다 정리되지 않은 상태다. 수사가 끝날 때쯤이면 새해가 오지 않을까 싶었다.

"밥 안 먹습니까?"
"그래, 다 먹고살자고 하는 짓인데…… 들어가자."
그들은 건물 2층의 차이나 레스토랑으로 향했다.

* * *

웅성웅성.

차이나 레스토랑의 직원이 이른 아침부터 쳐들어온 넥타이 부대를 힐끔 보곤 옆에 서 있는 직원을 본다.

"어디 회산지 모르겠지만 참 널널한 곳인가 봐."

이제 겨우 11시. 회사원들의 점심시간치곤 너무 이른 시간이다.

그 직원의 중국어에 동료 직원도 혀를 차며 중국어로 답한다.

"소국이 다 그렇지, 뭐. 그보다 이제 어떻게 한대? 우리 돈을 받아먹던 정치인들이 죄다 옷을 벗었잖아."
"이제 곧 대선이잖아."
"흠. 하긴……."

정치인들이 가장 바쁘게 움직일 시기인 대선 직전.

대선의 결과가 자신에게 조금이라도 더 유리할 수 있도록 만들고 싶은 건 어느 정치인이든 마찬가지였다.

그들 중 간절하게 도움을 바라는 이들도 있을 것이고, 그런 이들을 노려 접촉한다면 분명 빈틈이 있을 터였다.

"쯧. 그래도 적잖게 돈이 들 텐데…… 지원을 더 해 주겠어?"

지난 몇 년간 여러 나라와 세력들의 공격으로 꽤 많은 털려 버린 자신들의 나라.

충분한 지원이 이어질지 장담할 수 없었다.

"잘하면 한국 시장이 열릴 수도 있는 기회인데 이제 와서 투자를 멈출 수 없겠어? 뭐, 혹여 돈이 없어도 숫자로 밀어붙이면 여론은 형성할 수 있잖아."

"댓글? 흠……."

딸랑!

"아, 손님 왔다. 이번엔 네가 가."

"쯧."

혀를 찬 직원이 반사적으로 문을 열고 들어오는 손님, 종혁에게로 향하려다 멈춘다.

'저놈은?'

최종혁이다.

깜짝 놀라 동료를 바라본 그. 동료도 마찬가지로 눈을 동그랗게 뜬다.

"이, 일단 얼른 가."

연어는 고향으로 거슬러 올라가지 못한다 〈341〉

"아, 알았어."

그는 재빨리 종혁에게 다가갔다.

"몇 분이십니까? 예약하셨습니까?"

어눌한 한국어에 종혁이 고개를 젓는다.

"예약은 안 했고, 세 명입니다."

"방으로 안내해 드릴까요?"

"아니요. 그냥 테이블에 앉으면 돼요."

"자리로 안내해 드리겠습니다."

그렇게 자리로 안내된 종혁이 메뉴판을 펼치며 최재수와 현석을 본다.

"뭐 먹을래?"

"……짜장면?"

"그래. 그냥 내가 시킬게. 저기요."

"네, 손님!"

"여기서부터 여기까지 다 주세요."

"네?"

"안 돼요?"

"세, 세 명이 드시기에는 너무 많은 양인데요."

"돈은 다 드릴 테니까 양은 그냥 절반씩만 주세요. SNS에서 이 집이 잘한다고 소문나서 맛만 좀 보려는 거라."

"아, 알겠습니다!"

직원은 얼른 주방으로 달려갔다.

"왜 온 거래?"

어느새 주방 안쪽에서 걸어 나온 검은 유니폼의 장년인.

"식당이 맛집으로 소문나서 와 봤다고 합니다."
"쯧. 알았어. 얼마나 시켰는데?"
"여기서부터 여기까지요. 양은 절반."
"엄청난 대식가라더니……."
요리를 모두 시키고 있다.
장년인은 고개를 저었고, 종혁은 그런 그들을 보며 눈을 빛냈다.

* * *

"여기 계산이요!"
"네!"
종업원이 식사를 끝내고 일어나는 종혁의 모습에 다급히 카운터로 뛰어간다.
"식사는 맛있게 하셨어요?"
"어우, 잘 먹었습니다. 확실히 SNS에서 소문날 만하네요. 중국 스파이치곤 정말 솜씨가 괜찮았습니다."
쿵!
"……예?"
잘못 들은 건가.
떨리는 눈으로 종혁을 본 종업원은 온몸에서 피가 빠져나가는 아찔함을 느꼈고, 종혁은 그런 그를 보며 씩 웃었다.
"뭘 그렇게 놀라. 안 들킬 줄 알았어?"

"이……!"

덥썩! 쾅!

뭔가를 하려는 종업원의 머리를 잡아 그대로 찍어 버린 종혁은 다급히 주방 안쪽에서 뛰어나오는 중국인들을, 20명이나 되는 이들을 일견하곤 어느새 술까지 곁들이고 있는 회사원들을 바라봤다.

"뭐해요?"

드르륵!

"어우. 오래 앉아 있는 것도 힘드네."

"아, 밥 먹고 바로 뛰면 체하는데."

"난 너무 많이 먹은 것 같아. 누구 소화제 있는 사람 있어?"

재킷을 벗고, 풀어 헤친 넥타이를 손에 감는 회사원들, 아니 형사들.

종혁은 사태를 파악하고 무기를 꺼내 들려는 중국 스파이들을 향해 입을 열었다.

"조져요."

"으랏차!"

"마, 막아-!"

중국 정보국의 비밀 거점이 그렇게 공격당했다.

(회귀 경찰의 리셋 라이프 44권에서 계속)